人｜文｜社｜科
高校学术研究论著丛刊

白话文兴起至今中国文学的尝试和嬗变

郭　瑞　张俊卿　著

图书在版编目 (CIP) 数据

白话文兴起至今中国文学的尝试和嬗变 / 郭瑞，张俊卿著 . -- 北京： 中国书籍出版社，2021.7

ISBN 978-7-5068-8600-0

Ⅰ . ①白… Ⅱ . ①郭… ②张… Ⅲ . ①中国文学 - 现代文学 - 文学研究 Ⅳ . ① I206.6

中国版本图书馆 CIP 数据核字（2021）第 161985 号

白话文兴起至今中国文学的尝试和嬗变

郭 瑞 张俊卿 著

丛书策划 谭 鹏 武 斌
责任编辑 马丽雅
责任印制 孙马飞 马 芝
封面设计 东方美迪
出版发行 中国书籍出版社
地 址 北京市丰台区三路居路 97 号 (邮编： 100073)
电 话 （010）52257143（总编室） （010）52257140（发行部）
电子邮箱 eo@chinabp.com.cn
经 销 全国新华书店
印 厂 三河市德贤弘印务有限公司
开 本 710 毫米 ×1000 毫米 1/16
字 数 214 千字
印 张 13.5
版 次 2023 年 1 月第 1 版
印 次 2023 年 1 月第 1 次印刷
书 号 ISBN 978-7-5068-8600-0
定 价 72.00 元

目　录

第一章　文学革命时期的文学

文学革命的爆发是中国现当代文学的伟大开端，它标志着中国文学告别古典形态，开始向现代文学转型。这一时期，新旧思潮激烈交锋，东西方思想文化融会撞击，文学呈现出了全新的面貌。

第一节　中国新文学的奠基人鲁迅

一、鲁迅的生平

鲁迅（1881—1936），原名周樟寿，字豫才，后改学名为周树人。鲁迅出生于浙江绍兴一个没落的士大夫家庭。他6岁跟从一位同族的叔祖周玉田开蒙，后进入当时绍兴有名的一家私塾“三味书屋”，师从寿镜吾，受到严格的正统文化教育。宽松的家庭氛围使得他可以发展广泛的兴趣爱好，他阅读了大量图书，养成了驰骋的思维习惯。

1893年,祖父由于科场贿赂案被捕入狱,父亲长期患病,家道因此中落。作为家中的长子,鲁迅挑起了生活的重担,这一时期的一些经历给他留下了痛苦的回忆。曾经有一段时间,他经常出入当铺、药铺等场所,在这些场所中,他体会到了事态的炎凉和社会的残酷,也使他看清了社会和很多人的面目:"有谁从小康人家而坠入困顿的么,我以为在这途路中,大概可以看见世人的真面目。"[①]这段时间的经历对鲁迅产生了重要影响,对他作品风格的形成也具有重要作用。

1898年,此时正是维新运动的高潮,在这一时期,鲁迅考取了免费的南京江南水师学堂,放弃了一般人所认为的正常的读书之路,从此,鲁迅开启了新的人生征程。进入江南水师学堂之后,鲁迅发现虽然这所学堂是由当时洋务派所创建的新式学堂,但却仍然沿袭着旧制,这与鲁迅的理想和期望相差甚远,因此,在这所学校中,鲁迅只读了半年,之后便转入了江南陆师学堂附设的矿务铁路学堂。在该所学堂中,鲁迅读到了由维新派创办的宣传维新变法的《时务报》,另外还阅读了一些西方自然科学和文艺方面的书籍,初步接受了西方进化论的思想,萌生了科学技术是社会进步、民族富强的前提的观念。联想当今社会的实际,鲁迅认为,只有民族富强了,才能屹立于世界民族之林。

1902年,鲁迅以优异的成绩毕业于江南陆师学堂附设的矿务铁路学堂。在"要救国只有维新,要维新只有到外国"的流行思想影响下,鲁迅东渡日本,到弘文学院学习,开启了他新的征程。此时的日本聚集了众多的中国留学生,他们大都具有革命的热情,鲁迅也被这些留学生的情绪所感染。他在学习期间也参加了一些革命团体组织的活动。此外,鲁迅开始从事著译工作,初次展示了他的文学创作能力。1904年,鲁迅又以优异的成绩毕业于弘文学院,之后便到仙台医学专科学校学医。在这期间,鲁迅看到的一部幻灯片深深地刺激了他,在幻灯片中,一群中国人在围观将被日本人杀头的中国人。看了这部幻灯片之后,鲁迅领悟到:"医学并非一件紧要事,凡是愚弱的国民,即使体格如何健全,如何茁壮,也只能做毫无意义的示众的材料和看客,病死多少是不必以为不幸的。所以我们的第一要著,是在改变他们的精神,而善于改变精神的是,我那时以为当然要推文艺,于是想提倡文艺运动了。"[②]于

① 鲁迅.呐喊:自序[M]//鲁迅全集:第1卷.北京:人民文学出版社,1981:415.

② 鲁迅.呐喊:自序[M]//鲁迅全集:第1卷.北京:人民文学出版社,1981:417.

是，鲁迅放弃了学医，而回到东京专心从事文学创作。

回到东京后，鲁迅先是计划创办《新生》杂志，但因经济因素而中止。1907—1908 年，他开始从事著译活动，主要对西方生物进化学说、自然科学史以及具有反抗斗争精神的浪漫主义诗人和他们的作品进行了介绍。他呼唤“精神界之战士”的诞生，提出“掊物质而张灵明，任个人而排众数”的主张，这标志着他独立思想的逐步形成。

1909 年，鲁迅离开日本回国，先后在杭州、绍兴任教。在这期间，他经历了 1911 年爆发的辛亥革命，并在故乡积极参加宣传活动。1912 年 1 月，鲁迅赴南京临时政府教育部任职，5 月便随部迁至北京。1912—1917 年，鲁迅在工作之余研究分析中国的社会、历史。这为他以后的文学创作和学术研究提供了丰富的文化积累。1918 年，鲁迅投入了新文化运动，并参与了《新青年》的编辑活动。同年 5 月，在《新青年》上发表了具有划时代意义的第一篇白话小说《狂人日记》。此后，他又相继写出了《药》《孔乙己》《阿 Q 正传》等一系列显示文学革命实绩的作品。从 1920 年起，鲁迅先后在北京大学、北京女子师范大学等校兼职授课。1924 年以后，新文化统一战线开始分化。1925—1926 年，鲁迅通过创作大量杂文与北洋军阀政府相对垒，批驳现代评论派，支持正义的斗争。1926 年 8 月，为了暂避北洋军阀政府的迫害，鲁迅赴厦门大学任教。在此期间，他完成了散文集《朝花夕拾》的创作，编定了《汉文学史纲要》前 10 章，并整理了自己的散文诗，结集为《野草》出版。1927 年 1 月，在北伐战争节节胜利的鼓舞下，鲁迅任中山大学文科主任兼教务主任。1927 年 4 月，鲁迅辞去中山大学的一切职务。1927 年 9 月，鲁迅离开广州，10 月到上海定居。1928 年，鲁迅加入中国革命互济会。1930 年 2 月发起并参加了中国自由运动大同盟；3 月，发起成立中国左翼作家联盟，并在成立大会上发表重要讲话。1933 年加入中国民权保障同盟，并担任上海分盟的执行委员。鲁迅在人生最后的 10 年中，创作的兴趣主要是杂文。此外，1936 年还结集出版了历史小说集《故事新编》。1936 年，鲁迅在上海逝世。

二、鲁迅的小说创作

文学革命时期，鲁迅先后出版了他的小说集《呐喊》《彷徨》。这两部小说集不仅是鲁迅一生文学创作的重要组成部分，也是中国现代小说的奠基之作和经典之作。《呐喊》和《彷徨》是他长期思考中国反封建思想革命问题的艺术结晶。

《呐喊》最初共收入了1918—1922年间所写的15篇小说，包括《狂人日记》《孔乙己》《药》《明天》《一件小事》《头发的故事》《风波》《故乡》《阿Q正传》《端午节》《白光》《兔与猫》《鸭的喜剧》《社戏》《不周山》。其中的作品大都写于"五四"运动高潮期。题为《呐喊》表示要为新文化运动呐喊助威。《呐喊》中的作品，主要描写了一系列不幸的人物形象，如农民、个体劳动者、下层旧知识分子等的悲剧，见诸《狂人日记》《孔乙己》《药》和《阿Q正传》。

《狂人日记》是中国现代文学史上第一篇用现代体式写作的白话文短篇小说。小说由篇首的文言小"识"和13则不著年月的"狂人"日记组成，描绘的是一个患有被害妄想病症的"狂人"以及他心目中所经历的社会人生。小说中所描写的一切都是狂人的言语和行为，表现了一个被害妄想症病人的鲜明特征。狂人的思维是混乱的，精神状态是敏感的，经常出现被人谋害的妄想。例如，他从天上的月光怀疑到赵家狗的眼光，从古书记载的暴君桀纣的残忍，联想到不久前传闻的革命党人徐锡林被杀、被吃，从狼子村捉住恶人杀了来吃，联想到自己的大哥可能把妹子的肉做了羹饭等。在阅读作品时，由于受到作者所创造的氛围的影响，往往使读者在阅读过程中将狂人的妄想与当时的社会现实联系在一起。总之，《狂人日记》是率先觉醒者的呐喊，作品中的狂人，率先发现了中国历史是"吃人"的历史，并在铁屋子一般的黑暗中，爆发出这样的呐喊：

> "你们可以改了，从真心改起！要晓得将来容不得吃人的人，活在世上。"
>
> "没有吃过人的孩子，或者还有？"
>
> "救救孩子……"

《孔乙己》讲述的是一个清末下层知识分子孔乙己的悲惨一生。孔乙己是封建思想和伦理道德的拥护者，他穷困潦倒，但思想顽固，完全认识不到封建思想的不合理性，在他最穷困潦倒的时候还摆出读书人的架子，也不肯脱掉代表他身份的长袍。他唯一擅长的就是写字，写了一手好字，但又不想以此为生，怕失了面子和身份，无奈之下他偷书去卖，在被发现之后反而振振有词地为自己辩驳："窃书！……读书人的事，能算偷么？"最终被丁举人打断了腿，从此消失在人们的视野中。小说在短短的篇幅里，塑造了孔乙己这一呼之欲出、令人难忘的形象。

孔乙己的悲剧命运是封建思想、封建伦理道德的产物，而孔乙己则是在精神肉体上的全面受害者。在这篇小说中，鲁迅表现了对被损害与被侮辱的下层知识分子的深切同情，对扼杀他们的封建思想和封建伦理道德进行了强烈控诉。小说采用的是小伙计的视角，以小伙计的所见所闻为中心结构故事，使小说的布局更加紧凑、精粹，同时也更增加了作品的真实感和生动性。

在小说《药》中，有着鲁迅浓厚的寂寞之感，于此，他将呐喊寄予寂寞之中。小说通过华老栓夫妇买人血馒头为儿子治病的故事，揭露了封建迷信文化愚弄百姓的罪行，同时也颂扬了夏瑜不屈的革命精神，惋惜辛亥革命缺少群众基础的局限性。“药”在小说中是蘸着人血的馒头，是救治华小栓的希望，因而当华老栓夫妇拿到它的时候“仿佛抱着一个十世单传的婴儿”，“他现在要将这包里的新的生命，移植到他家里，收获许多幸福”，当小栓吃“药”时，旁边“一面立着他的父亲，一面立着他的母亲，两人的眼光，都仿佛要在他身上注进什么又要取出什么似的”，而小栓自己“撮起这黑东西……似乎拿着自己的性命一般，心里说不出的奇怪”。他们只知道这“药”是传说中的仙丹，并不了然他们无意中吃的竟是革命烈士夏瑜的鲜血，后者为了民族的希望，“关在牢里，还要劝牢头造反”，说“这大清的天下是我们大家的”，这声声呐喊却惨淡地消失于人们“买药”“吃药”与“谈药”中。革命仿佛是“大家”的事，离他们十分遥远。这群生活在现代生活中的古老躯壳，无论怎样声嘶力竭地“呐喊”，终然成空。这是鲁迅最大的无奈悲哀与寂寞。

鲁迅朝向国人灵魂的呐喊在《阿 Q 正传》中达到了极致和巅峰，“精神胜利法”的阿 Q，是中国国民灵魂的画像，鲁迅借小说传达出这样的意蕴：如果不进行思想启蒙，如果国民的灵魂不觉醒，如果中国国民性中的愚昧麻木、奴性不根除，那么，中国革命就只能是阿 Q 式的革命。阿 Q 生活在封建等级观念森严、人与人之间也极其冷漠的未庄，这导致他形成了“自尊自大而又自轻自贱，敏感禁忌而又麻木健忘，质朴愚昧但又圆滑无赖”[①] 的性格，具有了双重人格。而其双重人格的集中表现，便是精神胜利法。通过精神胜利法，他对强大的社会异己力量进行着对抗，这既表明了他的愚昧，始终处于不觉悟的状态，不敢直接地面对现实；也表明了他的无奈，作为弱者的他无法与强大的环境相对抗，只

① 林兴宅 . 论阿 Q 的性格系统 [J]. 鲁迅研究，1984（1）.

能通过精神胜利法使自己与强大的环境相迎合，进而获得可怜的生存可能。而阿Q身上存在的精神胜利法，正象征了人类较为普遍的不敢正视现实的精神弱点。

《彷徨》共收入了鲁迅1924—1925年间所写的11篇小说，包括《祝福》《在酒楼上》《幸福的家庭》《肥皂》《长明灯》《示众》《高老夫子》《孤独者》《伤逝》《弟兄》《离婚》。下面仅对《祝福》《伤逝》进行简要分析。

在《彷徨》中，鲁迅开始质疑"呐喊"对于现代社会是否有意义。他决定不再充当冷眼旁观的历史叙述者，他要走出阴冷的叙述，去直面这惨淡的人生。这促使他在小说《祝福》中塑造了祥林嫂这一女性形象。小说中的"我"直面的是祥林嫂半生遭遇以及精神悲剧。祥林嫂只是一个普通人家的女孩，早年守寡的她听说婆婆要将她转卖他人，便连夜跑到鲁镇，成为鲁四老爷家的帮佣。可最后她还是被婆婆抓走，被迫改嫁。在与贺老六结婚后，她有了一个可爱的儿子，过了一段相对安稳的生活，但好景不长，贺老六不幸重病身亡，她唯一的儿子也被狼吃了，于是她无奈之下又回到了鲁家，最终在众人的冷眼中悲凉地死去。"我"是祥林嫂这部有关生存轮回的精神悲剧的目击者、见证者以及感受者。"我"与她曾经对于灵魂的有无展开过对话，这是生发于民族历史转折之际启蒙先驱与被蹂躏者之间的对话。祥林嫂连发三问：一个人死了之后究竟有没有灵魂？到底有没有地狱？死掉的一家人能不能见面？面对被蹂躏者的一再追问，"我"作为处在历史轮回的终结处的启蒙者，却只得支吾其词，答非所问，落荒而逃。至此，鲁迅由呐喊转而显示出他的彷徨，同时这也代表着鲁迅对"人"的更深思考，这显示了鲁迅的困惑及至绝望，但是，却并不沉沦，鲁迅选择的是与绝望抗战，那就是"揭出病苦，以引起疗救的注意"。

《伤逝》是鲁迅唯一一篇以爱情为题材的小说，作者以一对青年男女的爱情故事为主线，透过他们的悲剧故事揭示了青年男女要想寻求"新的生路"，只有将个性解放与社会解放相结合。在这篇小说中，鲁迅通过描写涓生和子君的从喜剧开始而以悲剧告终的爱情故事，塑造了"五四"时期的知识分子形象。涓生和子君在"五四"时期勇敢地冲破了旧家庭的束缚而相爱、同居，但当他们同居后却将眼光局限于小家庭凝固的安宁与幸福。慢慢地，他们的爱情失去了附丽，子君只能无奈地重回旧家庭，并最终凄惨死去；而涓生则怀着矛盾、痛悔的心情，对"新的生路”进行着积极的寻找。

总体来讲，《呐喊》与《彷徨》是鲁迅独特思想的小说的体现形式，它既刻画了中国四千年沉默的“国民的灵魂”，以疗救病态的社会，同时又展现了鲁迅作为一个历史“中间物”的全部精神史。这两部小说集具有鲜明的艺术特色，这主要表现在以下几方面。

第一，主体渗入小说的形式多样。在鲁迅的这两部小说集中，主体渗入小说的形式是多种多样的。例如《药》的结尾有一段写景：“微风早已经停息了；枯草支支直立，有如铜丝。一丝发抖的声音，在空气中愈颤愈细，细到没有，周围便都是死一般静。”这样的景致，伴随着两位母亲悲痛而又隔膜的凭吊，构成了一幅象征的抒情画面，渗透着作者的悲凉与沉思。

第二，主观抒情性明显。主观抒情性在鲁迅的许多小说中都表现得非常明显，例如在《明天》中，当单四嫂子埋葬了宝儿以后，小说有了这样的描写：“他定一定神，四面一看，更觉得坐立不得，屋子不但太静，而且也太大了，东西也太空了。太大的屋子四面包围着他，太空的东西四面压着他，叫他喘气不得。”接着叙事人又以第一人称评论道：“我早经说过：他是粗笨女人。他能想出什么呢？他单觉得这屋子太静，太大，太空罢了。”这样，叙事人与人物在内心感受上趋于同一，进而由此凸显出故事的悲剧性。而单四嫂子感受到的太静、太大、太空的感受，也分明渗透着鲁迅自身的孤独与寂寞。

第三，创作方法多样。鲁迅的小说一方面充分继承并发展了中国传统小说的艺术精华，以现实主义为主要创作方法，另一方面又借鉴了外国小说的表现方法和艺术技巧，吸收、融合了浪漫主义、现代主义等创作方法的精华，并具有独特的个人风格。例如《狂人日记》明显受到了果戈理同名小说的影响，而且有着明显的象征主义和意识流的色彩。

第四，语言精练。鲁迅在作品中往往能够抓住描写对象极具表现力的特征，以唤起丰富联想的语言，简洁、有力地把对象描画出来。例如在《伤逝》中，作者仅用寥寥数语就写出了涓生的绝望：“仿佛看见那生路就像一条灰白的长蛇，自己蜿蜒地向我奔来，我等着，等着，看看临近，但忽然便消失在黑暗里了。”

第五，小说体裁具有无与伦比的创造力。在鲁迅的作品中，他自觉地打通了戏剧、散文、诗、政论、哲理与小说的界限，创造出了诗化小说《伤逝》，散文体小说《兔和猫》《鸭的喜剧》以及戏剧体小说《起死》等。

三、鲁迅的散文创作

除了创作了大量小说外，鲁迅在散文上也很有建树，《朝花夕拾》与《野草》两部散文集就是他的代表作。

《朝花夕拾》包括《小引》《狗·猫·鼠》《阿长与〈山海经〉》《二十四孝图》《五猖会》《无常》《从百草园到三味书屋》《父亲的病》《琐记》《藤野先生》《范爱农》《后记》12 篇散文，原来的总题目是《旧事重提》，1927 年编辑成集时，改名为《朝花夕拾》。《朝花夕拾》的创作实际上来源于鲁迅对现实人生的绝望，是他在个人回忆中寻找反抗的力量的产物。

《狗·猫·鼠》《阿长与〈山海经〉》《二十四孝图》《五猖会》《无常》《从百草园到三味书屋》《父亲的病》都是作者从不同侧面回忆自己的童年生活。在这些散文中，鲁迅描绘了两个截然不同的世界：一个是以三味书屋为象征的传统文化的世界，它与儿童天真的秉性相违背，充满了压抑和无趣，留给作者的也是灰色的记忆。比如《父亲的病》除了讽刺中医不过是一种“有意的或无意的骗子”，还描写了被作者虚构化了的父亲临终时的场景。当父亲长久地喘气时，“我”在衍太太的指示下不停地大喊父亲，加重了临死者的痛苦。这一幕在作者心中留下了不能平复的创伤，以至于“我现在还听到那时的自己的这声音，每听到时，就觉得这却是我对于父亲的最大的错处”。另一个是以百草园为象征的民间文化的世界，这里有紫红的桑葚、肥胖的黄蜂、人形的何首乌、又酸又甜的覆盆子和神奇的“美女蛇”“飞蜈蚣”（《从百草园到三味书屋》）；有长妈妈的“三哼经”和她的关于长毛的故事（《阿长与〈山海经〉》）等，这些都是作者幼年时倾心热爱过的。

《琐记》《藤野先生》《范爱农》写自己青年时代面临的生活道路的抉择与走上文学之路的历程。《后记》抨击了被封建纲常礼教所毒害与侵蚀的“孝道”的典型。从其内容上，可以发现，《朝花夕拾》不是鲁迅的个人自传，而是一个思想上和心理上都承载了许多过去经验的成年人对自己昔日生活的反顾。因而，十篇散文中的大多数，都是带有虚构性的。

1924—1926 年间，鲁迅在《语丝》上连续发表了 23 篇散文，分别为《秋夜》《影的告别》《求乞者》《我的失恋》《复仇》《复仇（其二）》《希望》《雪》《风筝》《好的故事》《过客》《死火》《狗的驳诘》《失掉的好地狱》《墓碣文》《颓败线的颤动》《立论》《死后》《这样的战士》《聪明人和傻子和奴才》《腊叶》《淡淡的血痕中》《一觉》。1927 年鲁迅将其结集出版，增写《题辞》一篇，总题名为《野草》。《野草》的写作时间与《彷徨》大致相同，这个时期是鲁迅心情极为苦闷的时期。一方面，鲁迅的家庭内部出现了矛盾，他与二弟周作人的关系彻底破裂，这对鲁迅来说无疑是人生的又一不幸，并且成为《野草》中一些篇章的写作动因。另一方面，《新青年》的团体解散了，“五四”新文化运动转入低潮期。鲁迅这个文化战士感受到了深刻的孤独和寂寞。

《野草》中散文诗就其题材而言各自成篇，彼此不相连属，就情绪而言又浑然一体。其中，一部分作品是表现作者内心迷惘、痛苦、苦闷的自我的主观情绪以及对自我存在价值的反省、自剖，捕捉自我微妙的难以言传的感觉、情绪、心理、意识（包括潜意识），逼视自己灵魂的最深处，进行深层次的哲理的思考，如《颓败线的颤动》《影的告别》《死火》《墓碣文》《秋夜》《希望》等。另一部分的内容是针对庸俗丑恶的社会世相和黑暗的社会现实予以无情揭露和鞭挞，体现着鲁迅式的执著坚毅的社会责任感，如《聪明人和傻子和奴才》《求乞者》《复仇》《失掉的好地狱》《淡淡的血痕中》《一觉》等。

在艺术特色上，鲁迅在《野草》中创造了一些客观形象与主观意趣统一的意象，运用了象征主义艺术表现手法，如在无边的荒野，以“无词的言语”、颓败身躯的颤动发出抗争的“老女人”就象征着自我的命运(《颓败线的颤动》)；“在无边的旷野上，在凛冽的天宇下，闪闪地旋转着”的“孤独的雪”“雨的精魂”（《雪》）等。这些具有深厚社会内涵的象征性自我形象，都是中国文学史上全新的意象创造。

第二节　白话新诗的发展

我国古典诗歌经过漫长的封建社会，发展到了清代末已渐趋衰落僵化，为另求新路继续发展，黄遵宪、梁启超等倡导了“诗界革命”，他们对旧体诗有一定的改进，但由于没有突破古诗格律的束缚去开创诗歌的新形式，最终夭折。之后，新文化运动爆发，陈独秀在《文学革命论》中明确提出了文学革命的"三大主义"，胡适积极支持，首创《白话诗八首》。在胡适的带动下，众多文人纷纷开始创作白话诗，报刊上也开始刊登白话诗，以及探讨白话诗的文章，一时间，以白话作为基本语言手段的新诗开始成为一个文学潮流。其中表现出色的郭沫若、闻一多、徐志摩等都是这一时期的代表诗人。

一、郭沫若的诗歌

（一）郭沫若的生平

郭沫若（1892—1978），原名郭开贞，又名郭鼎堂，四川乐山人。"沫若"是他 1919 年开始发表新诗时所用的笔名。郭沫若出生于四川省乐山县（今属四川乐山市境）沙湾镇的一个地主商人家庭，从小受古典文学的影响非常大。他从母亲那里学到了"诗教的第一课"，在私塾中熟读了许多古典诗歌。1906 年后，郭沫若进入新办的高小和中学就读。这个时期他既熟读了古典文学名著，又阅读了林琴南译介的西方文学作品。1913 年底，郭沫若抱着富国强兵的理想到日本留学，在读了几年预科之后凭借优异的成绩考入了九州帝国大学学医。这期间他接触到了屠格涅夫、托尔斯泰、高尔基等一批西方作家的作品，他更醉心于泰戈尔、惠特曼、歌德、海涅、雪莱等诗人的诗歌。1923 年，郭沫若毕业于九州帝国大学，获医学学士学位。由于自身身体条件限制以及受到当时社会的影响，郭沫若决定弃医从文。受泰戈尔"宇宙和谐，人类一体"的泛爱思想，王阳明"万物一体"的宇宙观，斯宾诺莎的"泛神论"哲学观的影响，郭沫若具有了"泛神论"思想——"我即是神，一切自然都是自我的表现"。郭沫若的"泛神论"思想融汇着中国古代泛神论和西方泛神论思想的特点，具有独特的个性。他于 1921 年 8 月出版的新诗集《女神》就是这种文艺观的体现。

1921 年 7 月，郭沫若参与成立了创造社，并成为前期创造社的骨干，他与成仿吾、郁达夫等人先后创办、出版了《创造季刊》《创造周报》和《创造日》等刊物。他的关于创作应偏重于"主情"、表现"内心的要求"的主张，代表了创造社的基本倾向。1923 年 10 月，郭沫若出版了诗歌、散文、小说合集《星空》。其中，收录了 31 首 1921—1922 年间的诗歌。诗集中大多数诗歌反映了诗人由乐观、昂扬跌入苦闷、彷徨的心境。1924年4月，为了彻底探求中国的出路，郭沫若专程去日本，翻译了日本经济学家河上肇介绍马克思主义的著作——《社会组织与社会革命》。该书对他世界观及文艺观的形成起到了重要的作用。1925年，他出版了爱情诗集《瓶》，该诗集收入了42首诗歌，歌唱青春的光华和爱情的甜蜜，真实、大胆地再现了青年人的恋爱心理，充满个性化色彩。1926年左右，随着革命高潮的到来，郭沫若开始积极倡导革命文学，并曾一度参与过革命文学论争。1926年4月，他出版了戏剧集《三个叛逆的女性》，集中包括1923年创作的《卓文君》《王昭君》和1925年创作的《聂嫈》3部历史剧。同年7月，他投笔从戎，随国民革命军北伐，先后担任政治部秘书长、副主任、代理主任等职。1927年4月，郭沫若在武汉《中央日报》发表了著名的讨蒋檄文《请看今日之蒋介石》。同年8月，他参加了南昌起义，在南下途中，经周恩来等人介绍，加入了中国共产党。1928年2月底，为了躲避国民党的通缉，他流亡日本，并发表了诗集《前茅》《恢复》。1937年抗战爆发后，郭沫若从日本潜回中国，参与抗日救亡运动。回国后，对于"皖南事变"，他以极大的愤慨连续创作了《棠棣之花》《屈原》《虎符》《高渐离》《南冠草》《孔雀胆》共6部历史剧，借古喻今，影响十分广泛。抗战胜利后，郭沫若积极参加民主解放运动。1948年来到解放区。1949年7月出席了第一次文代会，并当选为中国文联主席。新中国成立后，郭沫若参加国家领导事务，其创作和著述又有了新的成果。1978年6月12日，郭沫若在北京逝世。

（二）郭沫若的诗歌创作

郭沫若是早期白话诗运动中独树一帜的诗人，他的《女神》在新诗发展史上有过重要的影响和地位。1921年8月出版的《女神》，以彻底反叛旧世界的精神，强烈的浪漫主义审美意识和独特的诗歌创造才能，狂飙突进的姿态开一代诗风。《女神》的思想内容主要集中在以下三个方面。

第一，对黑暗现实的强烈反抗、叛逆和对光明理想的热烈向往，充分体现了"五四"时期彻底的、不妥协的反帝反封建的革命精神。如《凤凰涅槃》（节选）：

凤歌
即即！即即！即即！
即即！即即！即即！
茫茫的宇宙，冷酷如铁！

茫茫的宇宙,黑暗如漆!
茫茫的宇宙,腥秽如血!

宇宙呀,宇宙,
你为什么存在?
你自从哪儿来?
你坐在哪儿在?
你是个有限大的空球?
你是个无限大的整块?
你若是有限大的空球,
那拥抱着你的空间
他从哪儿来?
你的外边还有些什么存在?
你若是无限大的整块,
这被你拥抱着的空间
他从哪儿来?
你的当中为什么又有生命存在?
你到底还是个有生命的交流?
你到底还是个无生命的机械?

昂头我问天,
天徒矜高,莫有点儿知识。
低头我问地,
地已死了,莫有点儿呼吸。
伸头我问海,
海正扬声而呜唈。
…………

通过凤凰双双自焚前的歌唱,真切而沉痛地描绘了朽败的旧世界。凤凰的自焚,乃是与旧世界彻底决绝的反抗行动,是叛逆精神的强烈爆发与燃烧。

第二,追求个性解放和个性自由,表现出"五四"时期青年一代要求冲破一切束缚的呐喊,是广大爱国青年反叛性格和战斗激情的诗意概括。如《天狗》:

我是一条天狗呀！
我把月来吞了，
我把日来吞了，
我把一切的星球来吞了，
我把全宇宙来吞了。
我便是我了！

我是月底光，
我是日底光，
我是一切星球底光，
我是 X 光线底光，
我是全宇宙底 Energy 底总量！

我飞奔，
我狂叫，
我燃烧。
我如烈火一样地燃烧！
我如大海一样地狂叫！
我如电气一样地飞跑！
我飞跑，
我飞跑，
我飞跑，
我剥我的皮，
我食我的肉，
我吸我的血，
我啮我的心肝，
我在我神经上飞跑，
我在我脊髓上飞跑，
我在我脑筋上飞跑。

我便是我呀！
我的我要爆了！

诗中的“天狗”这种破坏一切旧事物的强悍形象，正是那个时代个性解放要求的诗的极度夸张。

第三,爱国情思、颂扬新生的深情,既是对“五四”的礼赞,也表达了爱国主义的时代精神。从《女神》中的《炉中煤》的年轻女郎,《凤凰涅槃》中更生的凤凰等形象,不难看出诗人对于祖国的深沉眷念与无限热爱。如《炉中煤》:

啊,我年青的女郎!
我不辜负你的殷勤,
你也不要辜负了我的思量。
我为我心爱的人儿
燃到了这般模样!

啊,我年青的女郎!
你该知道了我的前身?
你该不嫌我黑奴卤莽?
要我这黑奴的胸中,
才有火一样的心肠。

啊,我年青的女郎!
我想我的前身
原本是有用的栋梁,
我活埋在地底多年,
到今朝总得重见天光。

啊,我年青的女郎!
我自从重见天光,
我常常思念我的故乡,
我为我心爱的人儿
燃到了这般模样!

《炉中煤》的副题即是“眷念祖国的情绪”,诗人运用独特的想象,将祖国比喻为“年轻的女郎”,而以“炉中煤”自喻,“炉中煤”愿为“年轻的女郎”燃烧、献身。

《女神》在艺术上呈现出三方面特点。

第一,理想与浪漫的融合。《女神》对旧中国现实的否定是以对理想社会的乐观想象为基础的,理想主义成为其浪漫主义追求的内涵。诗集通过火山般的激情、华丽繁复的语言、急促的旋律和大胆夸张的想象,铺陈渲染了诗的浪漫激情。理想主义则赋予诗歌以崇高的美学特征。“女神”的创造,“凤凰”的新生,无一不是理想化的艺术推想。

第二,独特的自由诗体。自由诗体的引入打破了我国古典诗歌传统格律的束缚。它首先是诗人个性精神解放的体现。郭沫若反对刻意雕琢和矫揉造作的诗风,主张诗要自然流露。因此,《女神》中诗情炽热,高低缓急,任意挥洒。其次,自由诗体的丰富多样。《女神》中有短至3行的抒情短章,也有长达300多行的诗剧。分行整饬参差,换韵自由。总的来说,郭沫若的诗歌并不是无规律的自由,他力求在诗节、诗行、韵脚方面保持形式的和谐,以情绪起伏节奏支配诗行的运行。

第三,雄奇狂放的诗风。《女神》诗风的形成受到了中外诗歌的多重滋养。郭沫若欣赏雪莱的杂色风格,以他深厚的文学修养广泛借鉴中外文学之优长,形成自己雄奇狂放的艺术风格。《女神》的雄奇狂放风格有两种情形。首先,《女神》中同时存在着清丽与奔放两种特征的诗作。例如第三辑中歌唱自然的小诗《霁月》《晚步》《晨兴》《鸣蝉》《晴朝》等,可能是诗人“觉醒期”的诗作,主要受泰戈尔诗风的影响,清丽淡雅,其中也含有唐代诗人王维、孟浩然等的风味和意境。而创作于“爆发期”的《立在地球边上放号》《匪徒颂》《巨炮之教训》等,主要受惠特曼、雪莱激越奔放的诗风影响,刻意追求狂放。其次是两种风格杂糅于一体的诗作。如《炉中煤》《地球,我的母亲!》等,既有“雄浑倜傥、突兀排空”的一面,又有“幽抑清冲”的一面。

二、闻一多的诗歌

(一)闻一多的生平

闻一多(1899—1946),现代著名诗人,文史学者,湖北浠水人。1912年考入北京清华学校,1921年11月与梁实秋等人发起成立清华文学社。1922年7月赴美留学,学习绘画,进修文学。1925年5月回国,任北京艺术专科学校教务长。1926年参与创办《晨报·诗镌》。1928年3月在《新月》杂志担任编辑。先后在武汉大学、青岛大学、清华大学任教,致力于古典文学研究。抗战随校南迁在西南联大任教8年。后投身于抗日运动和民主斗争。1946 年 7 月 15 日被国民党特务杀害。

（二）闻一多的诗歌创作

闻一多出版有《红烛》和《死水》两部诗集。《红烛》分五篇，写于在清华和在美国两个期间。序诗《红烛》是诗集内容的集中体现。《太阳吟》历来被看作是闻一多爱国思乡的代表作，是典型的“闻一多式”的赤子之歌：

太阳啊，刺得我心痛的太阳！
又逼走了游子的一出还乡梦，
又加他十二个时辰的九曲回肠！
太阳啊，火一样烧着的太阳！
…………
这里的风云另带一般颜色，
这里鸟儿唱的调子格外凄凉。
太阳啊，生命之火的太阳！
但是谁不知你是球东半的情热，
同时又是球西半的智光？
太阳啊，也是我家乡的太阳！
此刻我回不了我往日的家乡，
便认你为家乡也还得失相偿。
太阳啊，慈光普照的太阳！
往后我看见你时，就当回家一次，
我的家乡不在地下乃在天上！

《太阳吟》的感情悲怆而又激越，其想象也很奇丽而富于变化。诗人把“太阳”作为自己怀念的祖国家乡，深情对它倾诉心中的矛盾与痛苦。在怀念祖国的痛苦煎熬中，游子心中的太阳不断变换着形象和感情，它一会儿再现为驾上六龙神游九天，化为金乌自由环绕地球飞翔的远古神话形象；一会儿又像游子一样的遭遇，奔波不息，无家可归；时而成为“生命之火”，象征着东半球的情热和西半球的智光；时而把太阳当成“自强不息”的乡人，询问归家的方向；最后，诗人感到还乡无望，无奈地承认太阳这样的“家乡”只能算作精神寄托的补偿。诗人对太阳的感情变化道出了他在现实与向往中的矛盾与压抑处境，诗的结句“我的家乡不在地下乃在天上”尽含海外游子的孤独凄凉。

闻一多努力地实践自己的"三美"[①] 主张,他在20世纪20年代所写的诗不仅情感强烈而深沉,想象丰富而意象繁复,在新诗创格上也体现了独特的审美形式,为中国新诗的诗体建设做出了有益的探索。《死水》是新格律诗和"三美"主张的完美典范,也是闻一多的代表作。

这是一沟绝望的死水,
清风吹不起半点漪沦。
不如多扔些破铜烂铁,
爽性泼你的剩菜残羹。

也许铜的要绿成翡翠,
铁罐上锈出几瓣桃花;
再让油腻织一层罗绮,
霉菌给他蒸出些云霞。

让死水酵成一沟绿酒,
漂满了珍珠似的白沫;
小珠笑一声变成大珠,
又被偷酒的花蚊咬破。

那么一沟绝望的死水,
也就夸得上几分鲜明。
如果青蛙耐不住寂寞,
又算死水叫出了歌声。

这是一沟绝望的死水,
这里断不是美的所在,
不如让给丑恶来开垦,
看它造出个什么世界。

《死水》创作于1926年,当时中国处于军阀混战的动乱时期,举国上下满目疮痍,诗人回国目睹到这一切后便创作了这首充满愤怒情绪的诗歌,诗人借"一沟绝望的死水"比作那个践踏人性的丑恶世界,第

① 音乐美、绘画美、建筑美。

二节用美丽的事物来描写丑陋的“死水”,更加鲜明地表现出诗人对丑恶势力的极端轻蔑与厌恶,也寄托了诗人希望丑恶的旧物早日灭亡的强烈愿望。另外,该首诗充分实践了闻一多新诗格律化的主张,“音乐美”“绘画美”“建筑美”在此诗中得到完美的体现,全诗读起来抑扬顿挫、节奏鲜明,诗人用色彩斑斓的意象如“翡翠”“桃花”“罗绮”“云霞”勾画出一幅形象鲜明的“死水”图。此外,全诗5节,每节4行,每行9字,保持着“节的匀称”和“句的均齐”的美感。

三、徐志摩的诗歌

(一)徐志摩的生平

徐志摩(1897—1931),原名徐章垿,字志摩,浙江海宁人。1917年考入北京大学,1918年赴美国留学,1920被哲学家罗素吸引,后进入英国剑桥大学学习哲学。1922年回国,先后在北京大学、清华大学等高校任教。1923年3月在北京发起成立了新月社。1928年他与闻一多负责主编《新月》月刊,著有诗集《志摩的诗》《猛虎集》《云游集》《翡冷翠的一夜》,散文集《秋》,小说集《轮盘》等,1931年因空难不幸罹难。

(二)徐志摩的诗歌创作

徐志摩是一个理想的个性主义者,他一生都在追求爱与美以及自由,他以再现的形式写出了他对超现实的理想世界的追求。如《我有一个恋爱》:

我有一个恋爱——
我爱天上的明星;
我爱它们的晶莹:
人间没有这异样的神明。

在冷峭的暮冬的黄昏,
在寂寞的灰色的清晨,
在海上,在风雨后的山顶——
永远有一颗,万颗的明星!

山涧边小草花的知心,
高楼上小孩童的欢欣,

旅行人的灯亮与南针——
万万里外闪烁的精灵!

我有一个破碎的魂灵,
像一堆破碎的水晶,
散布在荒野的枯草里——
饱啜你一瞬瞬的殷勤。

人生的冰激与柔情,
我也曾尝味,我也曾容忍;
有时阶砌下蟋蟀的秋吟,
引起我心伤,逼迫我泪零。

我袒露我的坦白的胸襟,
献爱与一天的明星:
任凭人生是幻是真,
地球存在或是消泯——
太空中永远有不昧的明星!

在诗人的眼中,现实是充满着荆棘和束缚的,只有在理想的天国中人们才能摆脱各种束缚。在诗歌的语言方面,诗人追求辞藻的华丽,极强的语言驾驭能力使他的诗歌中总是充满了丰富情感的表达。如《再别康桥》:

轻轻的我走了,
正如我轻轻的来;
我轻轻的招手,
作别西天的云彩。

那河畔的金柳,
是夕阳中的新娘;
波光里的艳影,
在我的心头荡漾。

软泥上的青荇,

油油的在水底招摇；
在康河的柔波里，
我甘心做一条水草！

那榆荫下的一潭，
不是清泉，是天上虹；
揉碎在浮藻间，
沉淀着彩虹似的梦。

寻梦？撑一支长篙，
向青草更青处漫溯；
满载一船星辉，
在星辉斑斓里放歌。

但我不能放歌，
悄悄是别离的笙箫；
夏虫也为我沉默，
沉默是今晚的康桥！

悄悄的我走了，
正如我悄悄的来；
我挥一挥衣袖，
不带走一片云彩。

这首诗共有 7 段，每段 2 节，每节 2 行，第二行后退一格，每行的字数和音节不尽相等，从而使整首诗看起来显得整饬却不乏节奏感。在艺术构思方面，结构精巧，意象新颖独特。

第三节 现代小说的新探索

清末民初，梁启超发起小说界革命，提出小说是文学之最上乘，这一观点促进了中国小说地位的变化。1918年，鲁迅的《狂人日记》开启了中国现代小说的先河。20世纪20年代，中国作家进一步探索现代小说的各种可能。现代小说被用来寻找人生、社会意义及精神出路，社会问题小说、自叙传抒情小说和乡土小说代表了现代小说发展的主要成就。

一、社会问题小说

社会问题小说多以知识青年生活为题材，探索各种社会人生问题，涉及婚姻家庭、妇女地位、教育、劳工、青年出路、社会习俗与礼教、下层人民生活、战争与军人、国民性等。它的繁荣既是"五四"思想启蒙运动的需要和结果，也深受外来文化思潮，特别是易卜生密切关心社会现实问题的进步倾向的影响。冰心、庐隐等是社会问题小说的代表作家。

（一）冰心的社会问题小说

冰心（1900—1999），原名谢婉莹，福建长乐人。1918年进入协和女子大学学医，后改学文学。她生于福建的一个海军军官家庭，后来跟随父亲迁居山东烟台，烟台的大海是冰心成为作家的摇篮。在冰心成长的过程中，虽然外界环境非常动荡，但父母仍然尽全力为她营造了良好的成长环境。在优越的环境和父母的关爱下成长起来的冰心一直保持着宁静的心态，在爱的环境中长大的孩子内心也充满了爱，她爱大海、爱家人，对大自然也充满了爱。"爱"的思想也是她家庭之爱、童年之爱的释放和升华。结婚以后，冰心拥有一个在当时的中国社会令人称羡的恩爱家庭，其爱人是我国早一辈著名的社会学家、人类学家吴文藻先生，夫妇二人既志同道合又彼此体贴入微。成年以后和谐的家庭生活无疑使冰心始终保持着幼年时形成的对世界的爱心。

冰心在很小的时候就阅读了大量的名作，这为她以后的创作打下了良好的基础。1914年秋，冰心进入基督教会在北京举办的贝满女子中学就读。在此期间，冰心系统地学习了《圣经》。受基督教博爱思想的熏陶，在“五四”运动影响下，冰心积极参加反帝爱国运动，她看到了社会所存在的种种问题，然后就从探索人生道路出发，以写作“问题小说”步入文坛。1919 年 9 月，她以“冰心”的笔名发表了第一篇小说《两个家庭》。之后，她又发表了《斯人独憔悴》。1923 年，冰心毕业于燕京大学，之后又以优异的成绩去美国威尔斯利女子大学学习英国文学，从这时至 1926 年，她把自己在旅途和异国的见闻感受以及对往事的追忆，陆续写成亲昵恳切的 29 封寄小朋友的信，并结集为《寄小读者》于 1926 年出版。1926 年，冰心在美国获文学硕士学位后回国，在燕京大学、清华大学和北京女子文理学院任教。这期间又创作了大量作品。1936 年暑假，她赴欧美游历，经日、美、苏、意、英、法、德等国。抗日战争爆发后，冰心到重庆，曾主持过《妇女文化》半月刊。1941—1947 年她曾担任参政会议参政员。1946 年夏回北平，之后全家去了日本。1951 年，冰心从日本回国。1958 年和 1978 年以后，她先后为孩子们写了《再寄小读者》和《三寄小读者》等。1980 年她创作的短篇小说《空巢》获全国优秀短篇小说奖。她的儿童文学作品选集《小桔灯》等，在 1980 年全国少年儿童文艺创作评奖中获荣誉奖。冰心在创作之余，还致力于保卫世界和平，对外友好和文化交流等工作。1999 年，冰心在北京医院逝世。

冰心是新文学史上最早的女作家之一，她的作品深受基督教的泛爱思想和西方人道主义观念影响，母爱、童心和大自然是其作品的重要主题。冰心在现代文学史上最有影响的是她的散文和小诗，但是，她最早却以“社会问题小说”步入文坛并成名。阿英（钱杏邨）在《〈谢冰心小品〉序》中写道：“青年的读者，有不受鲁迅影响的，可是，不受冰心影响的，那是很少。虽然从创作的伟大性及其成功方面看，鲁迅远超过冰心。”可见冰心社会问题小说的影响力。在社会问题小说作家中，冰心的创作时间最长，冰心的第一篇社会问题小说是《两个家庭》，最早刊载在北京《晨报》上，刊发这篇小说时，作者第一次使用“冰心”这个笔名。

在《两个家庭》中，冰心用对比的手法展现了两个家庭的生活场景。作品中的两个家庭一个是“我”三哥的家庭，“我”三哥的妻子名字叫亚茜，大学毕业，拥有活泼的性格，为人也乖巧可爱，和“我”三哥生活得非常幸福。另一个家庭是陈华民先生的家庭，陈华民先生的妻子是官家的小姐，天天就知道出去应酬，对家中的一切都不关心，孩子不知道教育，日常开销不知道管理，这就导致家中非常混乱。对于这样的家，陈华民先生非常苦恼，他和妻子的感情也不和，因此，他经常出去寻找刺激，最终死于肺病。“我”的母亲后来在谈论陈华民时说之所以他的家庭出现各种问题，问题就出在他的妻子没有受到过良好的教育。在当时重男轻女的环境下，这部小说大胆地提出了女子受教育的问题。

虽然《两个家庭》是冰心的第一部社会问题小说，但她真正产生影响的社会问题小说，是从《斯人独憔悴》开始的。小说描写了颖铭、颖石这一对兄弟在学校的爱国行为被父亲化卿得知后，受到斥骂、关闭而无奈苦闷的故事：

> 忽然一声桌子响，茶杯花瓶都摔在地下，跌得粉碎。化卿先生脸都气黄了，站了起来，喝道：“好！好！率性和我辩驳起来了！这样小小的年纪，便眼里没有父亲了，这还了得！”颖贞惊呆了。颖石退到屋角，手足都吓得冰冷。厢房里的姨娘们，听见化卿声色俱厉，都搁下牌，站在廊外，悄悄的听着。
>
> 化卿道：“你们是国民一分子，难道政府里面，都是外国人？若没有学生出来爱国，恐怕中国早就灭亡了！照此说来，亏得我有你们两个爱国的儿子，否则我竟是民国的罪人了！”颖贞看父亲气到这个地步，慢慢的走过来，想解劝一两句。化卿又说道：“要论到青岛的事情，日本从德国手里夺过的时候，我们中国还是中立国的地位，论理应该归与他们。况且他们还说和我们共同管理，总算是仁至义尽的了！现在我们政府里一切的用款，哪一项不是和他们借来的？像这样缓急相通的朋友，难道便可以随随便便的得罪了？眼看着这交情便要被你们闹糟了，日本兵来的时候，横竖你们也只是后退，仍是政府去承当。你这会儿也不言语了，你自己想一想，你们做的事合理不合理？是不是以怨报德？是不是不顾大局？”颖石低着头，眼泪又滚了下来。

小说中的父亲，是一个思想顽固的封建家长，在“五四”时期，这类封建卫道者比比皆是。作者塑造这样的一个形象，具有典型意义。与父亲化卿的专横相对的，是小说中的两位正面主人公的软弱无力，他们有着爱国热情，却缺少抗争家庭的勇气，一旦面临强大的阻力，便束手无策，独自伤悲。

小说结构简略、故事单一，没有从多侧面展示颖铭、颖石两兄弟的性格，但仍然比较真实地再现了“五四”时期一部分青年的精神面貌。正是因为小说展现了强大、顽固的封建势力对爱国青年的理想、抱负的压制，才使小说一发表就引起了极大的社会反响。小说写于1919年10月，写到了前此不久爆发的震撼人心的“五四”运动，所以主人公颖铭、颖石兄弟的遭遇很快引起了当时众多青年学生的共鸣。小说发表3个月，很快就被改编成话剧上演。在小说中，冰心基本上只用人物对话，没有展开曲折的情节，对父亲化卿的粗暴、专横表现得比较柔和，而在小说的结尾，也没有给这一对兄弟指出一种解决问题的方法，只是抒写了“斯人独憔悴”的哀叹。这正体现了这一时期社会问题小说的特点。

（二）庐隐的社会问题小说

庐隐（1898—1934），原名黄淑仪，又名黄英，福建闽侯人，出生在福建闽侯县的一个官宦家庭，由于她出生那天正好是外祖母的忌日，她的母亲便认为她是一个不祥之人，所以她自小就没有享受到母爱。1903年，庐隐的父亲早逝，无奈之下，母亲带着5个子女投奔娘家，从此开始了庐隐漫长痛苦的读书之旅。1908年，庐隐进入慕贞学院读小学，由于校规过于严厉，导致她连连害病，长久住院。在庐隐12岁的时候，她的大哥帮助她进入北京女子师范附小，并于一学期后考入该校的师范预科班。1919年，为了进一步深造，庐隐以旁听生的资格考入北京国立女子高等师范学校国文部，一学期后因学习成绩优等，转为正式学生。在这里，她遇到郭梦良，与其真心相爱并结婚。然而，在婚后的第二年，郭梦良便因病去世。1928年，卢隐再婚，嫁给小自己9岁的清华大学西洋文学系的李唯建。婚后，夫妇相濡以沫，相亲相爱，度过了庐隐一生中最为恬静快乐的时光。1934年，庐隐因难产去世。

庐隐与冰心并称为“文坛双星”。冰心家境殷实，自幼享受父慈母爱，所以她的作品通过对无限生动的大自然和母爱的讴歌，表现出她对自由、光明人生的追求的理想。而庐隐有坎坷的人生经历，自幼失去父亲，母亲对她很冷淡，求学路也异常艰辛，所以她小说里的主人公都是无出路的，前途茫茫，一片黑暗，他们负荷着冷酷无情的现实，悲哀着走向人生的尽头。庐隐创作的多为问题小说，写“人生是悲”的主题。作品带有自传色彩，题材多为爱情婚姻，写青年人在理想与现实、理智与情感冲突下的悲观苦闷、觉醒与追求，作品风格感伤，基调悲憾，抒情浓郁，语言流畅。代表作有《海滨故人》《丽石的日记》等。

《海滨故人》中的主人公露莎是一个从小没有得到父母疼爱，在教会学堂中长大的孩子，在她成长的过程中受到了很多歧视和不公的待遇，她虽然有几位好友，但也不能经常相聚，由此，她深深感到现实的残酷和冷漠。庐隐的这部作品好像是用众多女性的眼泪组成的，在当时的社会背景下有着巨大的影响力。实际上，这部作品就是庐隐的自传，露莎写的就是她自己。

《丽石的日记》这部作品的主体部分便是丽石的日记，小说的开头和结尾是作者简要的叙述，说明主人公丽石是死于心脏病。庐隐借丽石的日记，以理解的态度展示了女同性恋的故事。小说的情节非常简单，小说的主人公丽石是一名学生，也是一位希望通过自己的努力过上自己想要的生活的女性，然而现实是残酷的，奋斗和努力的过程也是痛苦的，她在遇到各种挫折之后找不到出路，陷入了痛苦的境地。在与同性恋朋友沅青交往一段时间之后，她从沅青的身上找到了些许的安慰，但沅青突然从她的生活中消失了，沅青嫁给了表哥，这一打击对于丽石来说是致命的，她再也看不到生活的希望，最终在绝望中死去。

庐隐的作品对传统的封建制度和观念进行了猛烈的批判，喊出了"五四"时期女性反抗传统的呼声。

二、自叙传抒情小说

自叙传抒情小说是指那些着重抒发作家的主观情感，表现作家自己境遇的小说。这类小说的基本特征是：重自我表现，具有自叙传色彩，大多以第一人称叙述故事；重主观抒情，作品中大都有一个抒情主人公的形象，倾泻自己对外界的主观感受，抒写伤感之情；不注重结构的完整和细节的真实，没有吸引人的故事与情节，主要以人物情绪的变动作为结构小说的线索。郁达夫是自叙传抒情小说的典型代表。

（一）郁达夫的生平

郁达夫（1896—1945），原名郁文，浙江富阳人。1913 随长兄去日本留学，先后在东京第一高等学校预科、名古屋第八高等学校、东京帝国大学学习，1922 年毕业于东京帝国大学经济科。在读期间，他阅读了大量俄国及西洋文学作品，并开始文学创作。1920 年，处女作《银灰色的死》问世于日本，1921 年 7 月与郭沫若、成仿吾等组织成立创造社。9 月曾短期回国，任安庆法政学校英文教员，编辑《创造季刊》。同年 10 月，处女集《沉沦》出版，这是中国现代文学史上第一部短篇小说集，包括《沉沦》《银灰色的死》《南迁》。其间，郁达夫受十月革命的影响，参加留日学生抗日组织"夏社"。1921 年秋回国，主要致力于创造社的工作。1928年与鲁迅合编《奔流》。1930年参加中国左翼作家联盟，1932年退出并于同年参加中国民权保障同盟。1933年迁居杭州。1936年曾任福建省政府参议。1938年冬，应友人之约赴香港、南洋群岛一带积极投身抗日宣传工作，担任过《星洲日报》《华侨周报》的编辑。太平洋战争爆发后，他出任"新加坡文化界战时工作团""新加坡华侨抗敌动员委员会"执行委员，兼任"文化界抗日联合会"主席，其间发表过宣传抗日，鼓舞民众的政论文。1942年新加坡沦陷，郁达夫流亡苏门答腊，为掩护坚持抗日斗争，被迫担任日军翻译，以此特殊身份营救过不少华侨和印尼人。1945年9月19日被日本宪兵秘密杀害。

（二）郁达夫的自叙传抒情小说

从某种意义上说，郁达夫的小说代表了现代自叙传抒情小说的最高成就。他在小说中毫不掩饰地勾勒出个人生活的轨迹，加入自己的思想感情、个性和人生际遇。在艺术上，则侧重于表现自我，带有较浓重的主观色彩，既有对旧社会的抗争与愤激的直抒胸臆，也有坦率的自我暴露、病态的心理描写、抑郁感伤的心灵倾诉，具有感情意味浓厚的浪漫主义倾向。

"生的苦闷"和"性的苦闷"是郁达夫早期创作的两大主题。前者的主人公或求学，或失业，流浪漂泊，生活困顿，处于饥寒交迫、穷困潦倒的境地，靠卖文、卖书和典当度日。如《银灰色的死》中的"他"靠典卖亡妻的戒指和旧书维持生计；《茑萝行》中的"我"由于经常失业，无力养家，最后害得妻子去投河自杀。后者中"性"是小说人物走向沉沦、变态的核心线索。《沉沦》中的"他"是一个在异国求学的青年，正处于青春发育期，饱受"性的苦闷"与"外族冷漠歧视"的"他"渴望真挚的爱情，并愿为此抛弃一切。然而这种渴望在现实中难以实现，他的内心逐渐失去理智的控制，开始自赎，窥视浴女，甚至到妓院寻欢，只为了寻求自己感官上的一时愉悦与满足，最终深陷在邪恶的沼泽里不能自拔。最后他在不堪忍受身为弱国子民被歧视的命运，也无法摆脱"灵与肉"的冲突中选择了自沉大海：

> 想到这里，他的眼泪就连连续续的滴了下来。他那灰白的面色，竟同死人没有分别了。他也不举起手来揩揩眼泪，月光射到他的面上，两条泪线，倒变了叶上的朝露一样放起光来。他回转头来看看他自家的又瘦又长的影子，就觉得心痛起来。
>
> "可怜你这清影，跟了我二十一年，如今这大海就是你的葬身

地了，我的身子，虽然被人家欺辱，我可不该累你也瘦弱到这步田地的。影子呀影子，你饶了我罢！”

他向西面一看，那灯台的光，一霎变了红一霎变了绿的在那里尽它的本职。那绿的光射到海面上的时候，海面就现出一条淡青的路来。再向西天一看，他只见西方青苍苍的天底下，有一颗明星，在那里摇动。

“那一颗摇摇不定的明星的底下，就是我的故国。也就是我的生地。我在那一颗星的底下，也曾送过十八个秋冬，我的乡土啊，我如今再也不能见你的面了。”

他一边走着，一边尽在那里自伤自悼的想这些伤心的哀话。

走了一会，再向那西方的明星看了一眼，他的眼泪便同骤雨似的落下来了。他觉得四边的景物，都模糊起来。把眼泪揩了一下，立住了脚，长叹了一声，他便断断续续的说：

“祖国呀祖国！我的死是你害我的！”

“你快富起来！强起来罢！”

“你还有许多儿女在那里受苦呢！”

小说通过性的“沉沦”，写出了人的“沉沦”、人性的“沉沦”。《沉沦》是郁达夫自叙传浪漫抒情小说的代表，体现了郁达夫的创作风格。作者受19世纪浪漫主义文学、日本私小说和西方现代派思潮的影响，突破了传统小说的写法，不太注重编织紧张、曲折的故事情节和情节的完整性，而注重抒发和剖析主人公的内心世界，大胆率真地宣泄其消极、颓废的变态心理，真实地反映了一个时代的侧面。小说中各种表现手法均以抒情为目的。使用第三人称，有利于作家抒发自我主观的情绪。结构单纯，以主人公寻求友谊和爱情的颓丧历程为主线，有利于奔放地表现作者的感伤情绪。景物描写也恰到好处地映衬出主人公的情绪。流畅、自然、洒脱的文字与表现主人公心灵的律动协调一致。

受19世纪俄国文学的影响，郁达夫成功地塑造了一个无害于人，也无补于世的“零余者”形象，这一形象是中国现代文学史上最早出现的一个染有时代病的知识青年的典型。作者把个人命运和祖国命运联系起来，使忧患和焦虑的情绪演化成切肤之痛的愤激。所谓“零余者”是指这样一类人：他们因具有某些现代意识和特异的个性以及过人的才华而不为社会所容，被抛出了原来社会的既定轨道；性格较为软弱，意志不坚定，无力反抗社会，在社会上找不到适合自己的位置，容易产生一种强烈的失落感与无所归依感。郁达夫笔下的“零余者”，是“五四”时期一部分歧路彷徨的知识青年，是遭到社会现实的挤压又无力把握自己命运的小人物，只能用畸形变态的方式来对抗社会。他们身份地位低下但又特殊，是弱国子民的留学生、畸形都市的落魄文人；性格矛盾，慷慨激昂又软弱无能，热爱生活又逃避生活，积极向上又消极隐退，愤世嫉俗又随波逐流，自负多才又自轻自贱；同社会势不两立，宁愿穷困自戕也不愿与污浊势力同流合污；不断反省、拷问自我，结果是灰心绝望，颓唐堕落。

郁达夫的小说结构呈现出散文化，不按照故事的始末或生活发展的一般进程进行抒写，也没有完整的、井然有序的故事情节，而是以主人公感情的起伏发展为线索，而且以心理活动为主，如《沉沦》《银灰色的死》等作品都是以情绪流动来结构作品。而且郁达夫善于借助对自然景物的描绘来渲染气氛，烘托人物的心境，其笔下的自然景物具有明显的主观色彩，如《沉沦》《采石矶》等作品中都有大量的自然景物的描绘，这对表现主人公的感情起着重要的作用。

郁达夫的抒情小说从 1923 年创作《春风沉醉的晚上》起有了新的突破。《春风沉醉的晚上》通过小说主人公“我”与烟厂女工陈二妹的日常交往，揭示了旧社会下层工人的苦难生活以及“同是天下沦落人”的相互关心、相互同情的真挚情感。而 1927 年以后，郁达夫的小说创作发生了较大的变化，艺术技巧日臻成熟，风格也由早期的热情伤感变为淡雅隽永，小说由情绪化转为意境化，以《迟桂花》为代表。作品以写抒情对象为主，以清新的抒情笔调写出“我”在闲淡村居的昔日同学及其遭受封建婚姻家庭折磨的年轻寡妹莲儿两个人物性格的熏陶下产生的情欲被净化的心境，以此来摆脱喧嚣污浊的社会环境。

总体来说，郁达夫的自叙传抒情小说再现了“五四”时期知识分子分裂的灵魂与苦闷的心灵，从一个独特的角度反映了“五四”时代人性解放的艰难历程。可以这样说，郁达夫是中国现代文学的奠基人之一。

三、乡土小说

乡土小说是指 20 世纪 20 年代中后期在鲁迅的影响下出现的一些回忆故乡生活并带有乡愁情调的作品。许钦文、许杰等是乡土小说的代表作家。

(一)许钦文的乡土小说

许钦文(1897—1984),原名许绳尧,浙江山阴(今绍兴)人,曾在北京大学旁听鲁迅先生的《中国小说史》课程,并因乡谊与鲁迅先生过从甚密,自称是先生的"私淑弟子",被鲁迅称为"自招为乡土文学的作者"。著有短篇小说集《故乡》《幻象的残象》《西湖云月》等。1984年,许钦文去世。

许钦文十分憎恨封建礼教的压迫,同情劳动妇女的不幸遭遇,他在述写乡村妇女的悲惨故事时,也努力揭示她们麻木的灵魂。《老泪》中的黄老太太将"不孝有三,无后为大"当作生活的唯一信条;《疯妇》中勤快的双喜大娘在婆婆的冷脸中疯了,其实逼疯她的是"妇德尚柔""事公姑不敢伸眉"等封建教条。《疯妇》带有鲁迅式的深广忧愤和沉郁的格调,它揭示的已经不是个人家庭的悲剧,而是社会人生的悲剧了。著名中篇《鼻涕阿二》的故事发生在鲁镇松村,主人公是被人称为"鼻涕阿二"的女孩菊花。她在乡村维新时进入了夜校读书,后因被传"被木匠阿龙自由恋爱"而遭人嘲弄,无奈下嫁给了农民阿三,但不久阿三便因溺水去世了。之后,她被卖给钱师爷做了小老婆,并因受到钱师爷的宠爱而变得有钱有势。此时做了"主人"的她,竟然又将自己曾遭受的虐待与侮辱毫不留情地施加给了别人。但这样的"好日子"并没有持续多久,很快她便因钱师爷的死而变得贫困,并最终在贫病中悲惨地死去了。小说通过描写"鼻涕阿二"的命运浮沉,对旧中国妇女的生活遭遇进行了真实而生动的反映,进而抨击了封建社会制度对人性的戕害。

小说以诙谐之笔写人间悲剧,以畸形人物来展现社会的典型形态,虽然语多重复,伤于冗长,但仍不失深刻。它写出了宗法制下的农村妇女的悲剧地位,不单是在当"贱小娘"时被人歧视、嘲笑、役使的悲剧地位,还有在当了新少奶奶后依然不可避免地被旧制度毁灭的悲剧地位。小说既控诉了非人社会的冷漠与偏见对主人公菊花的欺压,也揭示了她心灵深处的劣根性。

(二)许杰的乡土小说

许杰(1901—1993),原名许世杰,字士仁,浙江天台人。1921年春,许杰进入省立第五师范读书,开始发表小诗、散文和短篇小说。1924—1926年,许杰在宁波、上海任教时在《民国日报》《小说月报》上连续发表作品,1925年被吸收为"文学研究会"会员。1927年2月,许杰在临海加入中国共产党。1928年5月底因亭旁农民暴动失败,许杰不得已避往马来半岛吉隆坡,从此与党组织失去了联系。1929 年 11 月回国。“八一三”事变后,许杰应聘回故乡任大公中学校长,并主持“县政工人员训练班”,培养抗日干部。1939 年 8 月以后,辗转于广西、福建、上海等地,教学之余,继续从事文学创作,积极参加爱国民主运动。新中国成立后,许杰被聘为复旦大学教授,翌年秋调任华东师范大学中文系主任、教授,先后被选为上海市人民代表、市政协常委,是师大民盟负责人和作协上海分会副主席。1993 年,许杰去世。

许杰是最有成就的乡土写实文学作家之一,他是个生产丰富的作家,当时成绩最多的描写农民生活的作家,他的农村生活的小说是一幅广大的背景,浓密地点缀着特殊的野蛮的习俗,拥挤着许多的农村生活的典型人物。

许杰笔法多变,往往是用双重视角来描写乡村的故事,他一方面把“童年记忆”中的乡村景色描写得美丽动人,作品中屡屡出现的“枫溪村”充满着宁静和谐的浪漫色彩,给人以眷恋之情;另一方面,他又在这样的基调上涂抹上凝重而又灰暗的色彩,以示乡村的黑暗和混沌。代表作《惨雾》被人们称为“文学研究会”乡土小说的力作。《惨雾》被认为是中国现代文学史上乡土小说的一部力作,描写的是玉湖庄和环溪村发生的一场残酷械斗。玉湖庄和环溪村只一水相隔,原本关系不错,因而常有嫁娶之事往来,小说的主人公香桂就是玉湖庄的姑娘,之后嫁到了环溪村。但后来,两个村子因为争着开垦一片河滩地而产生了严重的冲突,继而演变成一场械斗。在这场械斗中,香桂失去了丈夫,也失去了亲弟弟,并因这双重的痛苦而昏厥坠楼,人事不省。而造成这场械斗的最根本原因,是封建宗族制度观念的作祟,因而这篇小说可以说有力地批判了封建的宗法观念。《赌徒吉顺》对浙东一代的野蛮习俗——典妻制进行了最早的记录。吉顺跟着岳父学了一手泥瓦匠的好手艺,因而生活还算过得去。但后来,他在城里交了几个游手好闲、不务正业的朋友,逐渐染上了赌博的习惯,并一心想通过赌博发大财。却不想,他越赌越输,越输越赌,最后欠下了一身的债务,还将妻子典给了人家。小说通过赌徒吉顺的心理变化过程,生动地展现了社会的黑暗、农村经济的衰退以及在层层压迫之下的农民被生活所抛弃时的畸变性格。同时,小说通过描写吉顺的妻子被典的遭遇,表明了当时妇女地位的地下,并对落后的习俗进行了批判。从这些作品中,我们可以看出许杰擅长于心理描写,细腻生动的心理描写的融入,使许杰的乡土小说在客观冷静的写实的风格中不时透露出浪漫的气息。

第四节 对美文的积极尝试

文学革命时期，白话文能否真正取代文言文，关键在于作家能否用白话文写出与文言散文一样优美的抒情叙事作品。1917 年刘半农在《我之文学改良观》中第一次提出了“文学的散文”的概念，以区别于以散体文字为特征的传统散文，但没有划清散文与小说的界限。1918 年傅斯年在《怎样做白话文》中第一次将散文与诗歌、小说、戏剧并列。1921 年周作人发表了在散文史上有重要意义的《美文》，不但确立了现代散文的独立身份，而且真正从理论上确立了文学性散文的主导地位。冰心和朱自清的散文，文笔清新隽丽，感情真挚亲切，尤以描写见长，打破了“美文不能用白话”的传统观念，是文学革命时期美文的典型代表。

一、冰心的散文

冰心是现代文学史上著名女作家，在小说、诗歌和散文三个方面都有突出的成绩，但散文的影响最为深远。

她的《笑》在《小说月报》一发表，立即就被奉为美文的典范，不但各学校竞相选入课本，而且还被语法学家拿来做通篇的句式解读。阿英在《夜航集·谢冰心》中甚至认为：“一直到现在，从许多青年的作品中，我们还可以看到这种‘冰心体’的文章，在当时，是更不必说了。青年的读者，有不受鲁迅影响的，可是，不受冰心文字影响的，那是很少……”。所谓“冰心体”的特点，就是“文字的典雅，思想的纯洁”。冰心散文的文字美，不在于辞藻的华丽，而在于她能将当时还处于幼稚时期的白话文与古雅的文言文和洋派的西文完美地糅合在一起，形成了典雅、凝练而又明丽清新的风格特点。冰心创作的总主题就是“爱”。她不但主张要爱自己母亲，爱所有的儿童，而且主张要爱一切的大自然，希望所有的社会问题都能通过人们之间的“互爱”而得到解决，因此，也被称为“爱的哲学”。

《超人》是冰心“爱的哲学”的代表作。主人公何彬是一个“五四”落潮后的悲观主义者，现实的黑暗、理想的破灭使他的内心严重地失望，他认为人与人之间的爱与怜悯都是恶。然而，何彬后来却被贫苦儿童禄儿的行为与其对母爱的追念而感化，最后从信奉尼采的超人式恨世哲学转而信奉“爱的哲学”。小说表现了反“超人”倾向，歌唱“爱”的伟大，这是冰心面对种种社会问题开出自己的“药方”。

《超人》体现了冰心对当时社会环境下青年成长问题的关注，尤其是人物心理的关注，她真诚地思考，积极寻找问题的解决方法，表现出对纯真、无私的感情的呼唤。但是“爱的哲学”有极大的空想性质，在纷繁复杂的社会环境和社会问题中，如果把它当作一帖万灵药方，未免就过于普遍化和绝对化了。

《寄小读者》是她陆续在《晨报·儿童世界》专栏发表的给国内小读者的 29 封信，记录了 1923 年她赴美留学期间的途中见闻和美国生活，倾诉的对象是儿童，而歌颂的则是母亲。在《寄小读者·通讯十》中，作者对母爱做了最撼动心灵的刻画：

> 这是如何可惊喜的事，从母亲口中，逐渐地发现了，完成了我自己！她从最初已知道我，认识我，喜爱我，在我不知道不承认世界上有个我的时候，她已爱了我了。我从三岁上，才慢慢地在宇宙中寻找到了自己，爱了自己，认识了自己；然而我所知道的自己，不过是母亲意念中的百分之一，千万分之一。……有一次，幼小的我，忽然走到母亲面前，仰着脸问说：“妈妈，你到底为什么爱我？”母亲放下针线，用她的面颊，抵住我的前额，温柔地，不迟疑地说：“不为什么——只因你是我的女儿！”……天上的星辰，骤雨般落在大海上，嗤嗤繁响。海波如山一般的汹涌，一切楼层都在地上旋转，天如同一张蓝纸卷了起来。树叶子满空飞舞，鸟儿归巢，走兽躲到它的洞穴。万象纷乱中，只要我能寻到她，投到她的怀里……天地一切都信她！她对于我的爱，不因着万物毁灭而更变！

这些对于母爱的表述总能让人内心充满了感激之情。

冰心的散文还歌颂童心，她把童真看得十分珍贵，视儿童为知己，极力讴歌童心，赞美孩子们的稚气和善良。《寄小读者》就是以大朋友的身份，给小朋友写信，报告自己的见闻和生活情景，完全以大姐姐的口吻跟小朋友讲着心里话，深深地感染着小读者。

另外，冰心还醉心于大自然的描写，对大海尤其热爱。在《寄小读者·通讯七》里，她说：

> 小朋友！海上半月，湖上也过半月了，若问我爱哪一个更甚，这却难说。——海好像我的母亲，湖是我的朋友。我和海亲近在童年，和湖亲近是现在。海是深阔无际，不着一字，她的爱是神秘而伟大的，我对她的爱是归心低首的。湖是红叶绿枝，有许多衬托，她的爱是温和妩媚的，我对她的爱是清淡相照的。这也许太抽象，然而我没有别的话来形容了！

在《山中杂记之七——说几句爱海的孩气的话》一文结尾，作者甚至做出了这样的表述："假如我犯了天条，赐我自杀，我也愿意投海，不愿坠崖。"这将其对大海的向往之情表现得淋漓尽致。

冰心散文文字清新隽丽，笔调轻倩灵活，充满着诗情与画意，对白话文学的建设做出了卓越贡献。冰心散文独特的艺术风格，首先表现在意境创造上。冰心曾在《诗的女神》中直叙她心中"诗的女神"的模样："满蕴着温柔，微带着忧愁，欲语又停留"。她的散文创作也遵循着这一美学原则。冰心那些宣传"爱的哲学"的散文总是以情动人，用温柔的情思和淡淡的忧愁感染读者，把读者带进诗一般的境界。

在散文中，冰心总是发挥丰富的艺术想象力，描绘出一幅幅艺术画面，并将自己的一腔柔情融入其中，具有含蓄的美。《笑》一开头就勾勒一幅雨后的"清美的图画"，接着，冰心采用类似摇镜头的手法，把焦点转向屋内，镜头由屋外转向屋内，拍摄了一幅墙上的安琪儿微笑的画面，随后，通过自由联想，把镜头由现在摇回到过去，借助回忆，使五年前、十年前两幅画面同时得到展现。此时人和景融为一体，形成了一种诗境。

冰心散文之美，还表现在清丽典雅的语言上。典雅的遣词造句得力于她深厚的古典文学修养。她那典雅的文字留有明显的旧体诗词的痕迹。同时，冰心散文又取西方语汇与句式之长，带有鲜明的时代色彩。另外，冰心还注意选取音乐美、形象美、色彩美的语言，匠心独运，将文章写得清脆流利，在现代散文的语言锻造上做出了良好的示范。

二、朱自清的散文

朱自清(1898—1948),原名自华,号秋实,后改名自清,字佩弦。原籍浙江绍兴,生于江苏东海。现代散文家、诗人、文学研究家。幼年在私塾读书,深受中国传统文化的影响。1916年考入北京大学预科,翌年,升入哲学系。1919年底开始发表诗歌。1924年,诗和散文集《踪迹》出版。1925年,被聘为清华大学中文系教授,开始从事文学研究工作,创作方面则转以散文为主。1928年第一本散文集《背影》出版。1931年8月,留学英国,后又漫游欧洲五国。1932年回国,1934年出版《欧游杂记》。1936年出版散文集《你我》。抗日战争爆发后,任西南联合大学中国文学系主任,并当选为中华全国文艺界抗敌协会理事。1948年8月病逝。

朱自清擅长于运用工笔与重彩相配合的方法,创造出一种如诗如画的意境,在遣词造句上,更是精益求精,既讲究辞藻的修饰,又重视口语的赏心悦目,文而不涩,美而不俗,将现代汉语的运用水平,提升到了出神入化的境地,给初期白话散文创作带来了一股充满诗意的艺术气息。朱自清的散文朴素缜密、清隽沉郁、语言洗练、文笔清丽,极富有真情实感。朱自清以独特的美文艺术风格,为中国现代散文增添了瑰丽的色彩,为建立中国现代散文全新的审美特征创造了具有中国民族特色的散文体制和风格。

朱自清的散文大抵可分为反映现实生活的政论性散文、借景抒情散文、怀人抒情散文三类。

反映现实生活的政论性散文的代表作有《白种人——上帝的骄子》《生命的价格——七毛钱》《执政府大屠杀记》等。这类散文在一定程度上能触及生活的本质,不同程度地反映作家对时代、社会、人生的直接关注与思考,充分显示了朱自清作为一个正直知识分子所具有的反帝反封建的正义感和爱国心。

借景抒情的一类散文多为佳作,历来广为传诵。如《绿》《桨声灯影里的秦淮河》《荷塘月色》等。这些散文常常洋溢着作者个人的情调,有的寄托政治的忧愤,有的揭露社会的疮痍。作者在对自然景物的描写中,把内心感受内化于自然,使自然得到人化。如《荷塘月色》中的名句:

> ……曲曲折折的荷塘上面,弥望的是田田的叶子。叶子出水很高,像亭亭的舞女的裙。层层的叶子中间,零星地点缀着些白花,

有袅娜地开着的，有羞涩地打着朵儿的；正如一粒粒的明珠，又如碧天里的星星，又如刚出浴的美人。微风过处，送来缕缕清香，仿佛远处高楼上渺茫的歌声似的。这时候叶子与花也有一丝的颤动，像闪电般，霎时传过荷塘的那边去了。叶子本是肩并肩密密地挨着，这便宛然有了一道凝碧的波痕。叶子底下是脉脉的流水，遮住了，不能见一些颜色；而叶子却更见风致了……

在《桨声灯影里的秦淮河》中，作者本着力于秦淮河的自然景观，却以歌妓的出现淡化了自然和他的审美情趣。作者把自己当时那种想听歌，却又碍于道德的束缚，一心想超越现实，但又不能忘却现实的矛盾心情剖析得淋漓尽致，真实具体，那种情真意切，给予读者极大的感染力，而意蕴深厚自然。

怀人抒情的代表作有《给亡妇》《儿女》《背影》等。作者通过对生活事件的灵动捕捉，将真性情与叙事有机融为一体，传达了自己对长辈、家庭的温情。在这方面最为成功的要首推他的散文名篇《背影》。文中记写的父子之情，看似平凡，却写得真切感人、催人泪下，这篇散文完全出于作者的至情。在这篇散文中，作家主要以白描的手法，描写了父亲爬上月台给自己买橘子这一小事：

走到那边月台，须穿过铁道，须跳下去又爬上去。父亲是一个胖子，走过去自然要费事些。我本来要去的，他不肯，只好让他去。我看见他戴着黑布小帽，穿着黑布大马褂，深青布棉袍，蹒跚地走到铁道边，慢慢探身下去，尚不大难。可是他穿过铁道，要爬上那边月台，就不容易了。他用两手攀着上面，两脚再向上缩；他肥胖的身子向左微倾，显出努力的样子。这时我看见他的背影，我的泪很快地流下来了。我赶紧拭干了泪，怕他看见，也怕别人看见。我再向外看时，他已抱了朱红的橘子往回走了。过铁道时，他先将橘子散放在地上，自己慢慢爬下，再抱起橘子走。到这边时，我赶紧去搀他。他和我走到车上，将橘子一股脑儿放在我的皮大衣上。于是扑扑衣上的泥土，心里很轻松似的，过一会说："我走了，到那边来信！"我望着他走出去。他走了几步，回过头看见我，说："进去吧，里边没人。"等他的背影混入来来往往的人里，再找不着了，我便进来坐下，我的眼泪又来了。

在这篇散文中，虽然作家只用简单朴实的文笔描写了在车站离别前父亲为自己买橘子这一小事，但却细腻地抒发出自己的爱父之心以及自己与父亲的浓浓父子情,读来令人为之感动。

朱自清的散文具有很高的成就,其行文艺术风格尤让人称道。好的散文本身就是一首“诗”,抒情散文尤其如此。所谓“诗”,在散文中当指真挚浓郁的情感及情景交融、含蓄蕴藉的意境;所谓“画”,在散文中即指作家精心结构、精心设色、精心描绘出来的生动景观。“诗”与“画”的和谐统一,集中表现在缘情作文,“文中有画”,融情于景,情景交融。《荷塘月色》中那烟一般轻、梦一般美的荷塘月色,浸透着作家淡淡的哀愁与淡淡的喜悦。疏朗的荷花、清幽的香气与淡淡的月色,同作家意欲摆脱人世烦恼而偷得片刻逍遥的情怀融洽无间。写景则融情于景,叙事则化意入事,这正是朱自清白话美文的动人力量之所在。

情感是散文的生命。无论是写景叙事还是议论都必须有作家真挚浓厚的情感作灵魂,否则技巧再高明,语言再漂亮,也不过是徒有其表,没有内在的生命力。朱自清主张现实主义创作方法,他是求诚求真的。不造作,不掩饰,写真情实感,描写真实景物。这种艺术追求分别体现在写个人感受、记人叙事、写景状物等散文创作中。在记人叙事时,他常以真挚的情感,写自己的见闻感受,显得朴实、自然、真切。

在写景状物时,作者追求一种真实的艺术效果,在细腻的描写中透露着真情,融情于景、情景交融。文中有画、画中有情,给人一种身临其境之感,如《荷塘月色》。

朱自清散文清幽细密的语言艺术也不禁让人拍案叫绝。如《背影》的质朴,《绿》的纤浓,《桨声灯影里的秦淮河》的文字极富色彩感,呈现出视觉感官上的绘画美,《荷塘月色》里的 26 个叠词颇有听觉的美感。朱自清散文的语言之美,有口皆碑,其散文被人称为白话美文的典范。

第五节　现代话剧的萌芽

1907 年,春柳社编演《黑奴吁天录》,标志着中国现代话剧的诞生,从此之后,这种新型的艺术形式在中国不断发展壮大。“五四”运动的爆发给予中国现代话剧发展的机遇，这一时期的话剧，在题材上以社会问题剧为主，在风格上出现了写实与抒情的两种走向，在形式上出现了喜剧、诗剧、历史剧等多方面探索。“五四”时期的话剧探索为现代话剧的发展奠定了坚实的基础。欧阳予倩、田汉和丁西林等是这一时期的代表性作家。

一、欧阳予倩的戏剧

欧阳予倩（1889—1962），原名立袁，号南杰，湖南浏阳人。1907 年在日本留学期间参加春柳社，在《黑奴吁天录》等剧中扮演角色。1911 年回国后又与陆镜若先后组织新剧同志会、春柳剧场，演出鼓吹革命反对封建的新剧，同年加入南社。他是从文明新戏舞台走上戏剧之路的，话剧、京剧一身二任，编、导、演均有所长，以毕生心血为发展中国现代戏剧事业建立了卓越的功绩。

纵观欧阳予倩的一生，共编写过 40 多部话剧、改编过 50 多个戏曲剧本。较著名的话剧有《泼妇》《回家以后》《潘金莲》《屏风后》《车夫之家》《同住的三家人》《忠王李秀成》《桃花扇》等。下面仅对《泼妇》《回家以后》《潘金莲》进行简要阐述。

《泼妇》是欧阳予倩早期戏剧的代表作，由上海戏剧协社 1923 年第一次公演，产生了较大影响。剧中的青年陈慎之和于素心自由恋爱结婚，并有了一个孩子作为爱情的结晶。他也认为他们的婚姻是世界上最美满的因缘，并给于素心买回一条钻石项链，称其为“爱情的纪念品”，可是，另一方面他却背着妻子买妾纳妓。于素心冷静以对，在离婚协议书上签字。最后，她抱着儿子，离家出走，弄得一家人不知所措，大叫“真好个泼妇”。于素心的“泼”是追求个性独立、勇于反抗封建家庭的表现，是对妇女独立人格和尊严的维护，闪耀着“五四”时代的光芒。

《回家以后》在喜剧冲突的设计上与《泼妇》极为相似，这是一部反映湖南“书香人家”的喜剧，剧本写留美学生陆志平瞒着结发妻子吴自芳，在国外同新式女子刘玛利相爱，回国后正与家人团聚时，刘玛利忽然到访，于是在这个乡绅之家引发了轩然大波。刘玛利要求陆治平和发妻离婚，在没有达到目的之后，负气离去。陆治平回乡之后感到吴自芳自有“新式女子”所没有的许多美德，同时又受到家人的谴责，因而有所悔悟。整个剧本嘲笑了留美学生陆治平仿效西方个性解放与新式女性同居，而又留恋旧式婚姻的矛盾心态和行为。

《潘金莲》在当时堪称一出“惊世骇俗”的戏。剧中，欧阳予倩将潘金莲塑造成一个追求个性解放、婚姻自由的女性，这与传统文化中的潘金莲形象完全不同。由于该剧把潘金莲作为封建势力下的牺牲者加以同情，又有很好的说唱，影响很大，学的人很多。现在看来，潘金莲值得同情，但后来放纵自我和情欲而毒死武大就必须批判和谴责。

二、田汉的戏剧

田汉（1898—1968），原名田寿昌，1898 年出生在湖南省长沙县东乡茅坪田家塅一个农民的家庭里，自少年时代就喜欢看闲杂小说与乡间艺人和民间戏曲的演出。1916 年，随舅留学日本，接触了许多新的社会思潮和新的文艺思潮，特别是观看了大量新剧的演出，1920—1923 年，田汉发表了 15 部话剧，其中包括几部翻译剧。田汉一生创作话剧、歌剧 60 余部，电影剧本 20 余部，戏曲剧本 24 部，歌词和新旧体诗歌近 2000 首。其中《义勇军进行曲》经聂耳谱曲后被定为中华人民共和国国歌。1968 年，田汉去世。

田汉在文学革命时期创作的话剧不仅数量多，而且从质量上看，他的代表作《咖啡店之一夜》《获虎之夜》《午饭之前》已经具有了较高的思想和艺术水平。在他的身上体现着新的时代精神，洋溢着反帝反封建的政治思潮，这构成了田汉这一时期剧作的基本特征。

《咖啡店之一夜》通过咖啡店女招待员白秋英被商人之子李乾卿抛弃的爱情悲剧，揭露了资产阶级的罪恶，反映了当时青年男女在封建势力压迫下苦闷的思想情绪。剧中在女主人公白秋英的双亲去世后，叔伯就急于把她嫁出去。家庭的冷漠使她从家中逃离出来，投入到没有怜悯、没有爱抚的社会中。在咖啡店打工时，她受尽了世人的白眼和欺凌。家庭的衰败更是造成了她爱情的悲剧。当李家少爷身着“盛装”搂着一位阔小姐来到咖啡店时，白秋英的爱情破灭了。“五四”时鼓励青年追求自由的精神，使她从悲愤中抬起头颅，撕碎了李家少爷给她的 1200 块钱以及情书、照片，对建立在金钱关系上的爱情表示出了极大的鄙视。

《获虎之夜》中作者歌颂了猎户魏福生的女儿莲姑与乞丐黄大傻的真挚爱情，抨击了以魏福生为代表的封建家长对青年的迫害。剧中的黄大傻和莲姑青梅竹马，两小无猜，不顾父母的极力阻拦而深深相爱。戏剧冲突安排在“获虎之夜”这个特定的时间段上，这是莲姑出嫁的前夜，也是父女冲突最可能激化的时段。因此，戏剧一开场就留给观众两大悬念：获虎之夜是否能够捕猎到老虎，从而使莲姑的嫁妆更加体面；父女的矛盾究竟以什么样的方式得到解决。然而，当捕虎的铳枪响起之后，受到重伤的却是莲姑的爱人黄大傻，这使得戏剧的冲突陡然升级。黄大傻的痴心让莲姑对爱情的坚持更加坚决，误伤黄大傻的事实让魏福生恼羞成怒，本来被掩盖的父女矛盾必然在针锋相对中得到解决，这正是戏剧的看点，也使戏剧的悲剧性得到了充分放大。

《获虎之夜》对剧中人物的塑造也比较成功。具有浪漫主义气质的田汉在此前的剧本创作中比较强调情感的宣泄。在这个剧本中，黄大傻台词的抒情化倾向也十分明显，这本不符合一个流浪少年的现实身份，但由于剧本设置的情景是在他对爱情最绝望的时期，因此情感的宣泄又较能符合人物的特定心理感受，而且还能够最大程度获得观众的同情。作为一个久居在深山中猎户的女儿，莲姑的语言没有华丽的辞藻，但她的一言一行都表现出山里人独有的执拗和刚烈，这既符合了莲姑的身份，又推动了戏剧高潮的到来。此外，《获虎之夜》的浓郁的乡土气息，给予都市观众一种异域的体验，譬如魏福生讲述易四聋子打虎的故事，具有强烈的传奇色彩，增强了戏剧的可观赏性。

《午饭之前》是一部正面反映工人家庭的贫困生活，侧面反映工人罢工斗争的剧本。作者笔下出现了女工的形象，并初次将其反映到工人罢工的内容中来，表现了作者先进的思想。

以上三剧集中地反映了“五四”时期田汉的反帝反封建的民主主义思想。在一般作品中，资产阶级在“五四”时期还不失为革命的力量，而在田汉的笔下已表现出资产阶级对工人的压迫和残害。

于 1927 年年初演的《名优之死》是田汉 20 世纪 20 年代最出色的剧作。在剧中主人公刘振声的生命中，有两样事情是最为他所看重的，一是他的艺术，二是他的爱情。因此，他最讲戏德，不容许女弟子刘凤仙靠卖身投靠富人的方式赚取舒适的生活。而刘凤仙却经不起灯红酒绿的诱惑，很快被杨大爷腐蚀，刘振声在与杨大爷的斗争中倒毙于自己钟爱的舞台，显示了为艺术而献身的崇高精神境界。田汉正是通过艺术家的悲剧遭遇，反映了艺术的社会命运，歌颂了刘振声的崇高精神，同时控诉了旧社会的罪恶，暴露了半殖民地半封建中国社会的黑暗，激发人们为推翻这个社会而斗争。

三、丁西林的戏剧

丁西林(1893—1974),原名丁燮林,字巽甫,江苏泰兴人。他早年受“科学救国”的思想影响,就读交通部工业专门学校(上海交通大学前身)。毕业后留学英国,攻读物理和数学专业。1920 年,归国后任北京大学物理教授,业余时间致力于喜剧创作。1924—1926 年担任北京大学物理系主任。1928—1948 年担任中央研究院物理研究所所长兼研究员。1933 年当选为第一届评议会评议员。之后还担任过中央研究院总干事、中华全国科学技术普及协会副主席、中国科学技术协会副主席、文化部副部长、中国对外文化联络委员会副主任、中国人民对外友好协会副主任、北京图书馆馆长以及中国文字改革委员会副主任等。1974 年 4 月在北京逝世。

丁西林的剧作以描写中上层知识分子和他们的生活趣味见长,常以委婉的笔法嘲笑知识分子和市民的落后和虚伪。“五四”时期,他写有《一只马蜂》《亲爱的丈夫》《酒后》《瞎了一只眼》《压迫》等独幕剧,使之一举成为著名喜剧作家,并赢得了“独幕剧圣手”“中国的莫里哀”之称。此后又陆续发表了《北京的空气》《三块钱国币》《等太太回来的时候》《妙峰山》《孟丽君》等剧。而最能代表丁西林早期独幕喜剧成就的,是《一只马蜂》和《压迫》。

《一只马蜂》是丁西林的处女作,虽然在当时“婚姻自主”“个性解放”已经喊了好几年,但真正地付之于实践却是寸步难行,喜剧就是在这样的背景下展开的。吉先生和余小姐由于相互接近而产生了爱慕之情。吉老太太却在包办儿女婚姻不成的情况下给余小姐说媒,让她嫁给自己的表侄儿,这就构成了一个喜剧冲突:吉老太太作为一个母亲,却在儿子的婚事上与他唱对台戏,结果弄出一连串的笑话来。面对吉老太太这块绊脚石,吉先生只得假托母亲之意向余小姐要照片,他们的爱情已发展到行动,而吉老太太则稀里糊涂地充当了他们行动的盾牌。看过照片之后,老太太便为侄儿提亲,余小姐虽然感到意外,但她胸有成竹,推说婚姻大事需征得父母同意,并提议让吉先生给她父母写信。吉老太太很赞赏她种种大家闺秀的风范,殊不知她是在含蓄地对吉先生表态。吉先生心领神会,支开母亲,向余小姐求婚,余小姐伸出双手欣然应允，吉先生情不自禁将余小姐抱起，余小姐失声惊呼。吉老太太闻声赶来，余羞涩脸红，以手捂面，吉连忙拿开她的手，问刺到哪儿没有，余顺水推舟说了句“一只马蜂”，这正是作者寓庄于谐、于轻松处见严肃的高明深刻之处，全剧以吉先生和余小姐的恋爱胜利而结束。

《压迫》反映出丁西林对待生活从容豁达的态，也反映出丁西林喜剧的特色——自然智慧。房东太太忙于打牌又担心女儿与单身男房客自由恋爱，女儿出于叛逆偏偏不把房子租给有家眷的人，这本身就充满了喜剧性，是一个腐朽、专制社会荒诞性的具体表现。作为这种荒诞租房制度的直接受害者，单身男客吴先生企图与房东太太进行理论，当两人在荒诞不经的逻辑中进行争执时，戏剧的“笑”果和讽刺性同时实现了。但有国家机器维持的荒诞并不因不合情理而在争执中落于下风，它反而借助国家机器直接对受害人进行压迫，在巡警即将参与的困境下，吴先生只能选择退让。好在女客的突然到来给了吴先生反败为胜的机会，他利用女客急于租房的心理，巧妙地让女客自己提出假扮成自己的家眷，从而满足了房东太太的要求，也缓解了自己的危机。当社会中正常的要求被迫以荒诞的形式得到满足时，戏剧的喜剧性再一次呈现了出来。

《压迫》结构的设置也非常精巧，它用三个主要人物、一个场景就完成了整个戏剧架构，非常符合话剧的文体特征，在喜剧效果的营造上，《压迫》步步推进，从容不迫，非常自然地引出了波澜起伏、妙趣横生的喜剧效果。其语言也非常具有特色，俏皮、幽默、机智，既符合人物的身份，又能够最大限度地制造喜剧效果。

丁西林戏剧之中随处可见这种机智理性的光芒。不管是在任务的设计，还是矛盾的处理上，处处显露出作者过人的智慧。可以说正是他，确立了独幕喜剧在中国现代喜剧发展史上的地位，并深刻地影响着后来一大批喜剧作家。

第二章　革命文学时期的文学

1928—1937年的这十年时间里，中华民族内外忧患，全民开展了救亡运动，相应地，文学格局也就呈现出多样性与丰富性的面貌，这一时期的文学异彩纷呈，现代诗、杂文、小品文、中长篇小说、戏剧的成就非常突出，尤其是中国现代话剧真正走向成熟。在如此宏大的文学格局、文学规模里，越来越多的作家形成了自身比较稳定的艺术特征，这正是20世纪30年代文学创作成熟的标志。

第一节　左翼文学运动时期的诗歌创作

1928—1937年，中国新诗的不同群体在新的历史条件下，对新诗创作有了不同的取向。中国诗歌会诗人群沿着殷夫等无产阶级革命诗人开辟的革命诗歌方向，迅速地发展了“大众化”的、鼓动民众革命的革命诗歌。后期新月派在沿袭前期新月派创作风格的同时，开始反思创格理论的局限，并逐渐在诗歌内容和形式上做出一些新的探索。追求“纯然的现代诗”的现代派，在早期象征派诗歌实验的基础上，更加广泛和深入地对诗歌的现代性与艺术性进行了实验。这段时期，出现的不同诗歌流派及不同立场的诗歌创作，都在不同的层面为中国新诗的发展提供了不可缺失的有益参考。

一、中国诗歌会诗人群

中国诗歌会成立于 1932 年，是“左联”领导下的一个群众性诗歌团体。中国诗歌会除了在上海建立总会外，还在北平、广州以及日本东京等地设有分会。1933 年 2 月中国诗歌会正式创办了机关刊物《新诗歌》旬刊(后改为半月刊、月刊)，他们在“发刊词”里正式打出了自己的两面旗帜：“捉住现实”和诗歌要“大众化”。中国诗歌会的发起人有穆木天、蒲风、杨骚、任钧(森堡)等人。中国诗歌会重要成员还有殷夫、田间、温流、焕平、柳倩、王亚平等诗人。中国诗歌会的创作承续了蒋光慈等早期无产阶级诗歌的传统，他们反对同一时期的后期新月派、现代派大多数诗人回避现实，狭隘表现自我情绪的创作态度。中国诗歌会的创作及时、迅速地反映了时代的重大事件，表现了工农大众受压迫的生活和反抗斗争，为鼓舞人民的革命斗志，促进无产阶级革命运动发挥了重要作用。下面仅对殷夫、蒲风的诗歌创作进行研究。

(一)殷夫的诗歌

殷夫(1909—1931)，原名徐祖华，常用笔名殷夫、白莽等，出生在一个普通的农民家庭，父亲识一些字，很早就教殷夫认方块字，背诵古体诗。1930 年 3 月 2 日，殷夫参加了中国左翼作家联盟，经常为《萌芽》《拓荒者》《巴尔底山》等“左联”刊物写诗。1931 年 2 月 7 日晚，殷夫、柔石、胡也频、冯铿、李求实等五名“左联”作家，与林育南等其他革命同志共 24 人，被秘密杀害于上海龙华的国民党淞沪警备司令部附近的荒野里，当时殷夫年仅 22 岁。

《血字》是早期无产阶级诗歌的一篇典范之作，它不仅对中国新诗会诗人群产生过直接的重大影响，对中国新诗诗坛也产生过强烈的冲击：

血液写成的大字，
斜斜地躺在南京路，
这个难忘的日子——

润饰着一年一度……

血液写成的大字，
刻划着千万声的高呼，
这个难忘的日子——
几万个心灵暴怒……

血液写成的大字，
记录着冲突的经过，
这个难忘的日子——
狞笑着几多叛徒……

“五卅”哟！
立起来，在南京路走！
把你血的光芒射到天的尽头，
把你刚强的姿态投映到黄浦江口，
把你的洪钟般的预言震动宇宙！

今日他们的天堂，
他日他们的地狱，
今日我们的血液写成字，
异日他们的泪水可入浴。

我是一个叛乱的开始，
我也是历史的长子，
我是海燕，
我是时代的尖刺。

“五”要成为报复的枷子，
“卅”要成为囚禁仇敌的铁栅，
“五”要分成镰刀和铁锤，
“卅”要成为断铐和炮弹！……

四年的血液润饰够了，
两个血字不该再放光辉，
千万的心音够坚决了，
这个日子应该即刻消毁！

这首诗写于1929年“五卅”运动四周年前夕，全诗以触目惊心的“血字”书写了“五卅”这一中国革命史上反帝斗争的光辉一页。诗人反复警策人们要记住“五卅”这个难忘的日子，记住敌人残暴的罪行和同胞在英勇战斗中付出的血的代价。面对帝国主义仍在中国横行的严峻现实，诗人愤激地呼唤“五卅”这个血染的日子“立起来”，鼓舞民众不怕流血牺牲，坚持斗争直到胜利的“预言震动宇宙”！诗人以旧世界的“叛逆者”，搏击险恶风云的“海燕”，敢于刺破黑暗时代的“尖刺”形象表达了不屈不挠、向敌人讨还血债的勇气与决心。《血字》的抒怀慷慨激愤，语言铿锵响亮，读来让人荡气回肠。全诗没有空洞的口号和抽象的政治概念，“血字”的意象尤其鲜明深刻，极凝练地涵盖了全诗的立意。

殷夫所写的革命斗争诗篇，有着较丰富的形象和强烈的感情。鲁迅高度评价他的诗歌是“对于前驱者的爱的大纛，也是对于摧残者的憎的丰碑。一切所谓圆熟简练、静穆幽远之作，都无须来作比方，因为这诗属于别一世界。”[①]

（二）蒲风的诗歌

蒲风（1911—1942），中国诗歌会的代表诗人。广东梅县人，原名黄日华。1927年开始诗歌创作，参加“左联”后与杨骚等组织中国诗歌会，出版《新诗歌》。抗战开始后，在广州主编《中国诗坛》。1942年病逝于皖南天长县。

蒲风的诗作颇丰，著有《茫茫夜》《六月流火》《生活》《钢铁的歌唱》《摇篮歌》《可怜虫》《抗战三部曲》等十多部诗集及诗论《现代中国诗坛》《抗战诗歌讲话》。他的诗歌前期主要写被压迫农民的痛苦、灾难和反抗，后期则以歌颂抗日反帝为主题，诗歌感情真实，热情奔放，朴实无华，通俗易懂。除写下大量的抒情诗外，还写有长篇叙事诗、讽刺诗、方言诗和明信片诗，在诗体上做了多种追求与实验。

① 鲁迅．白莽作《孩儿塔》序[M]//鲁迅全集：第6卷．北京：人民文学出版社，1981：494.

《咆哮》是蒲风的代表作之一，能反映出他诗歌创作的基本内容：

旋风吹过高山、原野、沟壑，
潜进村落，
在平原、田野、森林上
疾驰，奔走。
稻草上显现出那极速的浪波，
森林里独有那号号然的战歌。

昔日是卑贱的一群，
终日低头屈背为人作嫁衣裳，
今天，他们都有新的觉醒：
——他们相信自己的伟大力量！
他们的力量足把世界推翻，
只有他们才能创造自己的幸福乡。

闪闪的刀，闪闪的戈，
各种耀目的利器，
赤帜浴在日光里，
无数万的褴褛群在跃动。
一切都是蓬勃，蓬勃的生气，
他们每一个
就象长城的任何一块砖，
他们一个一个的
就连成一座铁的长城，
他们要用自己的力量
来护卫他们自己的土地。

敌人的飞机，炮弹在头上飞，
但敌人们终究不能
占领他们的土地一分一厘。
这里，每一亩土地都会咆哮，
足使敌人丧胆；
这里，每一座森林都会唱出战歌，

顿增他们杀敌的勇敢。

这咆哮的旋风吹过山岭、原野，
潜进每一村落，
每一村落的人们，
每一村落里的土地都在咆哮，
各村落的森林的战歌
日夜都在互相唱歌！

这首诗是代表受压迫与欺辱民族的“咆哮”。面对日本帝国主义的铁蹄践踏和民族的危亡，诗人表达了中国人民同仇敌忾、团结一心战胜敌人的坚强信念。诗歌表现了不愿做亡国奴的人们正在觉醒，他们相信自己的伟大力量，团结起来就可以连成一座牢不可破的长城来抵御敌人的侵略。

这首诗具有很强的鼓动性和号召力，在表现形式上也有一定的艺术性。诗中运用了鲜明的意象，题目的“咆哮”、第一节出现的“旋风”以及在中国大地急速掀起的“浪波”，第三节里的钢铁“长城”都是在用意象喻示人民大众反抗侵略急欲爆发的怒火和不可摧毁的强大力量。诗的末尾用“咆哮的旋风”呼应开头的“旋风”，强烈地烘托了诗歌的主旨。这首诗体现出蒲风诗歌明快晓畅、通俗易懂的语言风格。

二、后期新月诗派

后期新月派诗人以 1928 年创刊的《新月》月刊新诗栏及 1930 年创刊的《诗刊》季刊为主要园地，其主要成员除前期新月派的徐志摩、饶孟侃、孙大雨、林徽因等外，还有陈梦家、方令孺、方玮德、梁镇、邵洵美、俞大纲、沈祖牟、卞之琳、孙毓棠、曹葆华等。他们中多数人是直接受徐志摩、闻一多影响而从事诗歌创作的。后期新月派在诗歌创作题材领域并没有大的拓展，所写的内容基本还是“自我表现”的个人愁绪和对爱情的感受，大多作品表现出大都市的病态，现代人的精神异化，其题材、诗感上都与现代派的作品类似。但在艺术形式上，他们对前期新月派却有所突破。前期新月派强调新诗格律，并在追求音乐美、绘画美、建筑美的实践中做出了极大的努力。后期新月派的创作更注重诗意的自由发挥，出现了向自由诗发展的趋向。在诗意的表现上注重了暗示和象征等技巧的运用。他们还转借西方曾流行的“十四行诗体”进行诗体实验。其试验结果因其诗形仍受“格律”的限制，难以改变时代以自由诗为主流诗体的格局，在当时和后来都未推广开来，但后期新月派诗人对增多新诗诗体建设的实验精神是可贵的。下面仅对后期新月派的代表诗人陈梦家的诗歌创作进行简要阐述。

陈梦家(1911—1966)，曾使用笔名陈漫哉。1911 年 4 月 16 日出生于南京，祖籍浙江省上虞县。1931 年毕业于中央大学，先后在青岛大学、燕京大学、昆明西南联大任教。1944—1947 年在美国芝加哥大学讲授中国古文字学。归国后担任清华大学教授，1952 年调至中国科学院考古研究所研究员。1966 年去世。

《一朵野花》和《在蕴藻浜的战场上》都是陈梦家的代表性作品。《一朵野花》是陈梦家在大学期间创作的，那时的陈梦家是一位热爱诗歌、对生活充满梦幻而又时常迷惘的青年，该首诗是他青春年少时顾影自怜的内心写照：

一朵野花在荒原里开了又落了，
不想到这小生命，向着太阳发笑，
上帝给他的聪明他自己知道，
他的欢喜，他的诗，在风前轻摇。

一朵野花在荒原里开了又落了，
他看见青天，看不见自己的渺小，
听惯风的温柔，听惯风的怒号，
就连他自己的梦也容易忘掉。

全诗两节行数对称，句式也基本匀齐并且注重押韵，读起来朗朗上口，有着明朗的节奏感。在这首诗歌中，陈梦家通过对一朵野花的描述，表达了自己就像一朵在原野里“开了又落”的野花，而它却在孤独中充满自信。以他的聪明和他的诗“向着太阳”微笑，在“风前轻摇”，他心里有像青天一样广阔的世界，而不会认为自己“渺小”，无论是“温柔的现实”还是“怒号的现实”，他都不在乎，甚至于自己连梦一样的幻想也会忘却，其感情是纯真而乐观的。

《在蕴藻浜的战场上》是与陈梦家在大学高楼深院里低吟浅唱的愁诗内容与风格迥然有别的一首诗。1932 年 1 月，陈梦家面临大学毕业对前途的选择，停办了后期新月诗派的刊物《诗刊》。“一·二八”松沪会战的爆发,爱国将士在上海抵抗日寇的隆隆炮声激发了诗人心底的爱国主义激情。战争的第二天,他即与同学从军参加抗日宣传工作,随军向蕴藻浜前线挺进。2月13日,部队在季家桥与日寇雪中拼死战斗。惨烈的战斗和中国士兵们为国捐躯的英雄行为深深震撼了他的心灵,为此写下《在蕴藻浜的战场上》:

在蕴藻浜的战场上,血花一行行
间着新鬼的坟墓开,开在雪泥上:
那儿歇着我们的英雄——静悄悄
伸展着参差的队伍——纸幡儿飘,
苍鹰,红点的翅尾,在半天上吊丧。

现在躺下了,他们曾经挺起胸膛
向前冲锋,他们喊杀,他们中伤;
杀了人给人杀了,现在都睡倒
在蕴藻浜的战场上。

"交给你,像火把接着火,我们盼望,
盼望你收回来我们生命的死亡!"
拳曲的手握紧炸弹向我们叫:
"那儿去!那儿去!听我们的警号!"
拳曲的手煊亮着一把一把火光
在蕴藻浜的战场上。

在这首诗中,诗人怀着沉痛和崇敬的心情,深情地讴歌了中国士兵在抗战中可歌可泣的英雄精神。诗中没有正面写勇敢的士兵们往前冲锋,而是通过战后没染烈士鲜血的"新坟"和依然响彻祖国大地的杀喊声,来间接描述中国士兵在弹雨中勇敢无畏冲杀的形象和为国捐躯的悲壮行为。诗的第一节和第二节注重了意象的运用,烈士的"血花"装点着他们的新坟,不仅象征烈士的悲壮牺牲,也表达着广大军民及诗人对他们的哀悼;借烈士之口传递的"火把"暗示着继承他们的遗志,发扬英勇抗战的精神。诗的第二节以口语的形式,突出战士们在生前的杀喊声。全诗的语言凝重激昂,给人以一种震撼心灵的力量。这首诗也让我们看到了走出象牙塔的陈梦家生活态度和诗风的转变。

三、现代诗派

20世纪30年代中国新诗的现代派是由后期新月派与20世纪20年代末的象征诗派演变而成的。1932年5月创刊到1935年5月终刊的《现代》杂志，成了刊载现代派诗歌并使之独立与成熟的重要园地，现代派也因《现代》杂志而得名。现代派没有成立社团，也没有专门的诗歌创作纲领或宣言，他们所强调的，一是要写“纯然的诗”，二是写“现代”的诗。现代派在吸取早期象征派诗的经验与教训基础上，融化西方象征派、意向派和中国古典诗歌的表现艺术，丰富了中国新诗的现代词汇和进一步实验了现代诗型，提高了新诗的创作艺术，为中国新诗的现代化建设与发展做出了重要贡献。在现代派诗人群中，最具有代表性的诗人是戴望舒和卞之琳。

（一）戴望舒的诗歌

戴望舒（1905—1950），原名戴朝安，又名戴梦鸥。1922年开始创作新诗。1923年自杭州宗文中学毕业后，转入上海大学中国文学系学习，直至在该校肄业。1925年又转入震旦大学特别班学习法语，同年肄业于该校法科。1926年与施蛰存、杜衡等人从事革命文艺活动，出版书刊，并发表不少诗作和译作，同年加入共青团。1928年，他与施蛰存、杜衡、刘呐鸥等人合作创办“第一线书店”，出版《无轨列车》半月刊，该刊年底就被国民党查封。1929年，他和刘呐鸥、施蛰存等人又创办“水沫书店”，出版《新文艺》月刊和《马克思文艺论丛》。1930年他加入“左联”。1932年，戴望舒自费赴法国留学。1935年回国到了上海，次年与卞之琳、孙大雨、冯至等人创办《新诗》月刊。1938年，戴望舒去香港主编《星岛日报》文艺副刊《星座》，兼任中华全国文艺界抗敌协会香港分会理事。1939年他与艾青共同编辑《顶点》，同年秋天，他与叶君健、徐迟、冯亦代等人编辑出版英文版文学刊物《中国作家》。1946年回到上海，在上海师范专科学校任教，并兼任暨南大学教授。1948年他再赴香港。1949年，戴望舒回到北京，参加全国文艺工作者第一次代表大会，后任新闻总署国际新闻局法文编辑。1950年，戴望舒因严重的气喘病不幸与世长辞。

戴望舒早期的诗虽也不乏描写现实生活，具有清新气息，但大多数均沉溺于个人情感之中，情调比较低沉。例如《雨巷》：

撑着油纸伞，独自

彷徨在悠长、悠长
又寂寥的雨巷
我希望逢着
一个丁香一样地
结着愁怨的姑娘

她是有
丁香一样的颜色
丁香一样的芬芳
丁香一样的忧愁
在雨中哀怨
哀怨又彷徨

她彷徨在这寂寥的雨巷
撑着油纸伞
像我一样
像我一样地
默默彳亍(chì chù)着
寒漠、凄清,又惆怅

她默默地走近
走近,又投出
太息一般的眼光
她飘过
像梦一般地
像梦一般地凄婉迷茫

像梦中飘过
一枝丁香的
我身旁飘过这女郎
她静默地远了、远了
到了颓圮的篱墙
走尽这雨巷

在雨的哀曲里
消了她的颜色
……

这首诗发表于1928年，诗人在低沉的调子里，抒发了自己沉重的情绪。在这首诗中，诗人的自我形象是孤独伤感的，但在那寂寥的雨巷里，却寄寓了诗人对现实不满、失望和痛苦的情绪。

另外，这首诗十分注重音乐感，音节优美，韵脚铿锵，每节押韵两至三次，同时还以复沓、重复等手法来强化全诗的音乐性。这首诗的意义除了在音节上的成功外，还吸收了象征派重视内心表达的特点，而且继承了中国晚唐诗词善于创造意象和意境的传统，其意境从晚唐温李诗派李璟的“青鸟不传云外信，丁香空结雨中愁”演化而来，形成了善于通过形象来“暗示”感觉的特点。此诗被叶圣陶誉为开辟了新诗音节的新纪元。①

但《雨巷》刚写成不久，戴望舒就开始对新诗的“音乐成分”进行否定。他针对新月派的“三美”要求，指出“诗不能借重音乐，它应该去了音乐的成分”，进而认为“诗不能借重绘画的长处”②。他的《我底记忆》被人认为是他走上现代派道路的起点：

我底记忆是忠实于我的，
忠实得甚于我最好的友人。

它存在在燃着的烟卷上，
它存在在绘着百合花的笔杆上。
它存在在破旧的粉盒上，
它存在在颓垣的木莓上，
它存在在喝了一半的酒瓶上。
在撕碎的往日的诗稿上，在压干的花片上，
在凄暗的灯上，在平静的水上，
在一切有灵魂没有灵魂的东西上，
它在到处生存着，像我在这世界一样。

---

① 杜衡．望舒诗稿[M]．北京：中国文联出版社，2002：5.
② 戴望舒．诗论零札[J]．现代，1932（2）.

它是胆小的,它怕着人们底喧嚣,
但在寂寥时,它便对我来作密切的拜访。
它底声音是低微的,
但是它底话是很长,很长,
很多,很琐碎,而且永远不肯休:
它底话是古旧的,老是讲着同样的故事,
它底音调是和谐的,老是唱着同样的曲子,
有时它还模仿着爱娇的少女底声音,
它底声音是没有气力的,
而且还夹着眼泪,夹着太息。

它底拜访是没有一定的,
在任何时间,在任何地点,
甚至当我已上床,朦胧地想睡了;
人们会说它没有礼貌,
但是我们是老朋友。

它是琐琐地永远不肯休止的,
除非我凄凄地哭了,或是沉沉地睡了:
但是我是永远不讨厌它,
因为它是忠实于我的。

这首诗写于1927年大革命失败之后,展现了诗人面对黑暗现实却无力抗争,终于陷入空虚苦闷之中,渐渐对现实采取回避的态度。诗人在为之失望的现实世界感到寂寞和迷茫,“记忆”的昔日生活便成了寻找精神慰藉的依托和忠实于诗人的“最好的友人”。这样的“记忆”太脆弱了,诗人事实上根本不能摆脱现实世界的困惑。尽管他最后说那些记忆是“忠实于我的”,但毕竟是“没有气力的”。在表现手法上,这首诗扬弃了《雨巷》那种传统的一唱三叹的程式和古典韵味,用日常语言和现实情绪抒发自己的哀愁与期待。诗中用了不少暗喻或明喻性的意象,但全诗并不朦胧,仍有戴望舒写诗节奏缓慢、语言铺张、较为浅明的风格。全诗表现的仍然是一个知识分子在当时无处可躲的幻灭感和失落感,但在艺术手法上,却有意识地排斥了音乐和绘画的成分,在追求散文化方面取得了成功,显示出诗人所心仪的自由和洒脱。

（二）卞之琳的诗歌

卞之琳(1910—2000),生于江苏海门汤门镇。1929年考入北京大学英文系学习,期间阅读了大量英国浪漫主义和法国象征主义的诗歌。1930年开始写诗。1933年大学毕业后,他赴保定、济南等地教书,在此期间,他出版了诗集《三秋草》,还曾去日本小住。1934年,与友人共同于北平创办《水星》月刊。1935年,出版诗集《鱼目集》,1936年,与何其芳、李广田合出诗集《汉园集》,他们因而被称为“汉园三诗人”。1938年,赴延安和太行山区抗日根据地访问,随军体验生活,并在延安鲁迅艺术学院临时任教。1940年,他担任昆明西南联大的讲师、副教授。同年他出版了诗集《慰劳信集》和报告文学集《第七七二团在太行山一带》。1941年,卞之琳出版了1930—1939年间写的诗歌自选集《十年诗草》。抗日战争胜利后,他任天津南开大学教授。1947年,应英国文化委员会邀请,赴英国任“旅居研究员”。1949年春,他回到解放后的北平。新中国成立后,他先后任北京大学西语系教授,北京大学文学研究所研究员,中国作家协会理事,《诗刊》《世界文学》《文学评论》的编委,中国社会科学院外国文学研究所研究员等职。1956年他加入中国共产党。1979年,他出版诗作汇集《雕虫纪历》。2000年12月2日,卞之琳因病逝世。

卞之琳早期的创作对新诗技巧与形式试验方面很专注,他既受徐志摩为代表的后期新月派的影响,也受戴望舒为代表的现代派的影响,同时也体现了自己的创作追求与艺术特色。他由“主情”向“主智”转变,所写诗歌多有哲理。他主张“诗的非个人化”,将诗人主体的“我”隐匿起来,追求诗的“抒情客观化”。《断章》便是一首典型的代表作:

你站在桥上看风景,
看风景人在楼上看你。

明月装饰了你的窗子,
你装饰了别人的梦。

这首诗蕴藏了深刻丰富的哲理,诗人通过对常见“风景”的感悟,暗示了主客体关系的相对性。诗中隐含了一种主客体互换,时空互换的距离认识,使诗小而精巧的结构容纳着一个宽广的天地。

该诗的第一节虽然只有两行,却可以分为两个画面和变化的主客体:“你站在桥上看风景”的画面中,“你”是看风景的主体;“看风景人在楼上看你”的画面中，“你”却成了被别人看的客体了。

第二节的两行中，“明月装饰了你的窗子”是一个具象的画面，“明月”这个客体在装饰“你”这个主体，“你装饰了别人的梦”是可以想象的意境，“你”这个主体又成为装饰别人梦中的客体。这种主体与客体不着痕迹的置换，暗示了宇宙中事物普遍存在的一种相对性。事物的关系在不同的条件下会发生变化，从不同的视角来看待，对处于同一种状态中的事物，便可得出不同的结论。如果孤立地、静止地、一成不变地看问题，就会产生片面和绝对化的认识。

第二节　现代小说的多元化发展

革命文学时期，越来越多的作家继承了“五四”文学革命的战斗传统，坚持着现实主义的艺术原则，把文学创作推向新的高度。这一时期出现了许多小说名家，如茅盾、巴金、老舍等。此外，这一时期还出现了“左翼”“京派”“新感觉派”三大小说派别，这三大派别都出现了一批具有鲜明个人风格和民族风格的作品，塑造出一系列富于艺术魅力的典型形象。这些作家将作品中的人物命运与风云激荡的时代精神结合在一起，形成了革命文学时期厚实、有力、壮阔的审美风格。

一、茅盾的小说

茅盾（1896—1981），原名沈德鸿，字雁冰，浙江桐乡乌镇人。1913年考入北京大学预科。1916年到上海商务印书馆编译所工作，接编并革新了《小说月报》。1921年1月发起成立了文学研究会，积极倡导“为人生的艺术”。国共合作破裂之后，由武汉流亡上海、日本，开始写作《蚀》三部曲和《虹》。1930年回国后加入左联并担任执行书记等职务，创作了长篇小说《子夜》，短篇小说《林家铺子》、“农村三部曲”等重要作品。抗战时期，辗转于香港、新疆、延安、重庆、桂林等地，发表了长篇小说《腐蚀》《霜叶红似二月花》《锻炼》和剧本《清明前后》等。新中国成立之后，曾担任文化部长、全国文联主席、中国作协主席等职务。1981 年病逝于北京。他以自己的积蓄设立文学奖金(后定名为“茅盾文学奖”)，奖励优秀的长篇小说创作。

茅盾的早期小说创作以《蚀》三部曲《幻灭》《动摇》《追求》为代表。《幻灭》这部小说以静女士的恋爱经历为经，以大革命为纬，建构出“小资产阶级的女子”静女士“对于革命的幻灭”。每一次希望，结果只是失望，这就是幻灭。小说中的静女士自幼在温馨的母爱和恬静的家庭生活中长大，她是理智的，是追求光明的，在感情上每次遭遇挫折，她便会灰心，但这种灰心是不持久的，短暂的灰心之后她又重新振作起来寻找光明，但之后她又再次遭遇挫折，挫折之后她依然会再次寻找光明，然后又遇到挫折，她在不断地追求，但却又在不断地幻灭。小说中的静女士经历了三次重要的幻灭：她在中学时代时谈起了恋爱，但当她打算用恋爱来打发自己无聊的时间时，她发现自己的恋爱对象竟然是一个卑鄙的军阀探子和已有妻室的骗子，她陷入了幻灭。后来，在医生和同学的帮助下，她终于从恋爱失败的痛苦中走了出来，渐渐平复了恋爱幻灭的创伤。当北伐节节胜利革命高潮不断高涨时，她的理智告诉她应该投身革命中，于是她奔向了革命的中心——汉口，在这里，她又遭到了第二次幻灭，“革命事业不是一方面，静女士是每处都感受了幻灭；她先想做政治工作，她做成了，但是幻灭；她又干妇女运动，她又在总工会办事，一切都幻灭”[①]。之后，她逃进了后方的医院，想做一件有意义的事情，在这里，她遇到了一个真正爱她的人强连长。但当时的中国仍然处于水深火热之中，强连长不可能陪伴在她身边，因为他要去打仗，对于静女士来说，这次恋爱同样是幻灭。

《动摇》写的是大革命时期发生在武汉附近一个小县城的故事，故事中的胡国光是一个“积年的老狐狸”，他利用种种卑劣的手段混进革命阵营，通过伪装革命掩盖自己的投机破坏行为。当胡国光混入商民协会充当委员被人揭发之后，作为革命联盟的国民党县党部负责人方罗兰，在革命形势急剧变化的时候，知道混入革命内部的胡国光的罪恶而不敢揭露和斗争，对胡国光的事情敷衍了事，让胡国光跻身县党部执委兼常委，助长了反革命的气焰。当胡国光煽动群众包围县署之时，他

① 茅盾 . 从牯岭到东京 [J]. 小说月报，1928，19（10）.

又害怕人民群众的力量，不但束手无策，而且为了个人的安全而决定离开革命。这部小说可以说是大革命失败的一个隐喻。

《追求》中所写的人物在革命高潮期间都一度昂奋，大革命失败之后他们既不肯同流合污，又找不到正确道路。张曼青到城郊做中学教员，转而追求“教育救国”，但他救不了那些追求革命的学生；王仲昭“新闻救国”的道路也没有行得通，最终失去了救国的根本目的；章秋柳在流产之后只能在自我麻醉中毁灭着自己，也毁灭着别人；史循则由怀疑到要自杀的地步。这部作品调子较为灰暗，情绪波澜起伏。

《蚀》三部曲取得了很高的艺术成就。这三部小说开拓了现代小说反映社会和心灵的新领域，中国现代中篇小说文体也由此开始成为一种较为成熟的艺术形式。另外，《蚀》三部曲对大革命宏大历史图景的描绘，对特定历史阶段部分革命青年理想和目标的幻灭、动摇和追求的刻画，已经透露出左翼小说创作的新范式，随着茅盾长篇小说《子夜》的成功，逐渐开始形成一个新的小说流派，即社会剖析派。

1933 年 1 月，茅盾的长篇小说《子夜》的出版在文艺界引起强烈反响，这是中国第一部成功的写实主义的长篇小说。《子夜》以民族工业资本家吴荪甫和买办金融资本家赵伯韬之间的矛盾和斗争为主线，深入反映左翼作家眼中的 1930 年左右的中国社会面貌。上海是民国时期最重要的工业、金融和文化中心。上海纸醉金迷的现代都市景观使到此避战乱的吴老太爷深受刺激而猝死。上海有头有脸的人物借吊唁为名，聚集在吴荪甫家打听战况、谈生意、搞社交。买办资本家赵伯韬拉拢吴荪甫联合资金结成公债大户，想要在股票交易中贱买贵卖，从中牟取暴利。吴荪甫和赵伯韬的合作获得了成功，但金融公债的混乱和投机妨害了工业的发展。实业界推举吴荪甫等联合创办银行，希望能借此经营交通、矿山等几项企业。但农民和工人运动让吴荪甫的企业蒙受了很大压力。吴荪甫启用屠维岳，后者动用各种手段平息工人罢工。与此同时，上海金融斗争也日趋激烈，吴荪甫与赵伯韬的联合也转为敌对局面。由于国民党派系战争影响等因素，吴荪甫金融投机失败，资金短缺，赵伯韬想趁此机会吞并吴荪甫的产业，而吴荪甫则想加大对工人的剥削，从而转嫁自己的金融危机，但这次，屠维岳再也不能帮他平息工人的反抗了，最终，吴荪甫把自己的产业和公馆全都抵押作公债，希望以此求得生机，但由于赵伯韬的操纵，吴荪甫彻底破产。

这部小说通过对以吴荪甫为代表的民族资本主义和以赵伯韬为代

表的西方资本主义的勾结与斗争的叙述，描绘了民族资本主义在20世纪30年代中国的悲剧命运。

二、巴金的小说

巴金（1904—2005），原名李尧棠，字芾甘，四川成都人，著名作家。1920年进入成都外国语专门学校。1923年就读于上海和南京的中学。1927年初赴法国留学，创作了处女作长篇小说《灭亡》，发表时始用巴金的笔名。1928年底回到上海，从事创作和翻译工作。1929—1937年，创作了《家》《爱情的三部曲》等中长篇小说，出版了《复仇》《将军》等短篇小说集和《海行杂记》《忆》《短简》等散文集。在此期间任文化生活出版社总编辑，主编《文季月刊》和《文学丛刊》等刊物。抗日战争爆发后致力于抗日救亡文化活动，编辑《呐喊》《救亡日报》等报刊，创作了《春》《秋》。在抗战后期和抗战结束后，创作了《憩园》《第四病室》《寒夜》等中长篇小说。新中国成立后，曾任全国文联副主席、全国政协副主席、中国作协主席等职，并担任《收获》杂志主编。2005年，巴金病逝。

《家》是巴金的代表作，作品以20世纪20年代初期四川成都的生活为背景，真实地描写了一个正在崩溃中的地主阶级的封建大家庭的悲欢离合的故事，深刻地反映了半殖民地半封建社会全面崩溃的现实和趋势。作品结构紧凑，爱憎分明，语言自然酣畅。《家》不仅在巴金的创作道路上具有里程碑的意义，而且是中国现代文学史上一部具有广泛影响的反封建名著。小说中，以高老太爷为首的封建家长，以觉慧、觉民为首的“叛逆者”和以觉新、鸣凤、瑞珏、梅为首的“受害者”，构成了“高家”的基本人物谱系。

以高老太爷为首的封建家长是传统道德权威和既定家族秩序的化身和守护者。他曾经从政，年老还乡，把社会政治空间的游戏规则自然融入本就严厉的家族的封建宗法统治之中，成为“家”中一切悲剧的制造者。中止觉新学业为其娶亲，转赠鸣凤给人做妾以致其投湖自杀，包办觉民婚姻终致其离家出逃……小说中的高老太爷一方面呆板地维护和执行固有家训，让子孙们做臣服的奴隶。他说对的，没人敢说不对，他要怎样做，就要怎样做，高老太爷的独断专行均是为了维护他和他所代表的制度的尊严和权威。另一方面，高老太爷放纵自己的情欲，过着声色犬马的生活。由此可见,高老太爷的性格是虚伪、专制和暴戾。他把自己的权威与面子看得高于一切,他不能容忍一切向他的权力和尊严进行挑战的行为。一旦他的旨意遭到违背,他就会暴跳如雷。以高老太爷为首的封建家长,以僵化的制度和无情的任性伤害着"家"中的"受害者",激发出"家"中的"叛逆者",因是社会演进的巨大阻碍而成为严厉批判的对象。

以觉慧、觉民为首的"叛逆者",是封建家族制度和封建礼教的批判者和摧毁者。他们在"五四"新思潮的影响下,崇尚民主、向往自由、相信科学,追求个性解放和婚姻自由,勇敢地同封建礼教等传统观念决裂。他们受新思想影响,逐渐走向民主主义,最后直接参加社会斗争和反叛自己的家庭。觉慧不满于家庭的各种既有的制度和惯例,不满于家长的作风和大哥的懦弱,爱上婢女鸣凤,在所爱之人殉情之后愤而出走,追求自己的人生目标;觉民没有顺从长辈们既定的婚姻安排,选择与所爱的琴表妹一起出逃,走上了属于自己的人生道路。巴金通过对觉民、觉慧等成长过程的描写,肯定并歌颂了他们的反抗斗争精神,为长期生活在封建专制家庭中的知识青年指明了出路。

以觉新、鸣凤、瑞珏、梅为首的"受害者"是整个人物谱系中颇具艺术魅力的一群。其中最精彩的应数高觉新。高觉新自小才资优异,聪慧好学,接受过新式教育。他读书用功且有梦想,想做化学家,是成绩优异的中学毕业生,期待日后继续上大学,甚至梦想去德国留学深造。在"五四"新思潮的影响下,觉新也阅读了一些新书报,接受了一些新思想,同情觉民、觉慧的奋斗与反抗。但同时,他的思想性格被封建礼教和封建宗法制度严重扭曲,客观上扮演了一个封建礼教和封建家族制度维护者的角色。觉新在中学刚毕业时,便在高老太爷的安排下回家结婚,但结婚的对象却不是自己心仪之人,面对这一情况,他虽然内心极度痛苦,但却没有说一句不情愿的话。之后,他便被卷进了大家庭中各房之间的倾轧中,虽然他也曾试图反抗,但他发现这种反抗除了给自己带来一堆麻烦之外毫无意义,于是,他便选择了一种更为有效的处事方法——敷衍。可是敷衍也没给他带来安宁,妻子瑞珏因所谓"血光之灾"的迷信难产而死。觉新的朝气和梦想在沉闷的家族生活中渐渐消失,经常陷于极度的痛苦之中。懦弱和健忘让觉新暂且过上安静的日子,无形中他所做出的牺牲,成了觉民、觉慧们的庇护之伞,换来了觉民、觉慧们的幸福。梅、瑞珏、鸣凤在《家》中则以相对单纯的面貌出现,都是被封建制度和封建礼教迫害致死的年轻女性。梅是性格柔弱而多愁善感的黛玉式闺秀，与觉新青梅竹马，但因为双方父母的反对而被生生拆散，最终嫁给他人，抑郁而终。瑞珏温柔善良、心灵手巧，可最后却被所谓“血光之灾”的迷信逼到城外去生产，导致难产而死。鸣凤是高家的婢女，虽然出身低微但内心仍保持着纯洁与高贵。正当她与觉慧初涉恋情之际，却不料被高老太爷做主把她送给60多岁的冯乐山做妾。在万般无奈中以死抗争，维护她生命的尊严和情感的忠贞。通过众多“受害者”的悲惨遭遇，巴金鲜明地表达了其对封建家庭制度和礼教的控诉和否定。

总体来说，《家》中人物众多，事件繁复，但作品能始终围绕基本线索展开描写，有条不紊，紧凑周密，波澜起伏，跌宕有致，显示了作者精于构思的能力。所塑造的人物，都有各自的思想性格特征，内心世界的刻画比较突出。

巴金自20世纪30年代走上文坛，始终把文学的真诚品格灌注在他所有的文学创作和文学活动中。他在小说创作中所开创的现代家族叙事型构、热情真诚的倾诉性话语方式和塑造的青春反抗型人物系列，在中国现当代文学史上堪称独特。他与茅盾、老舍等作家一起，促进了中国现代长篇小说的繁荣与成熟。

三、老舍的小说

老舍（1899—1966），原名舒庆春，字舍予，满族人，著名小说家、戏剧家。出生于北京一个贫民家庭，自幼熟悉底层市民生活，喜欢戏剧和民间说唱艺术。1924—1929年，在英国担任汉语教师，创作了《老张的哲学》《赵子曰》《二马》等小说。1929年，老舍取道新加坡回国，先后在山东济南齐鲁大学和青岛山东大学任教。在此期间，老舍和普通的教员、记者、车夫、厨子、说唱艺人、民间拳师为友，汲取民间养分，创作了《大明湖》《猫城记》《离婚》《牛天赐传》4部长篇小说，短篇小说有《黑白李》《微神》等15篇，以及幽默诗文，散文若干篇。1936年，老舍辞职从事专业写作，创作了《选民》（后改题为《文博士》）、《我这一辈子》、《老牛破车》和《骆驼祥子》等作品。1938年，文艺界应抗战需要成立“中华全国文艺界抗敌协会”，老舍担任总务部主任，他以满腔热情和耐心细致的工作，团结各个方面的文艺家，共同致力于推动抗战的文艺活动。为适应战争需要，老舍在抗战期间创作的作品，进行了多种形式的探索，有大鼓体长诗《剑北篇》，京剧《王家镇》《忠烈图》，话剧《残雾》《归去来兮》《面子问题》等。不过，在诸种文体中，小说仍是其创作的主要部分，他先后出版了短篇小说集《火车集》《贫血集》，长篇小说《火葬》，完成了长篇巨著《四世同堂》的前两部《惶惑》与《偷生》，其中《四世同堂》是他这一时期最具代表性的作品。1946 年，老舍和曹禺作为我国民间第一批文化人应邀赴美国访问和讲学，以增进大洋彼岸的人们对中国人民和中国文学的了解。在此期间，老舍完成了《四世同堂》第三部《饥荒》和另一部长篇小说《鼓书艺人》，此外还有《断魂枪》等系列短篇小说。1949 年 10 月，老舍回到祖国，创作了话剧《方珍珠》《龙须沟》《茶馆》《春华秋实》等一系列脍炙人口的戏剧作品。因《龙须沟》的成功，老舍获得了北京市政府授予的“人民艺术家”的荣誉称号。新中国成立后担任全国文联副主席、中国作协副主席、北京文联主席等职。1966 年，老舍投湖自尽。

《骆驼祥子》是老舍现实主义创作发展的一个里程碑，是老舍开始职业作家生涯后的第一部长篇小说，是他创作上的“重头戏”，也是最终确立其文学史地位的代表作。小说以老北京人力车夫祥子的行踪为线索，以 20 世纪 20 年代末期的北京市民生活为背景，以人力车夫祥子的坎坷、悲惨的生活遭遇为主要情节，真实地反映了旧中国城市底层人的苦难生活，揭示了一个破产了的农民市民化以及如何被社会抛入流氓无产者行列的过程。它塑造了祥子的悲剧典型，描写了祥子的悲剧命运，揭示了其悲剧产生的原因，提出了都市平民怎样摆脱悲剧命运的课题。

《骆驼祥子》以祥子三起三落为基本故事主线。祥子从农村到城市谋生，他把买一辆自己的人力车作为生活目标，幻想着有一部属于自己的车，靠自己的勤劳换取安稳的生活。三年之后，祥子终于买下了一辆新车，但是好景不长，祥子凭借个人努力挣来的第一部车半年后即被匪兵抢去。虎口逃生的祥子在路口拉到三匹骆驼，卖了 30 块钱。人和车厂的老板刘四爷快 70 岁了，只有一个 37 岁的女儿叫虎妞。虎妞长得虎头虎脑，像个男人一样。刘四爷很欣赏祥子的勤快，虎妞更喜爱这个傻大个儿的憨厚可靠。刘四爷反对祥子和虎妞在一起，但虎妞告诉刘四爷自己怀上了祥子的孩子。刘四爷仍然不同意，害怕祥子继承自己的家业，无奈之下，祥子和虎妞在大杂院里租房结婚。婚后，祥子坚决要出去拉车赚钱,虎妞就用自己的积蓄为他买了一辆车,后来,虎妞难产而死,祥子又被迫卖掉车安葬虎妞。这时候邻居二强子的女儿小福子表示愿意跟祥子一起过日子。但祥子无力养活他们全家,决定去挣钱再回来。还没等祥子挣到足够的钱,小福子就被送到了妓院,不久后在妓院遭受折磨而上吊自杀。自此,祥子心灰意冷,他堕落了,开始抽烟、耍坏、犯懒,渐渐成为一具无耻、麻木、潦倒、狡猾、好占便宜、自暴自弃的行尸走肉。

《骆驼祥子》塑造了祥子、虎妞等几个有血有肉的人物形象。小说中祥子被塑造成一个失败而沉沦的个人主义英雄形象。这是个人主义英雄在20世纪二三十年代中国奋斗的悲剧。祥子不但自私,不合群,而且还极为懦弱,面对虎妞的威胁,只是被动地接受,却没有丝毫的反抗,至多在心里暗暗诅咒,虽然祥子只是社会底层的一员,影响微乎其微,但是如果每一个祥子都能有着反抗剥削与压迫的决心和行动,那么这个力量是无法估量的,甚至可能冲破黑暗的社会,迎来光明的生活。《骆驼祥子》中对虎妞的形象也写得有血有肉,富有真实感。虎妞是一个复杂的形象,她是流氓刘四的独生女,是“人和车厂”的二老板,这种特殊的生活环境和家庭教养,造就了她大胆、任性、泼辣、刻薄的性格。她对车夫不留情面,把车厂管理得像铁筒一般。作为一个相貌丑陋与性格泼辣、30多岁还嫁不出去的老姑娘,她对人生幸福的追求与这种追求无法正常实现的冲突,又导致了她心理的变态。同时,作为车行老板的女儿,操纵别人命运的意识渗透到了她的灵魂之中,她总想控制祥子,并按照自己的愿望去规范祥子,这与祥子的生活理想构成了尖锐的对立。因此,她与祥子的婚姻是畸形的,并与祥子的婚姻理想——娶一个干净利落、身体强健的朴实乡下姑娘——南辕北辙。最终,虎妞因难产而死,也是造成祥子悲剧的一个重要原因。

《骆驼祥子》是老舍享有世界声誉的长篇小说,它在艺术上也取得了很高的成就,主要表现在以下几方面。

首先,在小说的叙述和语言方面。《骆驼祥子》体现出老舍“京味小说”的典型特征,作品把对祥子及其周围各种人物的描写放置在作者所熟悉的北平的下层社会中。从开篇对于北平洋车夫“门派”的引言,到虎妞筹办婚礼的民俗的交代,从对于北平景物的情景交融的描写到骆驼祥子拉车路线的详细叙述,都使小说透出北平特有的地方色彩。老舍采用经他加工提炼了的北京口语,生动鲜明地描绘北京的自然景观和社会风情，准确传神地刻画北平下层社会民众的言谈心理，简洁朴实、自然明快。作品的叙述语言也多用精确流畅的北京口语，既不夹杂文言词汇，也不采用欧化文法，长短句的精心配置与灵活调度，增强了语言的音乐感，在老舍手里，俗白、清浅的北京口语显示了独特的魅力和光彩。这些因素叠加起来，构成了老舍小说的个人特色和独特韵味。

其次，在结构方面。小说以祥子遭遇的一系列事件为主干，一线串珠式地组织构思，安排情节，显得不蔓不枝，落笔谨严，紧凑集中，布局妥帖，使祥子的性格在广阔的社会环境和人际关系中得以充分展开。以祥子的“三起三落”为发展线索，以他和虎妞的“爱情”纠葛为中心，两相交织，单纯中略有错综。

四、左翼小说

左翼作家的小说以马克思主义的文学理论为指针，站在反映无产阶级的阶级利益和情感立场上，既承嗣了“五四”文学反帝反封建的传统，又以极大的热情关注着世界范围的“红色的30年代”，肩负起再塑民族灵魂的使命，把“人的解放”的历史要求提升到“阶级解放”的高度，使文学与政治、文学与革命、文学与时代的关系被空前强化，以其鲜明强烈的政治倾向性和慷慨悲凉的时代精神参与着历史的进程，从幼嫩走向成熟。以“左联”为核心，左翼小说不仅拥有茅盾、蒋光慈、丁玲、柔石等较早开始创作的重要作家，而且经鲁迅、茅盾等文学巨匠的热情扶植，培养了张天翼、沙汀、叶紫、吴组缃、蒋牧良等一批生机勃勃的左翼文学新人。左翼小说“不仅在当时推动了中国文学现代化的历史进程。而且深刻影响了其后20世纪中国文学现代化追求历史和文学的整体面貌”①。以下就对柔石、丁玲的小说展开阐述。

（一）柔石的小说

柔石（1902—1931），原名赵平复，又名少雄，浙江宁海人，“左联”五烈士之一。1917年秋，他考入台州省立第六中学。1918年夏，考取了官费的浙江省立第一师范学校。1921年10月，参加了著名新文学作家叶圣陶、朱自清任顾问，浙一师同学潘漠华、冯雪峰负责的“晨光文

① 赵学勇，李明．左翼文学精神与20世纪中国文学的现代化论纲[J].兰州大学学报（社会科学版），2003（1）.

学社”。1923年开始文学创作。1924年春,他到慈溪普迪小学任教,教学之余坚持文学创作。1925年元旦,在宁波自费出版了他的第一部短篇小说集《疯人》。1925年2月,柔石到北京大学当了一名旁听生。在1926年春,柔石离京南下,为生计奔波于沪、杭之间。1928年到上海从事革命文学运动。1930年初,自由运动大同盟筹建,柔石为发起人之一。1930年3月中国左翼作家联盟成立,柔石曾任执行委员、编辑部主任。同年5月以左联代表资格,参加全国苏维埃区域代表大会。1931年1月在上海被捕,同年2月7日与殷夫、欧阳立安等24位同志同被国民党反动派秘密杀害。牺牲后,鲁迅曾写《为了忘却的纪念》一文,追悼他和其他死难同志。

柔石从开始小说创作到1931年遇害的短短几年时间里,进行过多种文体尝试,都取得了可喜的成绩。著有短篇小说集《疯人》《希望》《为奴隶的母亲》,中篇《三姊妹》《二月》以及长篇《旧时代之死》,柔石的创作还涉及独幕剧及报告文学等。柔石早期的创作,大都是以青年婚姻恋爱为题材,以浪漫的笔致描绘他们的苦闷。而后期的《二月》《为奴隶的母亲》等代表性作品则纯熟地表现青年知识者的追求,并开始关注和开掘下层劳动人民悲苦的命运了。这与蒋光慈的创作道路相似,由早期的知识分子革命与恋爱的故事,转换成直接表现革命风云的题材。

柔石的《二月》写出了一代青年的彷徨情绪。主人公萧涧秋是从“五四”退潮下来的,他与文嫂、陶岚之间的感情纠葛,不仅表现出他在追求“五四”个性解放,而且体现出人道主义精神是性解放的根本起点。当然,也表现了在当时中国的实际情况下,反封建斗争任重而道远。此外,在三人的感情纠葛中,柔石对其心理进行了细腻的描写,而且在这部小说波澜起伏的情节中,柔石展开了风俗画、风情画描写,被鲁迅称赞是“用了工妙的技术所写成的”。

柔石1930年创作的《为奴隶的母亲》写的是一个“典妻”的故事。作品中不仅如实地记叙了春宝娘被典卖的惨剧,而且通过这一惨剧,将批判的矛头直指封建制度和封建道德。春宝娘遭遇不幸,根本原因在于封建剥削制度造成的经济不平等:秀才家里有着二百亩的地产,使唤着长工和女佣;皮贩子家里的米却少得只能盛在香烟盒子里,还欠着一屁股的债。从这一点来看,春宝娘被典卖不是偶然而是必然。秀才典买春宝娘也并不完全是为了淫乐,求得子嗣以继承香火才是其根本目的。对于他来说,老而得子是最重要的事情。从这一点来看,"不孝有三,无后为大"的封建道德观念也是造成春宝娘悲剧的罪魁祸首。所以与其说是两个家庭、两个亲生骨肉"撕裂"了春宝娘的身体和灵魂,不如说是残酷的封建制度和虚伪的封建道德无情地摧残了她。

这部作品具有鲜明的艺术特色,概括来说主要包括以下几方面。

第一,浓烈的生活实感。作者对现实生活作了真实的写照,因此笔下的人和事都能避免当时大多数左翼作品存在的概念化的毛病。比如秀才和大妻都是封建统治者,但作者并没有把他们写成让人不寒而栗的凶神恶煞,而是在充分揭示其阶级本质的同时并不掩饰其一定的人情味。秀才对春宝娘的某些温情、大妻在春宝娘分娩时的喜悦就使人物显得血肉丰满,真实可信。

第二,白描手法的成功运用。作者把自己深沉的感情蕴藏在对生活真切的描绘中,写人叙事都不加评点,而是通过典型化的言行,传神地勾画人物的性格。比如在秋宝出生前,秀才曾经许诺春宝娘如果真的能够养出一个男孩来,就送她两只戒指,但是后来春宝娘为了给春宝治病而当掉了那只青玉戒指时,秀才却愤怒了,申明那个戒指是要传给秋宝的,这就充分暴露了他的自私、伪善和吝啬。又如大妻一边声称春宝娘连衣服也不用自己洗,一边让她去看看栏里的猪为什么叫,这样短短的几句话就传神地表现了她的虚伪性格。

第三,心理描写的细致入微。这部作品的艺术感染力很大程度上来自作品对春宝娘心理活动的细致描写,正是这些心理描写让读者感同身受地体验到身为"奴隶"的母亲撕心裂肺般的内心痛楚。例如,春宝娘在三年期满时,她非常舍不得离开秋宝,内心非常希望秀才能够把她留下来,甚至还幻想着能把春宝也接来,但当她看到在门口注视着她的大妻的眼神时,她知道自己还是要离开的。对于春宝娘的这些心理描写真实可信,充分揭示了她内心的痛苦与无奈。

(二)丁玲的小说

丁玲(1904—1986),原名蒋伟,字冰之,笔名彬芷、从喧等,湖南临澧人,出身没落绅士家庭。丁玲童年很不幸,4岁时父亲病逝,家道败落,幼弟夭殇,母女相依为命。在母亲的影响下,丁玲从小受到民主革命思想启迪。1918年就读于桃源第二女子师范学校预科,次年转入长沙周南女子中学。1921年到上海,入陈独秀、李达等创办的平民女校,后又转上海大学中国文学系。1927年开始小说创作。1930年5月,丁玲加入中国左翼作家联盟，1931 年出任“左联”机关刊物《北斗》的主编，成为鲁迅旗下一位具有重大影响的左翼作家。1932 年入党，1933 年被捕，在南京幽囚三年。1936 年经营救出狱赴陕北。抗战初期，曾任西北战地服务团主任、文协延安分会常务理事，主编《解放日报》文艺副刊。20 世纪 50 年代初曾任作家协会副主席等职，主编《人民文学》《文艺报》。1957 年被错划为“右派”，1958 年去北大荒劳动，之后又入狱，历时 5 年。1979 年复出文坛。1986 年 3 月 4 日逝世。

1927 年，丁玲开始小说创作，在《小说月报》上陆续发表了《梦珂》《莎菲女士的日记》《阿毛姑娘》等作品，引起文坛注目，此后，创作便一发不可收。早期的小说主要收入《在黑暗中》《自杀日记》《一个女人》等三个集子中。20 世纪 30 年代前期的作品有短篇小说集《一个人的诞生》《水》和《夜会》，中篇《一九三〇年春上海》，及长篇《韦护》和《母亲》等，成为新文学阵营中声誉很高的作家。20 世纪 30 年代后期至 40 年代著有短篇小说集《一颗未出膛的枪弹》《我在霞村的时候》及长篇《太阳照在桑干河上》。1979 年复出文坛后发表了多部长篇、回忆性散文，还有人物特写。

丁玲早期的创作充满着“五四”落潮后新女性对“个性解放”的幻灭感，大胆地描写她们精神的苦闷及由此产生的强烈的叛逆性格，以一种独立的女性意识，表达了现代女性在 20 世纪 30 年代的人生感受。

长篇小说《韦护》写革命者韦护与小资产阶级女性丽嘉的恋爱与冲突，韦护沉溺于温柔的爱情而荒疏了工作，后在革命者的“帮助”下，他意识到再也不能“永远睡在爱情的怀中讴歌一世”，遂离开丽嘉，到革命中心广州去了。韦护走后，丽嘉虽感到幻灭的痛苦，但在时代浪潮冲击下，也幡然醒悟，决心“好好做点事业”。由于丁玲对革命者的生活缺乏了解，韦护形象不够鲜明，但《韦护》是丁玲尝试革命文学的开端，从中已透出了时代的亮色和创作转变的新风。

随着左翼文学运动的深入，丁玲处在急剧走向左翼文学的途中，创作题材逐步扩大，小说的主人公也开始从知识分子转移到贫苦农民身上。她陆续发表了《一九三〇年春上海》（之一、之二）、《水》、《母亲》。《一九三〇年春上海》（之一、之二），展开的是知识分子从个人主义走向集体主义道路情节。写于 1931 年秋的中篇《水》是“普罗”文学的重大突破，着重于表现农民觉醒、反抗的群像，放弃了对个别典型的刻画。小说以 1931 年震动全国的十六省大水灾为背景，反映了湖南地区农民在空前的天灾面前，更加认清阶级矛盾、思想迅速变化的现实，暗示残酷的阶级剥削和阶级压迫实际上乃是比汹涌的洪水更大的祸患。这篇小说以主题的战斗性和题材的现实性，受到读者的好评，发生过较大的社会影响。《母亲》以自己的母亲为原型，展示了以曼贞为代表的"'前一代'女性怎样挣扎着从封建思想和封建势力的重围中闯出来，怎样憧憬着光明的未来"，体现了封建大家庭的崩溃没落以及第一代新女性的坎坷路程。它标志着丁玲创作向着描写革命、塑造革命者形象跨出了重要的一步。

此后，丁玲还写了一些短篇小说，如《奔》通过几个农民在农村中无以为生、到城市又找不到工作的遭遇，从侧面反映出城乡经济面临崩溃的严重局面，烘托革命形势的高涨。艺术上也有新的进步。此外，写于1931年的《田家冲》，虽然在主题安排上还存在着一些缺点，但通过复杂的生活，塑造了几个富有性格的人物，像幺妹、大哥和三小姐，都写得生动活跃，有血有肉，便连着墨不多的姐姐和小哥，也各有特点。小说对当时那种一个阶级一个典型的作风，实际上是有力的否定与冲击。40年代之后，丁玲的创作成就享誉更大。

五、京派小说

"京派"是新文学史上一个十分重要的文学流派，虽然没有正式结社，但围绕着《大公报·文艺副刊》《文学季刊》《水星》《文学杂志》等刊物形成了一支大体稳定的作家群体，主要包括周作人、废名、沈从文、朱光潜、俞平伯、萧乾、凌叔华、林徽因等。他们身居带有衰颓意味的古都，又浸染于经院学风，文化心态从容宽厚，功利意识淡薄而艺术独立意识浓厚，其作品多从文化层面探讨人生与人性，注重道德与文化的健康和纯正，作品充满一种东方古典式和谐圆融的情致。20世纪30年代的京派以小说创作最显实绩。京派作家在语言、文体、表现形式方面多样化的实验，突破了小说的艺术成规，对中国现代小说发展具有革命性的贡献，其中尤以沈从文为最。

（一）沈从文的生平

沈从文（1902—1988），原名沈岳焕，出生于湖南凤凰县的一个旧军官家庭。1917年，他小学毕业按当地乡俗入伍，曾随所属土著部队辗转于湘、川、黔、鄂四省边境地区，既见识了湘兵的强悍勇武，也目睹了军队的滥杀无辜,这为他今后从事文学创作提供了重要素材。1922年,湘西开始受到"五四"运动的影响,而受其影响的沈从文决定奔赴北京。到北京后,他先是准备考取燕京大学,但未被录取。从此,他开始尝试进行写作,期间生活十分困顿。1926年,他发表了第一部作品集《鸭子》,开始在文坛引起一定的关注。进入20世纪30年代后,他进入了创作的丰收期,创作了《萧萧》《柏子》《丈夫》《边城》《长河》等多部小说作品,以及《湘西散记》《湘西》等多部散文作品。新中国成立后,他迫于现实的压力,减少了文学创作,转而进行文物和服饰研究。1988年5月10日,因病在北京逝世。

(二)沈从文的小说

沈从文的小说基本上是关于"城市"或"乡村"的叙事。沈从文似乎很难理解城市,形诸小说中的城市笔墨,满含着对城市生存方式的厌恶,对城市人性扭曲、病态和堕落的曝光与展览。在《绅士的太太》《都市一妇人》等小说中,沈从文借由城市人丑行陋态穷形尽相的绘写,对现代城市文明作了毫不容情的批判,这一批判,又主要寄寓在直陈事相所形成的超然物外的讽刺之中。《绅士的太太》以类乎实录的笔法叙述了几个绅士家庭的日常生活和交际往来。绅士背着太太与情人幽会,太太尾随跟踪盯梢。绅士家大少爷与三姨娘偷情,绅士太太不仅不干涉,还为他们包庇隐瞒,只为收取礼物和钱财,甚至还享受着大少爷对自己的调戏。所谓的城市"高等人",就是这样一个荒淫无度、虚伪自私的群体。《都市一妇人》中湘西美貌女子的漂泊人生和悲剧命运,自其进入城市的一刻起便已注定。在城市这一欲望的策源地,她注定要沦为各类男人的玩物,在情人、姨太太、妓女、交际花的身份变换和命运浮沉中,自身最终被城市改写为一个残忍与自私的女人。

沈从文对城市的排斥,与其对"乡下人"习性的固守与认同直接相连。他笃信乡村与城市是截然分立的二元,难免导致沈从文以城市边缘人即乡下人的视角来审察城市,以此显影城市人林林总总的病象,而对城市人病象的专注与厌弃,又必然反过来强化沈从文对乡村的憧憬,对乡下人的由衷赞赏。为了显示他所属意的乡村世界,沈从文在城市叙事之外,更加用力于乡村小说创作,书写乡村(主要是湘西边地)可以说占据了沈从文创作的主体部分。这些小说的主调在于对湘西世界的倾情赞美。自然流露是沈从文一贯倾心的艺术风致。把人与自然融为一体,不在乎传统小说的时间、地点、人物、事件的特定性限制,没有很强的故事性和大场面，也不在乎情节结构和矛盾冲突的制约，而是淡化冲突，突出人性，引导人们去沉思一种自然的人生方式。

在《萧萧》等短篇小说中，沈从文依托湘西人生的绘写，倾力打造他心目中完美的人性形式，希望以此改造被现代文明侵蚀和异化、日趋腐朽和萎靡的民族性格，预示人性拯救和发展的方向。沈从文受过现代意识的浸染与洗礼，但他不想以理性之光来照见乡土世界的暗影，反而倾向于反现代的立场，把现代理性作为审视与反思的对象，所以他笔下的湘西世界虽然未臻完满无缺，但并不带给人强烈的悲剧意味。在沈从文看来，残缺的湘西世界无须修补，它是自然人生的本真状态，并不违反良善健全的人性，需要修正的恰恰是湘西以外的文明世界。《萧萧》写 12 岁的萧萧嫁给只有 3 岁的丈夫。在萧萧 14 岁时，她被年轻男子花狗引诱，并且失身怀孕，村里人知道这件事情后非常震惊，根据当地规矩，萧萧将面临“沉潭”或“发卖”的严厉处罚。由于她的伯父不忍心将她沉潭，所以建议将其发卖，但由于一直没人买她，萧萧一直待在婆家，直到儿子出生，她的儿子出生后，她得到了族人的原谅，不再被驱逐。在她的儿子长到 12 岁时，又娶了一个 18 岁的儿媳妇。萧萧命运的反转说明了当地族人淳朴善良，萧萧儿媳的命运似乎正是萧萧命运的重演，但从这种命运轮回中，几乎看不出对愚昧风俗的批判，作者恰恰借此演示了合乎自然的人性形式和人生情态。

沈从文对湘西世界的讴歌与赞美，在他最著名的中篇小说《边城》中得到了淋漓尽致的体现。小说中的边城——茶峒小镇是一个充满“爱”与“美”的世外桃源，这里的各色人物皆重情尚义、诚恳谦和。人与人之间不论长幼贵贱，都能和谐共处、彼此帮扶。尽管小说也写了悲剧，但这悲剧不是由恶所致，而是因善而生。同时作者也有意把善与善的冲突处理得更为含蓄委婉，不至于激烈尖锐，使悲剧意味得到淡化或内敛。小说中的悲剧主要是关于翠翠的爱情悲剧。翠翠与外公老船夫相依为命，靠摆渡为生。在镇子上看龙舟时，翠翠误会船总顺顺的二儿子傩送的关切好意，轻声骂了他，但傩送不仅不恼恨翠翠，还派人护送她回家。这让翠翠非常感动，并且对傩送暗生情愫。老船夫觉得自己年事已高，怕以后不能很好地照顾翠翠，所以想给她找到好的归宿。在得知顺顺的大儿子天保喜欢翠翠之后，他便暗示天保来求亲。当地求亲有两种方式：一是遵循汉族婚俗，走“车路”，请托媒人上门提亲，经双方家长同意之后撮合；二是依照苗族风俗，走“马路”，让男方在月夜上山给女方唱情歌,唱到女方动心,答应嫁给对方。天保自觉唱歌本领不足,就请媒人向老船夫提亲,但翠翠并不同意,既因为她心系傩送,更因为她本能地倾向于唱歌求爱的苗族婚俗。老船夫尊重翠翠的意愿,察觉翠翠别有心思,便没有应承天保。天保在失望之余驾船远走,不幸溺水而亡。老船夫得知傩送对翠翠有意,又向顺顺征询意见,但顺顺因为大儿子的死耿耿于怀,并没有答应他,反而要求傩送另娶她人为妻,傩送一气之下离家出走,最终傩送和翠翠没有走到一起,但作品同时也给读者留下了想象的空间,也许傩送明天就回来,也许永远不回来了。虽然《边城》中的故事以悲剧收尾,但是悲剧中却寄托了作者“美”与“爱”的理想,表达了对田园牧歌式生活的向往和追求,凸显出了人性的善良美好与心灵的澄澈纯净。

六、新感觉派小说

1924 年 10 月,日本作家横光利一、川端康成、片冈铁兵等 14 人创办了《文艺时代》杂志,文论家千叶龟雄针对《文艺时代》同人,于同年 11 月发表专文《新感觉派的诞生》,日本新感觉派由此得名。受日本新感觉派及法国都市主义文学的影响,1928 年 9 月刘呐鸥创办《无轨列车》半月刊,最早尝试新感觉派的艺术追求。后穆时英等作家自觉运用新感觉派艺术手法创作小说,形成了 20 世纪 30 年代的中国新感觉派。

(一)刘呐鸥的小说

刘呐鸥(1905—1940),原名刘灿波,台湾台南人。1920 年入日本青山学院,后入日本应庆大学文科,1926 年毕业。毕业后进入上海震旦大学法文班学习。学习结业即滞留上海。1928 年开始从事文学创作。著作有短篇小说集《都市风景线》和集外的《赤道下》等少量小说。1940 年,刘呐鸥去世。

《两个时间的不感症者》是刘呐鸥的代表作,写于 1928—1929 年间,载于 1930 年 4 月初版的《都市风景线》。作品描述了在赛马场买赌赢了的 H 先生与一位放荡的女性邂逅:

> H 把支付窗口占住了时,随后早就暴风一般地吹上了一团的人,个个脸上都有点悦色。不知道分配多少,这就像是他们这会唯一的关心。但 H,隐忍着背后的人们的压力,思想已经飞到这钱拿到时的用法去了。

——先生，这个替我拿一拿好吗？

忽然身边有凉爽的声音，有轻推他肩膀的手。H翻过身来看铁栏外站的是刚才在台上对他微笑的女人。她眼里表示着一种好朋友的亲密。H虽然被她这唐突的请求吓了一下，但是马上便显出对于女人殷勤的样子说：

——好的好的，你也买了五号？

女人用微笑答着，把素手里的几张青票子递给了他，便移着奢华的身子避开了这些暴力的人们。等不上两三分钟分牌人就来了。于是一句"二十五元！"便从嘴里走过了嘴里。洋钱和银角在柜上作响着。算盘就开始活动了。

这位女性又找到事先约好的男青年T，三人同去舞场。两男一女经过饮、抽、谈、舞一个小时的历程后，这位放荡女性又应别的男人之约去吃饭，丢下H和T。两位男士目瞪口呆。

小说通篇贯穿了作者的主观感受，作者的主观心理对客观外界的新感觉外化出来，作者以视觉、听觉、嗅觉、触觉等方面写出了赛马场的狂热、紧张、欢喜、失望的气氛。小说还侧重地表现了中国现代都市人两性关系中的本能欲望。

（二）穆时英的小说

穆时英（1912—1940），浙江慈溪人。幼年随银行家的父亲来到上海，后毕业于光华大学中国文学系。1929年，他的小说在《小说月报》上发表后，踏上文坛，后来成为中国新感觉派的重要成员，被人誉为"中国新感觉派圣手"。1937年一度流亡香港。1939年回到上海，担任当时的《中华日报》编辑，及《文汇报》社长。著作有小说集《南北极》《公墓》《白金的女体塑像》《圣处女的感情》等。1940年春，穆时英被暗杀身亡。

小说《上海的狐步舞》是穆时英的代表作。小说运用电影镜头组切的艺术手法，通过似乎不相关联的一个个画面，描绘了上海大都会夜晚的种种社会病象：行路人突遭拦劫暗杀；富豪的姨太太与前妻儿子乱伦；舞场上男女交叉调情；饭店有钱人赌博嫖妓；搬运工被砸断脊梁惨死；巷口里老妇人让儿媳出卖肉体以求活命；坐黄包车的外国水兵不付钱发威。种种恐怖、淫荡、悲苦场面在音响中交织一片，时空错杂间形成强烈反差，展示出"上海，造在地狱上的天堂"的主题。

小说副题是"一个断片"。作者打破了传统小说的叙述手法，将人物杂凑一起，既无性格发展，也无性格对照，人物活动场景，浮光掠影，各自独立。全文由作者感觉到的造在地狱上的天堂的陆离印象贯穿起来，开阔了读者的眼界。如小说对舞会场面的描写：

> 蔚蓝的黄昏笼罩着全场，一只 saxophone（乐器萨克斯管）正伸长了脖子，张着大嘴，呜呜地冲着他们嚷。当中那片光滑的地板上，飘动的裙子，飘动的袍角，精致的鞋跟，鞋跟，鞋跟，鞋跟，鞋跟。蓬松的头发和男子的脸。男子的衬衫的白领和女子的笑脸。……酒味，香水味，英腿蛋的气味，烟味……

这一段描写，运用蒙太奇叙事视点，造成一种电影式的形象感、运动感和节奏感，写出了大都市现代人的生活情绪与人生感受。作者还让时间交叉，不断跳跃空间，捕捉令人眼花缭乱的光、影、色、声杂糅的动感十足的蒙太奇镜头。如：

> 电车当当地驶进布满了大减价的广告和招牌的危险地带去，脚踏车挤在电车的旁边瞧着也可怜。坐在黄包车上的水兵挤箍着醉眼，瞧准拉车的屁股踹了一脚便哈哈地笑了。红的交通灯、绿的交通灯、交通灯的柱子和印度巡捕一同地垂直在地上。交通灯一闪，便涌着人的潮、车的潮。这许多人，全像没了脑袋的苍蝇似的！一个 fashion model！穿了她铺子里的衣服来冒充贵妇人。电梯用十五秒钟一次的速度，把人货物似地抛到屋顶花园去。女秘书站在绸缎铺的橱窗外面瞧着全丝面的法国 crepe，想起了经理的刮得刀痕苍然的嘴上的笑劲儿。主义者和党人挟了一大包传单踱过去，心里想，如果给抓住了便在这里演说一番。蓝眼珠的姑娘穿了窄裙，黑眼珠的姑娘穿了长旗袍儿，腿股间有相同的媚态。

这些画面上明显地传递出作者主观情感上的狂乱与危机感。

在《上海的狐步舞》中，作者还通过色彩鲜明的语言，造成强烈的画面感。譬如：

> 上了白漆的街树的腿，电杆木的腿，一切静物的腿……revue似地，把擦满了粉的大腿交叉地伸出来的姑娘们……白漆腿的行列。沿着那条静悄的大路，从住宅区的窗里，都会的眼珠子似地，透过了窗纱，偷溜了出来淡红的，紫的，绿的，处女的灯光。

这是从行进中的汽车里观察的结果，给我们带来了新奇的感受。作者不是客观地描写对象，而是把某种主观的感觉投射到对象中去，使其生命化、个性化。小说中充满了这样电影式的"主观镜头"。如写几个城市建筑："跑马厅屋顶上，风针上的金马向着红月亮撒开了四蹄。在那片大草地的四周泛滥着光的海，罪恶的海浪，慕尔堂浸在黑暗里，跪着，在替这些下地狱的男女祈祷，大世界的塔尖拒绝了忏悔，骄傲地瞧着这位迂牧师，放射着一圈圈的灯光。"小说中的此类描写已不是简单的拟人修辞，而是作家的艺术方式。

总之，作者力图像电影艺术那样，运用文字营造一个可视、可听、可嗅、可触的混合的感觉世界。

第三节　杂文和小品文的兴盛

一、杂文的兴盛

20 世纪 30 年代，各种社会矛盾尖锐化，激发了人们的政治热情，从而为杂文的勃兴准备了条件，杂文风行文坛。鲁迅是 20 世纪 30 年代最重要的杂文作家。他专注于杂文创作，还大力提倡这种文体，并对杂文的社会价值和文学价值作出了很高的评价。这在当时对杂文的发展产生了积极的影响。

鲁迅在他思想最成熟的年月里，倾注了他的大部分生命与心血于杂文创作中。鲁迅的杂文以其独特的诗学、难以衡量的思考深度和所激起的社会影响成为无法克服也无法超越的独特存在。鲁迅认为杂文是克服诸多文学门类局限，用文字表情达意的最好工具，"我们试去查一通美国的'文学概论'或中国什么大学的讲义，的确，总不能发现一种叫作 Tsa-wen 的东西"，"我知道中国的这几年的杂文作者，他的作文，却没有一个想到'文学概论'的规定，或者希图文学史上的位置的，他以为非这样写不可，他就这样写"。[①] 没有什么文体能够限制鲁迅杂文

---

① 鲁迅．且介亭杂文二集：徐懋庸作《打杂集》序 [M]// 鲁迅全集：第 6 卷．北京：人民文学出版社，2005：300.

的自由创造性，在生命最后的十年里，鲁迅将大部分的心血都倾注在杂文的创作上。可以说，鲁迅在杂文中运用了所有形式。鲁迅的杂文中重要的不是文章的题材或文体，而是什么年代写的，即反映着什么样的时代背景。

20 世纪 30 年代的杂文记录下了一个极度矛盾复杂的年代，尤其是鲁迅的杂文，是鲁迅将个人的心血和灵魂与时代交融在一起而形成的时代诗学。由于鲁迅杂文对现实和历史的极大穿透力和杀伤力，在一些现代知识分子看来，有违于中国文化与士大夫的中庸传统，体现了鲁迅其人其文的反叛性、异质性。因此，一些文人总是试图否定和抹杀鲁迅杂文，否定抹杀不了就只有辱骂，但鲁迅对这些反应显然有十分清醒的认识，“我自己也知道，在中国，我的笔要算较为尖刻的，说话有时也不留情面。但我又知道人们怎样地用了公理正义的美名，正人君子的徽号，温良敦厚的假脸，流言公论的武器，吞吐曲折的文字，行私利己，使无刀无笔的弱者不得喘息。倘使我没有这笔，也就是被欺侮到赴诉无门的一个；我觉悟了，所以要常用”。[①] 人们总是希望“终结”鲁迅的杂文，常常有人提出鲁迅杂文已经过时。但鲁迅的杂文之于现代中国，在有识之士那里是不会那么快就过时的。

鲁迅强调杂文是“感应的神经，是攻守的手足”，因而以批判锋芒见长的现代杂文，是以鲁迅为代表的中国现代作家在从事“社会批评”和“文明批评”的过程中建立起来的。自 1918 年享誉文坛至 1936 年去世的 18 年间，鲁迅的杂文创作从未中断。他先后出版了《坟》《热风》《华盖集》《华盖集续编》《而已集》《三闲集》《二心集》《南腔北调集》《伪自由书》《准风月谈》《花边文学》《且介亭杂文》《且介亭杂文二集》《且介亭杂文末编》等杂文集。据统计，鲁迅一生创作文字 170 万字，其中杂文就有 135 万字，占了将近 80%。

总体来说，鲁迅的杂文内容十分广泛，思想深邃，理性力量丰厚，概括地说有以下几个方面。

第一，鲁迅的杂文是一部活的近现代的中国社会史。鲁迅杂文真实记录了中国历史发展的进程。尤其是“五四”以后，鲁迅始终站在新文化活动的前沿，积极进行着广泛的社会批评和文明批评，其宏富精深

① 鲁迅 . 我还不能“带住”[M]// 鲁迅全集：第 3 卷 . 北京：人民文学出版社，2005：260.

的思想内容,成为中国现代思想史和文学史上的珍贵文献。

第二,自我人格的真实写照。鲁迅自己说:“我的确时时解剖别人,然而更多的是更无情地解剖自己。”(《写在《坟》后面》)只有无情地解剖自己,才能准确地解剖别人。因此,只有像鲁迅这样能够严厉地解剖自己的人,才能准确深刻解剖中国民族的国民灵魂。

第三,对“国民性”病根的顽强探索。作为一位伟大的思想家与文学家,鲁迅在观察、分析与表现中国历史进程中,他的注意力始终集注在近代中国社会历史巨变中的人,不同阶级、阶层以及整个民族的社会心理,以及其内含的历史经验教训。鲁迅摄取了人物灵魂,勾画出社会世态,其形态是十分丰富多样的,这构成鲁迅探索改造“国民劣根性”的重要部分。因此,他说“‘中国的大众的灵魂’,现在是反映在我的杂文里了”。(《准风月谈·后记》)

中国现代杂文文体得以盛行,是与特定的时代和鲁迅的提倡分不开的。在鲁迅杂文的直接影响下,20 世纪 30 年代出现了一批青年杂文作者。其中有《不惊人集》《打杂集》的作者徐懋庸和《推背集》《海天集》的作者唐弢,还有徐诗荃、聂绀弩、周木斋、巴人等。他们以杂文为武器,揭露社会矛盾,抨击政治黑暗,虽风格各殊,但都表现出了蓬勃的朝气和战斗的锐气。鲁迅的杂文是中国社会思想和社会生活的艺术记录,是 20 世纪二三十年代中国的百科全书。这正如他在《准风月谈·后记》说的:“我的杂文,所写的常是一鼻,一嘴,一毛,但合起来,已几乎是或一形象的全体”,“‘中国的大众的灵魂’,现在是反映在我的杂文里了”。鲁迅杂文是对中国议论性散文的创造性发展,它为中国文学创造了杂文这一文体范式,影响和造就了一批杂文作家。

鲁迅的杂文创作,以其“意识到的历史内容”和超越往古的艺术成就,在杂文创作领域开辟了一条革命现实主义的广阔道路,成为杂文史上一座难以逾越的高峰和中外杂文史上的罕见奇观。

二、小品文的兴盛

“小品”一词在中国始于晋代,佛经译本中的简本称为“小品”,详本为“大品”。现代汉语中则以“小品”统称那些抒写自由、篇幅简短的杂记随笔文字,它是在借鉴西方 essay、日本随笔和中国古代小品、笔记基础上整合构建的新型散文文体。小品不同于随笔,随笔涵盖面较大,而小品集中于一事一物一观念；小品不同于“美文”，美文强调文字的秀丽，而小品强调落意的巧妙；小品不同于杂文，杂文比较锋利，而小品崇尚淡雅。中国现代小品文萌生于20世纪20年代，在30年代盛极一时，出现了多种以刊登小品文为主的刊物。1932年，林语堂等人在其先后创办的《论语》《人间世》《宇宙风》上，发表了大量的小品文，提倡“以自我为中心，以闲适为格调”，以幽默为特色，抒发性灵，不拘格套的幽默闲适散文，并以《论语》刊物为主要阵地。以林语堂为核心，一批从事小品文创作的作家陶亢德、徐讦、章克标、邵洵美、老向（王向辰）、姚颖等人，被归在“论语派”名称下。林语堂认为小品不是一种文体，只是一种笔调，故小品笔调也是“个人笔调”，是“闲谈体”“娓语体”。这种继承了晚明小品、20世纪20年代美文特点并整合西方随笔而得的“幽默闲适”风格对现代小品文产生的影响很大。林语堂不仅是幽默文风的倡导者，还是推介者。

林语堂（1895—1976），福建漳州人。美国哈佛大学文学系硕士，德国莱比锡大学语言学博士。先后在清华大学、北京大学、厦门大学任教。1924年后曾为《语丝》主要撰稿人之一。20世纪30年代，作为论语派主要人物，开创并成功地提倡了幽默闲适为特点的小品文风格。林语堂一生写了60多种书，其中30多种在海外用英文写成。1935年在美国出版了英文著作《吾国吾民》。4个月时间，印行7版。美国女作家赛珍珠在其书的序言中称“写得骄傲，写得幽默，写得美妙，既严肃又欢快，……是迄今为止最真实、最深刻、最完备、最重要的一部关于中国的著作。”其后，作者将其中的一章《生活的艺术》扩展为一本同名著作，于1937年出版，反响更热烈，被美国的“每月读书会”列为1937年12月“特别推荐书”，1938年在美国畅销书排行榜上位居第一，此书被翻译成多国文字，影响极大。1989年，美国前总统乔治·布什在出访东南亚之前，把《生活的艺术》作为出访准备的阅读书籍之一。

林语堂的小品文，取材广泛，宇宙中的各种事物皆可以作为写作对象。《脸与法治》一文正是从中国人的“脸”谈起，娓娓道出“脸与法治”的关系这个重大命题：

> 中国人的脸，不但可以洗，可以刮，并且可以丢，可以赏，可以争，可以留，有时好像争脸是人生的第一要义，甚至倾家荡产而为之，也不为过。在好的方面讲，这就是中国人之平等主义，无论何

人总须替对方留一点脸面,莫为已甚。这虽然有几分知道天道还好,带点聪明的用意,到底是一种和平忠厚的精神。在不好的方面,就是脸太不平等,或有或无,有脸者固然极乐荣耀,可以超脱法律,特蒙优待。而无脸者则未免要处处感觉政府之威信与法律之尊严。所以据我们观察,中国若要真正平等法治,不如大家丢脸。脸一丢,法治自会实现,中国自会富强。譬如坐汽车,按照市章,常人只许开到三十五哩速度,部长贵人便须开到五十六十哩,才算有脸。万一轧死人,巡警走上来,贵人腰包掏出一张名片,优游而去,这时的脸便更涨大。倘若巡警不识好歹,硬不放走,贵人开口一骂,"不识你的老子",喝叫车夫开行,于是脸更涨大。若有真傻的巡警,动手把车夫扣留,贵人愤愤回去,电话一打警察局长,半小时内车夫即刻放回,巡警即刻免职,局长亲来诣府道歉,这时贵人的脸,真大的不可形容了。

"脸"本指一个人的面部,但在中国人心目中,随着词义的引申和转借,"脸"还有"面子""情面"等意义,甚至还可以组合成更多的含义。正如林语堂嘲笑的那样,"中国人的脸,不但可以洗,可以刮,并且可以丢,可以赏,可以争,可以留,""丢脸""赏脸""争脸""留脸",这些词汇的背后都深藏着中国人的文化心理。"脸"也有两面性,一方面"脸"会带来"平等精神",另一面"脸"却"太不平等","可以超脱法律,特蒙优待"。于是作者一语双关、幽默地写道:"中国若要真正平等法治,不如大家丢脸。脸一丢,法治自会实现,中国自会富强。"接着这篇小品文通过两则信手拈来的小故事,把某些中国贵人,如何滥用一张"脸",以至于"脸"大于法的丑陋展现出来。这篇小品文体现了林语堂"幽默闲适"的风格。

林语堂所提倡的以"幽默闲适"为特征的小品文,为中国现代散文"花圃"中增加了一种独具特色的崭新文体。他为中国现代文学首次引进了"幽默"的文学质素,促进了一种具有全新内涵的"幽默"文学的诞生与发展,另外,与中国传统的"公安派"的"性灵文学"接上血脉,创造了一种"语出性灵"、清淡平和闲适的散文文体,总体上促进了现代散文多样化风格、多元化格局的形成。

第四节　现代话剧的振兴

革命文学时期的戏剧创作取得了令人瞩目的成绩，特别是现代话剧，涌现出了一批具有较高思想性和艺术性的作品，从而实现了现代话剧的振兴。曹禺是这一时期具有代表性的作家。

一、曹禺的生平

曹禺（1910—1996），原名万家宝，祖籍湖北潜江，生于天津一个没落官僚家庭，父万德尊曾任黎元洪秘书。童年的曹禺常随家人出入剧院，家庭环境培养了他对文学艺术的浓厚兴趣。1922 年，曹禺入读南开中学并参加了南开新剧团，其间获得丰富的舞台实践经验。9 月《玄背》第 6 期到第 10 期连载其处女作小说《今宵酒醒何处》，首次用曹禺作为笔名。1928 年，入读南开大学政治系。次年，他考入清华大学西洋文学系就读，在读期间广泛接触了从莎士比亚、易卜生到契诃夫、奥尼尔等西方戏剧。1933 年大学毕业前夕，年仅 23 岁的曹禺即完成了处女作《雷雨》，继而又发表了《日出》《原野》《北京人》《家》等经典剧作，这些佳作犹如一座座丰碑矗立在中国的剧坛上，使中国现代话剧剧场艺术得以确立，并在中国的观众中扎根，中国现代话剧由此走向成熟。

二、曹禺的戏剧

曹禺是 20 世纪 30 年代中国现代话剧史上一位大师级的剧作家。如果说在 20 世纪 30 年代中国话剧已经走向成熟，那么成熟的标志之一就是出现了曹禺和他的戏剧《雷雨》《日出》和《原野》。

曹禺在《雷雨》中用了不到 24 个小时的叙述时间讲述了一个传统家庭 30 余年的故事。讲述故事的时间从早上开始到午夜。这部剧作以周、鲁两家为核心展开，每家 4 人，人物之间关系复杂，戏剧冲突集中而尖锐。周朴园作为由传统势力转化而来的新兴资本家，是戏剧的中心人物，他爱上侍女梅侍萍，生了大儿子周萍，周朴园或许对侍萍也是真心。但为了迎娶有地位身份的繁漪，他最终还是接受母亲将侍萍和刚刚生下的第二个儿子赶出家门的事实。繁漪为周朴园生下幼子周冲，但不堪忍受周朴园的家庭生活，18年后和名义上的儿子周萍私通。周萍和父亲一样厌倦了繁漪，和弟弟周冲一样爱上侍女鲁四凤。为了报复周萍，繁漪让四凤的母亲来周家带走女儿，却发现鲁四凤母亲就是当年的梅侍萍，她此时已经嫁给周家佣人鲁贵为妻，鲁四凤即梅侍萍与鲁贵的女儿。周朴园昧着良心剥削工人，命令矿警将工人打死，鲁四凤的哥哥鲁大海代表罢工工人来交涉此事。周朴园发现鲁大海就是自己和鲁侍萍所生的第二个儿子，即便如此，他依然开除了鲁大海。四凤在得知自己的身世后，无法接受现实，怀着周萍孩子的她一气之下跑了出去触电而死，周冲由于去拉她，也触电身亡，最后，周萍也选择自杀，繁漪和侍萍疯掉。

一个长达30余年涉及两代人的故事要在不足一天的舞台时间内演绎完，这需要高度的剪裁技巧。第一幕一开场，我们就可以感受到曹禺的匠心独运。鲁贵与四凤的谈话看来像父女间的家常闲聊，却包含了许多重要的信息：不仅包括他们各自的身份、地位与习性，还揭示出剧中主要人物间的关系，四凤与周萍的情爱、周萍与繁漪的暧昧、繁漪对四凤的敌意等，对于舞台上正面展开的情节，这是前因；而谈话同时透露了鲁侍萍要来周家这个重要的规定情境，为揭开现时态悲剧的远前因埋下伏笔。之间再穿插进周冲来客厅寻找四凤、鲁大海来周家见周朴园这样的过场戏，将周冲对四凤的爱慕、鲁大海对周家的仇恨也展现出来。到此为止，剧中主要人物之间的关系已经基本明朗，按下不表的只有鲁侍萍与周家的关系，它将作为后面情节发展中必不可少的推动力量而存留。如何使事态在一天之内迅速到达悲剧的顶点，曹禺巧妙地利用了现在时态与过去时态交织而成的合力制造情节发展的势能。舞台上正面展开的是悲剧的现在时态，繁漪为支走四凤，叫来鲁侍萍，导致30年前的悲剧显影，迅速抵达毁灭的结局。

《雷雨》中每一个场景都是情节进程中的有机组成部分，而场景本身又包含着饱满的戏剧性。戏剧性可以体现于外部的行为冲突，也可以体现于内部的心理冲突。《雷雨》中的戏剧场面融二者于一体。在周朴园逼繁漪吃药这场戏中，冲突的双方是周朴园与繁漪。这场冲突围绕着“吃药”这个可视性极强的外部动作，经历了三个回合的斗争：周朴园强迫繁漪喝药，繁漪抗拒；周冲替繁漪说情失败，只好依从父命劝母亲喝药，繁漪把药拿起又放下；周朴园让周萍跪下来劝后母喝药，繁漪抢在他跪之前，忍着愤恨把药喝了。在夫妻二人的冲突模式中，周冲与周萍的加入使冲突复杂化，周朴园利用两个儿子强化他的家长意志，周冲、周萍与繁漪的特殊关系使得繁漪抵抗意志削弱，最后屈服于周朴园的意愿。三个回合中，周朴园的家长意志控制着家庭中的每个成员。如果从情节发展的角度来看，这场冲突不仅提供了之前情节的心理成因——继母与儿子的乱伦关系在这个家庭里何以会产生，而且提供了之后情节的心理动因，繁漪拼命抓住情感沙漠中的最后一个水源，而周萍却在父亲权威的笼罩之下避之唯恐不及，两个人之间的关系成为悲剧推进的情节动能。在这一场戏中，我们看到了曹禺如何将写人与写戏完美地融合于一体。

在序幕、尾声中，时间已经过去10年，昔日窒息身心的周公馆改建成了医治身心的教堂医院，如箭在弦的戏剧冲突随着那场雷雨的歇止也代之以平静，舞台上他人的闲谈与教堂弥撒的钟声创造出宁静、和平、肃穆的气氛。序幕、尾声的舒缓与本事的紧张形成强烈的对比。

《日出》通过对上流社会和三流妓院两地场景与故事的描述，揭示都市上流社会的堕落与下流社会的不幸。女主角陈白露曾经是爱华女校的高才生，父亲的去世改变了她的人生，做过电影明星和舞女，最终沦为一名逢场作戏的交际花，终日周旋于潘月亭等巨商富贾身旁，过着纸醉金迷的生活，她十分鄙视和痛恨自己目前的生活，但却失去了行动的能力。昔日好友方达生打算将她带走的劝说让她心有所动。她从流氓黑三手中救下一个小女孩“小东西”，这似乎是她试图拯救自己灵魂的一次尝试，但最终“小东西”被卖入妓院悲惨地死去。潘月亭和李石清斗法，因做投机生意破产无力再承担陈白露的账单。金八爷接手了潘月亭的生意，陈白露转到由金八爷支付账单。陈白露明白了自己只不过是上流社会的玩物，于是在日出之前吞下了安眠药。

该剧有意摆脱《雷雨》那种以血缘关系为纽带的结构，有意克服“太像戏”的不足，尝试着从新的视角、用新的方法传达自己对社会人生的理解。关注对象由小家庭转向大社会，表现重心由“巧合”的变态故事转向常态的平凡生活；摒弃了密集度大的“回溯法”结构，转而以“人生的零碎”，用“片段的方法”，即截取现实生活横断面的结构，意在“暴露都市罪恶”，批判那“损不足以奉有余”的不合理的社会制度。

《原野》讲述的是北洋军阀混战时期农民复仇的故事。曹禺同样将其置于农村阶级斗争的背景当中。恶霸地主焦阎王为了抢夺农民仇虎家的土地，勾结官府谋害了仇虎家人，活埋了他的父亲仇荣，将他的妹妹送进了妓院导致她最后惨死。焦阎王把仇虎打进牢狱并叫人打断了他的腿，然后逼迫其未婚妻花金子嫁给焦家做儿媳妇。这样的取材有着受20世纪30年代左翼文学影响的明显痕迹。但曹禺并没有体现出正确的“阶级意识”，为了报仇，仇虎最终杀死了自己的好友，也就是焦阎王的儿子焦大星，正是焦大星娶了仇虎的未婚妻花金子，但仇虎也于心不安，花金子也未必就不爱焦大星。总之，无论是仇虎还是花金子，都难看见有什么阶级觉悟。

新时期以来的研究认为，《原野》受到美国戏剧作家尤金·奥尼尔表现主义戏剧的影响，采用了非写实的表现形式。抽象化的环境设置和扭曲变形的人物形象正来自于曹禺对表现主义戏剧的借鉴与化用。该剧本并不刻意追求细节的真实，更醉心于主观的外化，通过营造一种氛围、一种情境来使潜在情绪戏剧化。戏剧的冲突不仅是复仇等外在行为，且更注重将各色人物内心激烈的情感冲突外在地表现出来，在面临行动选择时，仇虎、花金子、焦母等的情感无一不在焦灼激战，哪怕是花金子和焦大星夫妻关于母亲和妻子同时掉进河里先救谁的话题也不例外。

总之，曹禺善于把握人物命运的戏剧性变化，在戏剧冲突中体现对人生的终极关怀。他的剧作不仅显示了其本身独特的价值，而且其对话剧艺术不断探索求新的精神，也是现代话剧发展进程中最宝贵的财富。

第三章　战争时期的文学

战争时期的文学主要指的是从 1937 年 7 月 7 日卢沟桥事变到 1949 年 10 月 1 日中华人民共和国成立这一时期的文学活动。这一时期，战争频繁，文学创作随着全民族由争取民族独立到争取解放，逐渐自觉地担负起了民族救亡的使命，战争与救亡成为这个时期文学创作的主要特色。

第一节　战争时期的诗歌创作

战争的爆发，使得诗歌的社会功利性一跃超过了艺术的审美性，成为中国现代诗歌的第一需要，这一时期的诗歌的“大众化（非诗化）”与“贵族化（纯诗化）”两种艺术主张的对峙陡然消失，几乎所有的诗人都一起唱起了爱国的战歌。其中尤以七月诗派和九叶诗派为重，这两大诗派高举现实主义和自由诗体的旗帜，在抗日战争与解放战争时期高呼民族独立与解放，充分展现了诗人的爱国情怀。

一、七月诗派的诗歌

七月诗派是围绕《七月》杂志和后来的《希望》杂志以及七月派诗人个人编辑的《诗垦地》《泥土》《呼吸》《蚂蚁小集》等报纸副刊、杂志而形成的青年诗人群体。七月诗派因胡风创办的《七月》周刊而得名，以理论家兼诗人胡风为中心，以《七月》《希望》以及《泥土》《呼吸》等为阵地，主要成员有胡风、艾青、田间、绿原、鲁藜、亦门（阿垅）、冀汸、曾卓、庄涌、孙钿、邹荻帆、牛汉、贺敬之、彭燕郊、化铁、路翎、罗洛、天蓝、徐放、方然（朱声）、鲁煤（牧青）、杜谷、朱健、朱谷怀、卢甸、侯唯动、苏金伞、袁勃、胡征等。他们的作品大都被收入胡风主编的《七月诗丛》《七月文丛》以及14人合集《我是初来者》，有胡风的《为祖国而歌》，艾青的《向太阳》《北方》，田间的《给战斗者》，绿原的《童话》《集合》《又是一个起点》，亦门《无弦琴》，冀汸的《跃动的夜》《有翅膀的》，曾卓的《门》，庄涌的《突围令》，孙钿的《击退敌人去》《望远镜》《旗》，牛汉（谷风）的《彩色的生活》，贺敬之的《并没有冬天》，彭燕郊的《春天——大地的诱惑》《战斗的江南季节》《第一次爱》，鲁藜的《醒来的时候》《锻炼》，邹荻帆的《尘土集》《意志的赌徒》，杜谷的《泥土的梦》，化铁的《暴风雨岸然轰轰而至》，天蓝的《预言》，苏金伞的《地层下》，郑思的《吹散的火星》《夜的抒情》等30部诗集。新中国成立后，该诗派成员多被打成“胡风反革命集团”成员，有着曲折的命运。1981年，牛汉等编辑了诗集《白色花》，收集了七月诗派的20位诗人的作品。

七月派诗人与以往诗人不同之处即在于他们热切地感应了时代，并且以投入的姿态参与那一切的抗争。怀着与敌人决一死战的热情和对光明的向往，这便是七月诗派共同的政治倾向。其中，最值得一提的当属艾青。

（一）艾青的生平

艾青（1910—1996），原名蒋正涵，字养源，号海澄，笔名还有我伽、克阿、林壁等。他出生于浙江金华一个乡村地主家庭，出生后被认为克父母，而被寄养在一个贫苦农妇“大叶荷”家里，直到5岁才被父母领回家。1928年夏，考入杭州西湖艺术院绘画系，翌年春，赴法国巴黎勤工俭学，接触到凡尔哈仑等现代主义诗歌，创作了《马赛》《巴黎》《芦笛》《会合》等。1932年回国加入中国左翼美术家联盟和“春地画社”，与12位美术青年一起被捕入狱。在狱中，创作了《大堰河——我的保姆》等作品，把西方现代主义的诗歌手法与中国现实中的苦难生活以及自觉的自我意识结合在一起，初步形成了忧郁的风格和散文化的特点。1935 年 10 月获释出狱。1936 年底，自费出版第一部诗集《大堰河》。艾青出狱时正值抗日救亡运动的高潮，创作了《煤的对话》《太阳》《黎明》《春》《复活的土地》等以“太阳”为主题的作品。在武汉与胡风、田间、萧军、萧红等会合，写下了代表作《雪落在中国的土地上》。1938 年 1 月，与萧军、萧红等应李公朴之邀，北上山西临汾执教，晋南失守后退回武汉，途中创作了《北方》《风陵渡》《补衣妇》《驴子》《骆驼》《手推车》和《乞丐》等。1939 年后，又从桂林到湖南再到重庆，继续以“土地”为主题创作了《我爱这土地》《旷野》《冬天的池沼》和《向太阳》《他死在第二次》《吹号者》《火把》等抒情长诗、《诗的散文美》等诗学论文，并出版了艾青一生诗歌创作中最有代表性的诗集《北方》。1941 年初艾青赴延安后，诗风大变，无论是《毛泽东》《黎明的通知》等抒情诗还是《雪里钻》等叙事长诗，都一扫以前的忧郁色彩，充满了欢欣和愉悦。其中，《黎明的通知》最能代表这时期诗风变化后的特点。然而，从 1942 年后，几乎没有诗歌新作发表。

（二）艾青的诗歌

抗日战争爆发后，诗人满怀着激情与斗志来到当时的抗战中心武汉，看到的却是大众在穷困、饥饿中挣扎而权贵们依然作威作福的社会现实，他感到了幻灭。在武昌一间阴冷的屋子里，艾青创作了《雪落在中国的土地上》：

雪落在中国的土地上，
寒冷在封锁着中国……

风，
像一个太悲哀了的老妇，
紧紧地跟随着
伸出寒冷的指爪
拉扯着行人的衣襟，
用着像土地一样古老的话
一刻也不停地絮聒着……

那从林间出现的，

赶着马车的
你中国的农夫，
戴着皮帽
冒着大雪
你要到哪儿去呢？

告诉你
我也是农人的后裔——
由于你们的
刻满了痛苦的皱纹的脸，
我能如此深深地
知道了
生活在草原上的人们的
岁月的艰辛。

而我
也并不比你们快乐啊
——躺在时间的河流上
苦难的浪涛
曾经几次把我吞没而又卷起——
流浪与监禁
已失去了我的青春的最可贵的日子，
我的生命
也像你们的生命
一样的憔悴呀。

雪落在中国的土地上，
寒冷在封锁着中国呀……

沿着雪夜的河流，
一盏小油灯在徐缓地移行，
那破烂的乌篷船里
映着灯光，垂着头

坐着的是谁呀？

——啊，你
蓬发垢面的小妇，
是不是
你的家
——那幸福与温暖的巢穴——
已被暴戾的敌人
烧毁了么？

是不是
也像这样的夜间，
失去了男人的保护，
在死亡的恐怖里
你已经受尽敌人刺刀的戏弄？
…………

诗人抒写了他对苦难深重的祖国未来命运的关注，对挣扎在水深火热中的同胞的深切同情。“雪落在中国的土地上，寒冷在封锁着中国……”这是诗人最痛彻心扉的呼喊，而在这个反复的呼号中，由意象“雪”与“寒冷”奠定的情感色调铺染至全诗，并与随后点染的悲哀的风的形象、赶马车的农夫的形象、草原上的人们的形象、抒情主人公“我”的形象所构成的第一幅速写，以及破烂的乌篷船、蓬发垢面的少妇、年老的母亲所构成的第二幅速写一起，共同刻绘了在严寒压迫下中国人民无尽的苦难与悲哀。由此，失去家畜的人们、失去田地的人们、失去家的人们、失去生存空间的人们的无尽苦难进入诗人的视野，而诗人言说着“中国的苦痛与灾难 / 象这雪夜一样广阔而又漫长呀！”显得如此贴切、自然。

这首诗有力地冲破了抗日战争初期诗歌创作领域的平庸状况，它是一声号召，也是一阵阵激越的钟声。透过这首诗充满具象的描写，读者感受到了全诗浸透着忧患得令人奋发的情感，这也正是这首诗当年为什么能使广大读者倾倒的主要原因。

艾青追求以意象呈现内在情思，以意象拓展诗歌张力，“土地”与“太阳”是其诗作的典型意象。作为“土地的歌者”“农人的后裔”，艾青诗歌中对土地意象的刻画是自觉而鲜明的，他的很多诗都以土地、乡村、旷野、道路和河流为中心意象或贯穿着土地、乡村、旷野、道路和河流意象，形成土地意象群，如《我爱这土地》：

假如我是一只鸟，
我也应该用嘶哑的喉咙歌唱：
这被暴风雨所打击着的土地，
这永远汹涌着我们的悲愤的河流，
这无止息地吹刮着的激怒的风，
和那来自林间的无比温柔的黎明……
——然后我死了，
连羽毛也腐烂在土地里面。

为什么我的眼里常含泪水？
因为我对这土地爱得深沉……

艾青笔下的土地意象不但是中华民族的苦难历史和悲惨命运的艺术具体化，而且还体现着作者丰厚的思想情感内涵。这首诗是诗人土地系列诗歌中的代表，从中我们可以感受到诗人对祖国的深爱，对人民的深爱。在本诗中，诗人选取了一只喉咙已经为祖国歌唱至嘶哑的鸟的形象，来作为自己深沉感情的代表。由鸟儿对土地、河流、风、黎明的不尽歌唱，以及死后连羽毛都要腐烂在土地里面的选择，抒写诗人对土地、对祖国至死不渝的爱。接下来，诗人直抒胸臆，自问自答，刻写了自己“常含泪水”的形象与自己对土地、祖国深沉以至无法言表的“爱”。诗末的省略号，正是诗人沉郁的爱的浓缩。

太阳系列是艾青诗意载体的另一类重要意象。“太阳”意象既表达了诗人对光明和希望的热烈期盼，又寄予着诗人对战斗者不屈精神的赞美。例如其诗作《太阳》：

从远古的墓茔
从黑暗的年代
从人类死亡之流的那边
震惊沉睡的山脉
若火轮飞旋于沙丘之上
太阳向我滚来……

它以难掩的光芒
使生命呼吸
使高树繁枝向它舞蹈
使河流带着狂歌奔向它去

当它来时，我听见
冬蛰的虫蛹转动于地下
群众在旷场上高声说话
城市从远方
用电力与钢铁召唤它

于是我的心胸
被火焰之手撕开
陈腐的灵魂
搁弃在河畔
我乃有对于人类再生之确信

这首诗创作于中国的历史大变革时期，一方面以国民党反动派为代表的一切旧的势力，以及外国侵略者的势力，要把中国推入黑暗之中；另一方面革命者们与劳苦大众，要打碎旧世界，建立一个光明自由的新世界。在这激烈的较量尚未明朗之际，艾青认为中国的希望就要来临了，于是他作了这首诗。毫无疑问，“太阳”在这首诗中是一种象征。诗中诗人以太阳象征 20 世纪 40 年代，以讴歌太阳来讴歌这个时代，以自己饱满的情趣来感染和影响读者的情绪，从而使人们感觉到一个新的时代就要诞生了。整首诗虽然不长，艾青却将其写得恢宏大气。这首讴歌太阳的诗歌，散发出蓬勃向上的意气，它植根于现实的土壤，又洋溢着浪漫主义的激情。同时，这种对光明的追求，也展现了艾青诗歌的特点。

土地、太阳意象系列凝聚着诗人对于生命、现实和自我的深刻体认。他将千百年来中国人民特别是中国知识分子对于脚下大地、对于普照大地的太阳的深情，转化成为一种现代诗意，凝练成为美的诗篇，这是艾青对于中国诗歌发展的贡献。

二、九叶诗派的诗歌

九叶诗派是20世纪40年代中后期形成的一个追求现实主义与现代主义相结合的诗歌流派。以《诗创造》和《中国新诗》等刊物为主要阵地，聚集了一群以辛笛、陈敬容、杜运燮、杭约赫(曹辛之)、郑敏、唐祈、唐湜、袁可嘉、穆旦九人为代表的“自觉的现代主义者”。他们主要在《诗创造》《中国新诗》上发表作品，在风格上形成了一个流派。1948年11月，《诗创造》《中国新诗》被国民党查封，九叶诗派活动告结。九叶诗派过去称为现代诗派或新现代诗派(后期现代诗派)。1981年江苏人民出版社出版了20世纪40年代九人诗集选《九叶集》，此后文学史上才有“九叶诗派”之称。穆旦是九叶诗派的代表性诗人，下面就对其诗歌创作进行简要分析。

(一)穆旦的生平

穆旦(1918—1977)，原名查良铮，原籍浙江海宁，生于天津。1929年9月考入天津南开中学，1935年考入北平清华大学地质系，半年后改读外文系。抗日战争爆发后，随校长途跋涉到长沙，又随校远赴云南昆明，进入西南联大。1940年由西南联大毕业，留校任教。1942年，穆旦参加了中国远征军。1945年到沈阳，创办《新报》，任主编。1948年8月赴美留学，1952年获文学硕士学位，同年年底回国，1953年5月，任南开大学外文系副教授。1977年2月26日病逝。

(二)穆旦的诗歌

穆旦的诗歌以充沛与繁复的情感，丰富与深邃的思想，充满智性、矛盾与张力的文本，将中国现代新诗的表现力推向一个新的高度。

穆旦诗歌一个重要且显著的特征是运思方式的复杂化。如穆旦的爱情组诗《诗八首》之二：

水流山石间沉淀下你我，
而我们成长，在死底子宫里。
在无数的可能里一个变形的生命
永远不能完成他自己。
我和你谈话，相信你，爱你，
这时候就听见我底主暗笑，
不断地他添来另外的你我
使我们丰富而且危险。

这里有现代人的完整与残缺，激情与理智之间的冲突，又透露出希望沟通与终于孤独的永恒矛盾，还夹杂着充满悖论的迷惑与期待。在诗歌里，分裂的主体进行相互搏斗、相互怀疑和相互质询，这种在自我分裂状态下矛盾个体内在灵魂的对话与驳话，一方面极大拓宽了现代诗歌的想象空间，另一方面增强了现代诗歌的思想和情感"张力"。这是穆旦诗歌富有美学价值的重要基点。

情感的"线团化"是穆旦诗歌的又一艺术特质。在中国现代新诗的发展历程中，曾盛行一种过度煽情的诗歌情感抒发方式和浪漫感伤之风，穆旦试图借鉴以艾略特、奥登为代表的英美现代主义诗歌的创作技巧超越这一传统，将炙热的情感渗入知性内容并投射到客观对应物之中，用内敛与冷峻、曲折与隐晦的方式传达现代社会挤压下人们内心的焦虑与苦痛、挣扎与犹豫、祈望与绝望、欢欣与伤悲等相互交织的繁复情感。以穆旦的《春》为例：

绿色的火焰在草上摇曳，
他渴求着拥抱你，花朵。
反抗着土地，花朵伸出来，
当暖风吹来烦恼，或者欢乐。
如果你是醒了，推开窗子，
看这满园的欲望多么美丽。

蓝天下，为永远的谜蛊惑着的
是我们二十岁的紧闭的肉体，
一如那泥土做成的鸟的歌，
你们被点燃，却无处归依。
呵，光，影，声，色，都已经赤裸，
痛苦着，等待伸入新的组合。

在穆旦的生命世界里，青春给诗人带来了异常强烈的诱惑感。面对如此美妙的青春，诗人并没有引吭高歌，而是为青春期复杂的情感体验寻找到了"客观对应物"——"春天"，借助与"春天"相关联的一系列意象把现代社会里处在青春期的人们充满矛盾的情感特征表现得淋漓尽致。对于诗人来说，正是激情与理性以及理想与现实之间的永恒距离，使青春期的情感体验交织着太多矛盾，满载着甜蜜的忧愁，相较于火山喷发式或狂飙突进式的抒情方式，这种经由智性渗透的有节制的情感传达方式，使诗中情感不再处于一种急剧宣泄的状态，而是在矛盾的冲突中呈现“线团化”特征，这样的诗情显得更加深层和厚重。

纵观穆旦的诗歌创作，可以发现，他的诗歌主要有三个方面的主题。

第一，对“自我”尤其是“残缺的我”的发现和表达。在《我》《我向自己说》《自己》《从空虚到充实》《蛇的诱惑》《神魔之争》《隐现》《诗》等一系列诗歌中，我们可以看出诗人自我独特的探索和表现。如《我》：

从子宫割裂，失去了温暖，
是残缺的部分渴望着救援，
永远是自己，锁在荒野里，
从静止的梦离开了群体，
痛感到时流，没有什么抓住，
不断的回忆带不回自己，
遇见部分时在一起哭喊，
是初恋的狂喜，想冲出樊篱。
伸出双手来抱住了自己，
幻化的形象，是更深的绝望，
永远是自己，锁在荒野里，
仇恨着母亲给分出了梦境。

这首诗显示了对现代社会个体命运的残缺性及孤独性的深刻思考，由此，经由发现和表达“自我”到进一步阐释“残缺的我”，穆旦对现代人生存困境和命运的深入表达，使得其诗歌极具复杂性和多种阐释的必要性。

第二，对“丰富以及丰富的痛苦”的阐释。穆旦对爱情的表达，是一个知识者传达出的对爱情质疑、辩证拷问及理性思辨的结果。他的爱情诗完整地表达着现代人“丰富以及丰富的痛苦”。穆旦早期的爱情诗《玫瑰的故事》，充满了玫瑰色的浪漫情调，弥漫着对爱情的憧憬。之后的爱情诗，则逐渐失去了古典爱情的和谐宁静和亘古绵长的意境，充满了矛盾、斗争及苦苦的挣扎。

第三，“一个民族已经起来”。20 世纪 40 年代，穆旦的诗歌多是表达这个主题的。在这一时期，诗人强烈的民族意识和深广的忧患意识在此时勃发出来，与中国的社会现实结合在一起，诞生了深沉雄健的诗歌《赞美》：

走不尽的山峦和起伏,河流和草原,
数不尽的密密的村庄,鸡鸣和狗吠,
接连在原是荒凉的亚洲的土地上,
在野草的茫茫中呼啸着干燥的风,
在低压的暗云下唱着单调的东流的水,
在忧郁的森林里有无数埋藏的年代。
它们静静地和我拥抱:
说不尽的故事是说不尽的灾难,沉默的
是爱情,是在天空飞翔的鹰群,
是干枯的眼睛期待着泉涌的热泪,
当不移的灰色的行列在遥远的天际爬行;
我有太多的话语,太悠久的感情,
我要以荒凉的沙漠,坎坷的小路,骡子车,
我要以槽子船,漫山的野花,阴雨的天气,
我要以一切拥抱你,你,
我到处看见的人民呵,
在耻辱里生活的人民,佝偻的人民,
我要以带血的手和你们一一拥抱。
因为一个民族已经起来。

一个农夫,他粗糙的身躯移动在田野中,
他是一个女人的孩子,许多孩子的父亲,
多少朝代在他的身边升起又降落了
而把希望和失望压在他身上,
而他永远无言地跟在犁后旋转,
翻起同样的泥土溶解过他祖先的,
是同样的受难的形象凝固在路旁。
在大路上多少次愉快的歌声流过去了,
多少次跟来的是临到他的忧患;
在大路上人们演说,叫嚣,欢快,
然而他没有,他只放下了古代的锄头,
再一次相信名词,溶进了大众的爱,
坚定地,他看着自己溶进死亡里,

而这样的路是无限的悠长的
而他是不能够流泪的,
他没有流泪,因为一个民族已经起来。

在群山的包围里,在蔚蓝的天空下,
在春天和秋天经过他家园的时候,
在幽深的谷里隐着最含蓄的悲哀:
一个老妇期待着孩子,许多孩子期待着
饥饿,而又在饥饿里忍耐,
在路旁仍是那聚集着黑暗的茅屋,
一样的是不可知的恐惧,一样的是
大自然中那侵蚀着生活的泥土,
而他走去了从不回头诅咒。
为了他我要拥抱每一个人,
为了他我失去了拥抱的安慰,
因为他,我们是不能给以幸福的,
痛哭吧,让我们在他的身上痛哭吧,
因为一个民族已经起来。

一样的是这悠久的年代的风,
一样的是从这倾圮的屋檐下散开的无尽的呻吟和寒冷,
它歌唱在一片枯槁的树顶上,
它吹过了荒芜的沼泽,芦苇和虫鸣,
一样的是这飞过的乌鸦的声音。
当我走过,站在路上踟蹰,
我踟蹰着为了多年耻辱的历史
仍在这广大的山河中等待,
等待着,我们无言的痛苦是太多了,
然而一个民族已经起来,
然而一个民族已经起来。

这首诗中有对于中国历史的透视,对苦难祖国的理解以及知识分子自身的反思。诗人坚信,经过血与火洗礼的中华民族一定会重新站起来。

穆旦诗歌的三个主题构成了其诗歌的主要内涵,并且这三个主题在不同历史情境下结合不同诗歌意象的书写和阐释,使得穆旦成为这一时期最具现代性的诗人。

第二节　市民小说和乡土小说的创作

一、市民小说的创作

战争期间,国统区实行严格的审查制度,国统区虽然也出现了一批揭露国民党黑暗统治的作品,但其创作重点仍然放在反映市民大众的生活上,因而可以说,市民小说是这一时期国统区小说领域的重心。其中在市民小说领域成就最高的作家是张爱玲和钱钟书。

(一)张爱玲的小说

张爱玲(1920—1995),原名张瑛,祖籍河北丰润,出生于上海。出身于没落的贵族世家。中国现代女作家。7岁开始写小说,12岁开始在校刊和杂志上发表作品。1943至1944年,创作和发表了《沉香屑·第一炉香》《沉香屑·第二炉香》《茉莉香片》《倾城之恋》《红玫瑰与白玫瑰》等小说。1955年,张爱玲赴美国定居,创作英文小说多部,但仅出版一部。1969年以后主要从事古典小说的研究,著有红学论集《红楼梦魇》。1995年9月在美国洛杉矶去世。

张爱玲在现代文学中是个"特异"的存在,她的一夜成名与大红大紫可谓是新旧文学经历了约20年漫长的对峙与互渗后终于开出的奇葩。作为新市民文化的自觉代言人,张爱玲不仅是20世纪40年代海派新市民小说的主要代表作家,而且因其创作的实绩与影响力,也是当今学界公认的20世纪中国最优秀的女性作家之一。

张爱玲虽然出身名门望族,但过着孤独而凄凉的生活。这种传奇身世造就了她的独特人生体验和生活视角,对张爱玲日后成为作家也有重要的影响。而她敏感、敌意、怀疑与否定的性格,使她对生与死、自我与世界、男人与女人有独特的体验，影响到她小说的创作视角，形成了张爱玲以“人世挑剔者”的眼光通过日常社会生活对人性恶的感受和深刻挖掘。

张爱玲往往把人置于两性关系和婚姻关系中去表现人性的贫弱和病态，用华美绚丽的文辞表现上海、香港两地男女间百孔千疮的情感和生活经历。她的小说是关于人性的哀歌，表现衰落中的文化和时代不断冲击下不断委顿的中国封建文化。下面将对其代表作品《倾城之恋》《金锁记》和《封锁》进行简要分析。

《倾城之恋》是张爱玲的成名作。小说的女主人公白流苏是在上海封建旧式大家庭中难以立身的离过婚的女性。白流苏出嫁以前是大家闺秀，但所嫁非人，最终只能以离婚收场，离婚后回到了娘家居住，在娘家，她感受到了封建大家族中的尔虞我诈和世态炎凉，她发现，自己除了尽快把自己嫁出去之外，无路可走。一次偶然的机会，她结识了华侨富商范柳原，于是便拿自己做赌注，想博取范柳原的爱情，争取一个合法的婚姻地位。范柳原是一个华侨在英国的私生子，回国继承产业受到族人的许多刁难，因此早早看穿了世情，他需要一份惺惺相惜的爱情，却并不愿意落入婚姻的罗网。白流苏却只要一纸婚契，她是离了婚的女人，知道爱情不能长久，而婚姻能提供生存所需的一切，她只是想生存，生存得好一点而已。因缘际会，这两个人进行了一场“风里言、风里语”的恋爱，两个算盘打得精的人，谁也不肯轻易付出真心——在流苏这一方面，更有受到家庭内部压力的难言之痛。战争突然爆发，彻底改变了他们的命运。在战争的背景下，他们得到了一种相互的珍惜和理解。

这篇小说很大程度上把张爱玲在港战中感受到的“文明的毁灭”这一思想背景中“惘惘的威胁”呈现了出来。战争经验对许多作家来说都是至关重要的。就20世纪的许多西方文化人来说，两次世界战争使得他们突然之间对人性与文明失去了信心。在大规模的世界性战争的背景下，港战实在不过是一个小插曲，可是这个小插曲已经证明了文明的部分毁灭。张爱玲在港战中突然体会到生命和文明的脆弱，未来是什么样已经难以把握。一个人如果感到自己是活在一个失去了根基的世界上时，再美好的生活也不过是“苍茫变幻的浮世”，所有的乐趣已经再也避不开强颜欢笑的感觉。

张爱玲最擅长的是叙述“家族史”的故事。《金锁记》是张爱玲最出色的中篇小说,《金锁记》写于1943年,为中国现代文学创造了曹七巧这样一个性格极端的人物。七巧本是麻油店老板的女儿,泼辣而富有风情,却不幸被贪钱的兄嫂嫁到姜公馆这样的大户人家,由于出身低微,她在姜公馆备受歧视和打击。在姜公馆,上上下下都因为七巧的出身低微而瞧不起她,而丈夫自小瘫痪长期卧病在床,这使她的爱情生活受到了痛苦的压抑,出于一种填补空虚感情的需要,她曾暗暗爱着她的小叔子季泽。但是又碍于传统的人伦观念森严的家规与黄金的枷锁,她不敢去追求这份感情。在长期的煎熬中,心理不断走向变态,她在长期的生活中意识到只有金钱才是最靠得住的,是最不会看不起她的,所以她开始靠着金钱来拥有立身之本。有了钱,姜家可以买她,有了钱,兄嫂可以卖她,有了钱,兄嫂可以一次次地登门看她,这些都是金钱的诱惑,因此,为了钱,她开始疯狂、忘我地积聚财富,而欲望之火也烤干了她人性中的脉脉温情,直至耗尽她所有的精力和生命。七巧苦苦地熬着,熬到分家的那一天,熬到她可以凭借手中的钱对别人指手画脚的那一天。她的所有希望都寄托在这个金色的梦里。在这个金光灿烂的梦中等待未来。当挥霍无度已破产的三爷姜季泽主动找上门来向七巧倾诉他的"爱情"的时候,七巧再一次展现出了在情欲面前也不动心的冷酷心理,当得知姜季泽不过是要算计她的钱时,她终于大怒了,并疯狂地厮打姜季泽。姜季泽走后,曹七巧突然跌跌绊绊冲上楼:

> 她要在楼上的窗户里再看他一眼,无论如何,她从前爱过他,她的爱给了她无穷的痛苦。单只这一点,就使她值得留恋。多少回了,为了要按捺她自己,她迸得全身的筋骨与牙根都酸楚了。今天完全是她的错,他不是个好人,她又不是不知道,她要他,就得装糊涂,就得容忍他的坏,她为什么要戳穿他?

从姜季泽的离去开始,曹七巧"与现实失去了接触。虽然一样的使性子,打丫头,换厨子,总有些失魂落魄的"。曹七巧的命运本是不幸的,但她并不从自身的不幸中滋生出可贵的同情心,而是以制造别人,甚至是她亲生儿女的更大的不幸来获得快感。曹七巧人性恶的最深刻之处就展现在她与儿女媳妇的冲突中。她的儿子长白跟季泽学会了堕落,使她又一次感到了恐慌。她以给长白娶媳妇的方式管住他,但又不让儿子与一个女人有正常的生活和快乐。儿子长白娶亲后,七巧觉察出了某种威胁:

> 这些年来她的生命里只有这一个男人,只有他,她不怕他想她

的钱——横竖钱都是他的。可是,因为他是她的儿子,他这一个人还抵不了半个……现在,就连这半个人也保留不住——他娶了亲。

她处处亲近长白,要长白给她烧烟泡,陪她通宵聊天,要长白讲小夫妻的性生活以取乐。曹七巧不能让这最后一个男人从她身边溜走,也不能让任何别的女人快乐。

在她的导演下,长白与妻子不和,常去花街柳巷,为了不让儿子总往外跑,曹七巧便将丫头绢儿给了他做小,这还不算,她还变着方法哄儿子抽大烟。长白终于不往外跑了,只在家守着母亲和姨太太,曹七巧的目的完全达到了。她的行为已经证明了她把长白当成了替代的丈夫。

曹七巧自然也不会放过女儿长安。这个瘦弱的忧郁的女子,30岁时还没有出嫁,姜季泽的女儿长馨可怜长安老大未嫁,就给她介绍了个德国留学回来的童世舫:

姜季泽的女儿长馨过二十岁生日,长安去给她堂房妹子拜寿。那姜季泽虽然穷了,幸喜他交游广阔,手里还算兜得转。长馨背地里向她母亲道:"妈想法子给安姐姐介绍个朋友罢,瞧她怪可怜的。还没提起家里的情形,眼圈儿就红了。"兰仙慌忙摇手道:"罢!罢!这个媒我不敢做!你二妈那脾气是好惹的?"长馨年少好事,哪里理会得?歇了些时,偶然与同学们说起这件事,恰巧那同学有个表叔新从德国留学回来,也是北方人,仔细攀认起来,与姜家还沾着点老亲。那人名唤童世舫,叙起来比长安略大几岁。长馨竟自作主张,安排了一切,由那同学的母亲出面请客。长安这边瞒得家里铁桶相似。

长安和童世舫两个人虽没有多少话可谈,却也相处得十分融洽,并且还订了婚。曹七巧对女儿的订婚,最初也很满意,因为女儿总得出嫁。但是,过了一段时间之后,长安的幸福刺痛了曹七巧:

长安带了点星光下的乱梦回家来,人变得异常沉默了,时时微笑着。七巧见了,不由得有气,便冷言冷语道:"这些年来,多多怠慢了姑娘,不怪姑娘难得开个笑脸。这下子跳出了姜家的门,趁了心愿了,再快活些,可也别这么摆在脸上呀——叫人寒心!"依着长安素日的性子,就要回嘴,无如长安近来像换了个人似的,听了也不计较,自顾自努力去戒烟。七巧也奈何她不得。

欲望一直受着压抑的曹七巧心理扭曲,她不能容忍他人,无论儿子、女儿、媳妇有正常的满足。于是,她开始破坏女儿的幸福,她编出一些理由说自己女儿的不好，她背着长安让长白下帖请童世舫来家里吃饭，轻描淡写两三句话就打死了童世舫的心：

> 世舫挪开椅子站起来，鞠了一躬。七巧将手搭在一个佣妇的胳膊上，款款走了进来，客套了几句，坐下来便敬酒让菜。长白道："妹妹呢？来了客，也不帮着张罗张罗。"七巧道："她再抽两筒就下来了。"世舫吃了一惊，睁眼望着她。七巧忙解释道："这孩子就苦在先天不足，下地就得给她喷烟。后来也是为了病，抽上了这东西。小姐家，够多不方便哪！也不是没戒过，身子又娇，又是由着性儿惯了的，说丢，哪儿就丢得掉呀？戒戒抽抽，这也有十年了。"世舫不由得变了色。七巧有一个疯子的审慎与机智。她知道，一不留心，人们就会用嘲笑的，不信任的眼光截断了她的话锋，她已经习惯了那种痛苦。她怕话说多了要被人看穿了。因此及早止住了自己，忙着添酒布菜。隔了些时，再提起长安的时候，她还是轻描淡写的把那几句话重复了一遍。

"她再抽两筒就下来了"，一句话就将童世舫打入了地狱。童世舫心灰意冷，起身告辞，带走了长安的"最初也是最后的爱"。

《金锁记》突出地表现了张爱玲对败落的旧式家族、衰微的旧文化以及这晦暗背景上旧式人物病态心理的犀利洞察和融古典、现代为一体的高超的艺术表现技巧。小说展示的主人公曹七巧性格变态的过程以及所体现的心理深度——看着她从一个性格有点刚强的普通女人，到戴着情欲和黄金的枷锁一步一步心理变态，最后对下一代疯狂地进行折磨和报复，会使人情不自禁产生毛骨悚然的感觉。七巧的故事，粗看起来是市井女子嫁入豪门后心理变态的故事，但与一般此类小说不同，张爱玲处处注意七巧一步步变态背后的心理逻辑，这样，这个故事就不是一个外在于读者的感伤或猎奇的故事，而是有某种对人的深层心理的洞察性发现，在激起读者的恐怖感的同时，留给我们一种苍凉的启示。

《封锁》是一篇寓意深刻、精致绝妙，全文不足8000字，就题目本身而言即富有多重意蕴。从最表层上看，它显然是指这场发生于吕宗桢与吴翠远之间闪恋的战时特殊背景，深一层来看，借"封锁"这一战时特有的事件，作者把封锁时非常态的短暂时空从庸常的市民生活中巧妙隔离出来，赋予了小市民日常生活一种传奇色彩，而其最核心的寓意正在于透过这件小小情事讽喻日常在世的生存真相。事实上，行动受到限制的“封锁”期可能是人身心最“自由”的时候，而日常规范化的惯性生活反倒是一种“封锁”状态的存在，只是人们对此早已习焉不察罢了，或者即使有所醒悟，也终究无力挣脱这张世俗的网。伴着封锁的铃声，小说的主体部分从吕宗桢与吴翠远在密闭的车厢世界的偶遇展开了，两个人瞬间燃起的爱火颇有些电影般传奇的虚拟美感，然而随着封锁开放的铃声这份似真似幻的爱情迅速寂灭，读者甚至会对这份爱情是否真正存在过产生怀疑。

这篇小说的构思精巧独特、寓意深刻，蕴含着战乱时期留守于孤岛上海的张爱玲切实的生存体验，极度不安全感下渴望抓住一丝温暖的本能使她特别关注也最能体悟人“一刹那”的复杂情性，小说始终褪不掉凡俗人生那“苍凉”的底色。

《封锁》最大的艺术特色在于其特异的梦幻般叙述，而这一特色的形成与张爱玲对电影的借鉴不无内在的深刻关系。事实上，小说无论在结构形态还是叙述方式上都深受电影技法的影响，如以虚化为线的封锁铃声切换时空的总体构想，以冷静客观犹如长镜头的手法来叙写车厢世界里市民们的举止风貌，以对比蒙太奇的表现方式来进行意象描写，等等。这些现代技法的尝试无疑是具有先锋性的，它们强化了个体生命孤独、绝望、荒诞、悲凉的意蕴，凸显出了张爱玲的创新意识，也使这部短篇小说在现代性探索上更具特色。

总体来看，张爱玲从市民读者群出发，从题材、主题和表现形式上都尽可能与之接近。她的小说与她所处的时代保持相当的距离，她的作品没有启蒙与革命、民族与国家等宏大的主题，多是乱世中普通男女的小恩小怨、旧式家庭的纠葛纷争、小市民琐碎平凡的日常生活。她的眼光始终投向世俗生活的方方面面，不厌其烦地描述人们的衣食住行等平常生活与人们平凡的情感世界。题材比较狭窄，流露出冷漠和琐屑人生的态度，同时为都市小说现代化提供了有益的借鉴。

（二）钱钟书的小说

钱钟书（1910—1998），出生于江苏无锡，原名仰先，字哲良，后改名钟书，字默存，号槐聚，曾用笔名中书君，中国现代作家、文学研究家。1929 年，考入清华大学外文系。1932 年，在清华大学古月堂前结识杨绛。1937 年，以《十七十八世纪英国文学中的中国》一文获牛津大学学士学位。1941 年，完成《谈艺录》《写在人生边上》的写作。1947 年，长篇小说《围城》由上海晨光出版公司出版。1958 年创作的《宋诗选注》，列入中国古典文学读本丛书。20世纪六七十年代,钱钟书在艰难动荡之中,完成了《管锥编》这部四卷本的皇皇巨著。1998年12月19日,钱钟书因病在北京逝世。

《围城》是钱钟书的代表作,作者采用了西方“流浪汉”小说那样的叙事模式,叙述主人公方鸿渐的恋爱悲喜剧,并通过方鸿渐的一系列行迹,来透视社会的病态和知识分子本身存在的弱点。

方鸿渐是一个从中国走向世界,又从世界回到中国的知识分子,这一出一进,空间的位移带来的是思想情感立场的转变,有了中西文化交融的游学经历,使其对待人和事的时候有了更为复杂的行为态势和价值判断。然而,一次次的“走”,其结果只是没有出路的“围城”人生。

小说写了方鸿渐先后和四个女人发生过的恋爱或婚姻关系。和妖冶风流的鲍小姐鬼混,结果受骗而终。和谙于情场斗法的留法文学博士苏文纨“恋爱”,却搞得身败名裂,最终爱上了苏小姐的表妹唐晓芙,但苏小姐却对表妹抖落了方鸿渐的一切,害得唐晓芙大骂方鸿渐懦弱不争而分手。无奈情急之下,与赵辛楣等人接受内地三间大学的邀请去当教授,同行者还有“吝啬的老色鬼”李梅亭、狡猾卑鄙的“教授”顾尔谦和年轻助教孙柔嘉小姐。一路上“饱经沧桑”,但彼此又勾心斗角。到了应聘学校后,方鸿渐却成为派系斗争漩涡中的牺牲品,落得个郁郁寡欢的境地,并由此与孙柔嘉的孤独思乡之情相投合同病相怜中,开始恋爱结婚,走入“围城”。当二人的面纱揭去,露出真实的自我后,夫妻间的感情便日趋恶化。孙不满方家的人与事,而方却优柔寡断、懦弱无能,孙小姐的姑母又从中作梗,于是二人的婚姻随之走向破裂,造成了悲剧性的结局。

《围城》中的人物形象是十分清晰的,小说中塑造了各类新儒形象,从绅士、淑女、独立女性、知识女性到教授、作家等纷纷亮相,性格各异。其中,方鸿渐、孙柔嘉是小说中比较独特的两个人物。

方鸿渐是留学归国、身上西洋文化和中国文化交融的知识分子的代表。方鸿渐性格的主要特征是虚浮、软弱、动摇、无能、追求享受。封建家庭教育和资产阶级教育,使他变成了一个不谙世事的纨绔子弟。对待恋爱婚姻,他优柔寡断。回国船上,因经不起性感妩媚的鲍小姐的诱惑而与其同居;他本来不喜欢苏文纨,但又不忍心拒绝她的亲近;他深爱着唐晓芙,最后又无可奈何地分手;他对孙柔嘉本无好感,却招架不住她的追求与其结婚。但方鸿渐也并非一无是处:他善良、机智、诚实,有正义感和民族气节。他为了表达对现实的愤慨,辞去了报馆的工作。总之,在方鸿渐身上优点和缺点得到了和谐统一:既爱好虚荣又诚实质朴,既自卑自贱又自尊自信,既不谙世事又机智聪明。他既不是英雄也不是坏人,他是20世纪40年代中国病态社会中的一个畸形知识分子。方鸿渐是一个在中国文学史上罕见的充满矛盾的典型形象。

孙柔嘉是一个极具有中国文化内涵的人物形象。她不仅掌控着自己的婚姻、生活和命运,同时也掌控着方鸿渐的婚姻、生活和命运。孙柔嘉一开始便使用了一些手段让方鸿渐和自己走进了婚姻的殿堂,但这从另一方面也说明了她敢于冲突封建思想的束缚,勇敢地追求自己爱情的自由和勇气。孙柔嘉的形象是具有独特意义的,她反对封建守旧思想,她的身上也体现了一定的女性独立的意识。

《围城》展现了抗战时期中国这座巨大的围城下,中国社会和文化的迷茫和中国人民对于前途未知的苦闷。它体现着一种深刻的绝望感,却又因此而对人生产生深刻的哲理性思考。

"人生是围城,婚姻是围城,冲进去了,就被生存的种种烦愁包围。"作者所喻的围城可能就是人的一种生存困境,是生活中一座座难以逃离的城。而我们人类因为欲望一次次地冲进围城,却又因为自身的庸常和懦弱一次次地想要逃离,如此循环往复,却始终摆脱不了被围困住的命运。《围城》通过对生活万象的描绘,对社会、文化的反思和批判,站在哲学的角度,对人生的困境进行了深刻的剖析和揭露,而这正是其伟大之所在。

二、乡土小说的创作

在"深入工农兵群众、深入实际斗争"的艺术政策号召下,在《讲话》精神的指引下,工农兵群众的创作逐渐成为解放区群众性文艺活动的一个活跃部分。专业的文艺工作者也从群众质朴有力的民间语言和生动活泼的艺术形式中吸取养分,创作了一批歌唱农民在党的领导下走向新生活的小说作品,体现了鲜明的时代特色,丰富了革命文艺的创作实践。其中,成就较高的小说作家有赵树理、孙犁、丁玲等。

(一)赵树理的小说

赵树理(1906—1970),原名赵树礼,出身于贫民家庭,笔名"野小"等,山西沁水县人。1925年,考入山西省立第四师范学校。1929年,在沁水县城关小学教书时被捕。1930年获释后，一边流浪一边开始写作。1937年加入“牺盟会”，开始投身抗日革命工作。1943年，发表《小二黑结婚》等小说，创作进入成熟期。新中国成立后，担任了《说说唱唱》《曲艺》主编，还历任中国文联常务委员、中国作家协会理事、中国曲艺协会主席等职。1970年去世。

赵树理的主要作品有短篇小说《小二黑结婚》《传家宝》《福贵》《“锻炼锻炼”》《登记》《套不住的手》，中篇小说《李有才板话》《李家庄的变迁》《邪不压正》，长篇小说《三里湾》，报告文学《孟祥英翻身》，长篇评书《灵泉洞》（上集），人物传记《实干家潘永福》，剧本《十里店》等。

《小二黑结婚》是赵树理小说的成名作，小说充分体现了赵树理在深入农村的生活实践中，以小说创作反映现实矛盾和问题的现实主义的创作理念。小说素材来自于作者经手的一桩不幸的婚姻案件，案件中的男主角民兵队长岳冬至在争取婚恋自由的过程中，不但遭到封建思想严重的父母的强烈反对，而且最后还被村里的封建恶势力借机活活打死了。这起血案带给赵树理的刺激与震撼是异乎寻常的，为了反映根据地基层工作中存在的这些现实问题，他在此案的基础上写成了以喜剧结尾的《小二黑结婚》。

《小二黑结婚》塑造了以小二黑和小芹为代表的新一代的农民形象，肯定了他们在争取婚姻自主过程中所表现出来的斗争精神，并以他们最后的胜利热情歌颂了共产党领导下的民主新政权和农村新生力量的成长，同时，也批判了以二诸葛和三仙姑为代表的老一辈农民身上落后迷信的思想，暴露了以金旺、兴旺为代表的基层组织中恶势力的破坏力及其潜在危害。

这部小说从农村日常生活中的普通婚恋问题入手，以小见大地反映了根据地的新面貌和新趋势，也预见到了与封建思想和封建恶势力作斗争的长期性和艰巨性。由于在继承和发展中国传统小说和民间说唱艺术方面具有独到之处，这部小说的艺术形式呈现出非常突出的民族化、大众化的特色。在情节结构、人物塑造以及叙述语言上都体现出原汁原味的“民间性”和“乡土性”，通俗易懂、鲜活生动。

在情节结构上，一方面，作者保留了传统小说单线发展的手法和故事性强等特点，以小二黑和小芹的恋爱为主线，其他人物和情节则都围绕着它而展开，情节环环相扣，矛盾集中，首尾照应；另一方面，他又摒弃了旧小说的章回体格式，采用了小标题与人物、事件分别结合的现代小说体式，分章分节叙述人物和事件，既构成了相对独立的小故事，又不破坏整个故事的完整性和连贯性。

在人物塑造上，作者比较倾向以人物自身的行动和语言来展现人物的心理与性格的传统创作理念，在刻画人物的具体手法上，偏爱白描和细节描写。比如，以"不宜栽种""恩典恩典"的典故趣事来叙写二诸葛的迷信、迂腐，又以"米烂了""看看仙姑"的细节趣闻来写三仙姑的虚伪与做作就是最经典的两个例子。

在语言形式上，这部小说借鉴了民间说书艺术的风格特长，小说整体叙述的风格明快简洁，富有幽默感，具有大众化、口语化倾向。其经过选择和提炼后的"大白话"既保持了作者的个性，又带有山西特有的乡土特色。这一特点不但表现在人物的对话上，而且也表现在作者的叙述语言上，例如小说里不时出现对敬神信巫、婚俗礼仪等民俗风习的描写，给小说人物起的那些"诨号"，也是既生动形象、幽默风趣，又具有淳朴浓郁的地方风味，其语言的艺术性、通俗性和地域性的结合可谓近乎完美。

总体而言，《小二黑结婚》从其崭新的革命思想内容到别具一格的民族艺术形式，都是与毛泽东《在延安文艺座谈会上的讲话》的精神切实相通的，因而它不仅获得了彭德怀、周扬乃至毛泽东本人的高度赞扬，也获得了边区广大人民群众的衷心喜爱，成为一部具有中国气派的民族小说的代表作。

赵树理的青少年时代是在农村度过的，他十分熟悉民间文艺的各种形式和底层民众的文学偏好。他在对新文学与民间文艺的对比中，深感新文学受冷落的处境以及"欧化体"文学的弊端，早在20世纪30年代初学习文学创作时就有意识地探索文艺大众化的写作路子。要实现文艺大众化，简言之，一是要写大众的真实生活、表现他们的喜怒哀乐；二是要用大众熟悉并喜欢的艺术形式。文艺大众化就是要做到内容与形式的简洁流畅、雅俗共赏。赵树理的小说可以看作新文学"文艺大众化"的成功范例。"雅"应指作品主题的严正和故事意味的淳厚，而"俗"则更多地要考虑作品趣味的活泼性、故事叙述的简明性以及思维方式的民间习惯等。大众化并不是通俗化，然而"通俗"却是大众化的必有之义。赵树理作品中雅俗共赏的大众化效果，是通过以下几个方面加以实现的。

第一,对大众生活的写实描绘。赵树理小说的真实性,首先是“朴素的真实”。他的小说几乎都是自己“据实所见”的艺术加工,尽力写出生活本来的样子和生活规则制约下的走向。其次是平淡无奇的纠葛。赵树理小说中的矛盾冲突基本上都与大众生活中日常需求相关联,婚丧嫁娶、儿女情长、吃喝用行、邻里纠葛等是他描写的重心。比如《李有才板话》中的农村斗争,并没有权势者与受压迫者之间刀光剑影、你死我活的对立场面,而更多地表现为看不见的心计比试、暗地里的谋略较量。农村斗争中正与邪的反复较量,并没有走向尖锐化、极端化,而是表现为日常化的事实和平缓相争的平淡状态。阎家山“主人”的更易,在李有才的两段“板话”中得以轻松的呈现:

村长阎恒元,一手遮住天。自从有村长,一当十几年。年年要投票,嘴说是改选,选来又选去,还是阎恒元。不如弄块板,刻个大名片,每逢该投票,大家按一按。人人省得写,年年不用换。用它百把年,管保用不烂。

阎家山,翻天地,群众会,大胜利。老恒元,泄了气,退租退款又退地。刘广聚,大舞弊,犯了罪,没人替。全村人,很得意,再也不受冤枉气。从村里,到野地,到处唱起“干梆戏”。

第二,由“故事”构成的小说。赵树理善于将各种主题、思考和问题,化入有头有尾、情趣横生、跌宕起伏的故事之中,将人物性格置于故事的发展变化中接受考验,凸显特征。要么用故事对人物性格实施定位,要么以人物的特殊性格引发故事。故事的有趣与完整,托出了人物性格的丰富与纯粹。赵树理常常给作品的人物起绰号,也正是追求叙事故事化的一种策略——因为每一个“绰号”背后都有精彩有趣的故事内容。比如,《李有才板话》讲述的是太行山抗日根据地一个名叫阎家山的村庄,贫苦农民与地主阶级斗争并取得胜利的故事。这部作品依然是“故事”化的叙事。第一节“书名的来源”,通过“气不死”“板人”李有才的故事,初步点出了阎家山“村西头”(权势者与富人)与“村东头”(贫苦人家)之间的相沿已久的隔膜与冲突。第二节“有才窑里的晚会”,通过“小字辈”的对话与李有才的几段板话,不但把替阎恒元卖力的张德贵、阎喜富、刘广聚等人的性格进行了刻画,同时“小字辈”们之间在如何对付阎家势力上的分歧以及性格差异也初步显示,这为后面斗争趋于复杂做了铺垫。“打虎”“丈地”“好怕的‘模范村’”“小元的变化”四节,具体描写了在选举、分配土地、争取力量等环节上,“小字辈”与阎家势力的谋对智斗,阎家山依然是阎家的天下。从第七节“恒元广聚把戏露底”开始,由于新的人物——县农会主席老杨的出现,新的故事发生,原有故事中的人物在新的故事中则按照各自不同的性格走向最后的命运。“小字辈”在选举中的获胜,既是阎家山历史变迁的体现,又预示着新的故事的开始。

第三,俗白素净、简约明畅的话语风格。对中国古代文学、“五四”以来的新文学和民间文艺都十分熟悉的赵树理,试图把三种话语有机地融化,创造出真正大众化的、现代的、雅俗共赏的话语风格,这种风格可以概括为俗白素净、简约明畅。赵树理小说的许多开头就普遍而鲜明地体现了上述风格,例如《小二黑结婚》:

> 刘家峧有两个神仙,邻近各村无人不晓:一个是前庄上的二诸葛,一个是后庄上的三仙姑。二诸葛原本叫刘修德,当年做过生意,抬脚动手都要论一论阴阳八卦,看一看黄道黑道。三仙姑是后庄于福的老婆,每月初一十五都要顶着红布摇摇摆摆装扮天神。

又如《李家庄的变迁》:

> 李家庄有座龙王庙,看庙的叫“老宋”。老宋原来也有名字,可是因为他的年纪老,谁也不提他的名字;又因为他的地位低,谁也不加什么称呼,不论白胡老汉,不论才会说话的小孩,大家一直都叫他“老宋”。

再看对话。在动作和对话中展示人物性格、透视人物心理,这一中国传统的“白描”手法,被赵树理运用得娴熟无比。《催粮差》描写阎锡山统治时期下乡催缴粮食的名叫崔九孩的警察,借机向百姓孙甲午敲诈索贿,邻长刘老汉为了使孙免于牢狱之灾,不得不与崔九孩讨价还价:

> 九孩吃过饭,刘老汉他们背地里咬着甲午的耳朵给他出了些主意。又问了他一个数目。有个青年去借了一块大洋递给刘老汉。刘老汉拿着钱向九孩道:“本来想给老头多借几个盘费,不过甲午这小家人,手头实在不宽裕,送老头这一块茶钱吧!”一块钱那时候可以买二斗米,数目也不算小,可是住衙门的这些人,到了山庄上,就看不起这个来了。他(崔九孩)说:“小家人就让他省几个钱吧!不用!我也不在乎这块儿八毛。带他到县里也没有多大要紧,不过多住几天。”……又去借了两块钱,九孩还是不愿意,一直熬到半夜多,钱已经借来五块了,九孩仍不接。甲午看见五块钱摆

在桌上，有点眼红了，便说："大伯！你们大家也不要作难了，借人家那么些钱我指什么还人家啦？我的事还是只苦我吧！不要叫大家跟着我受罪。把钱都还了人家吧！明天我去就算了！"九孩接着说："对！人家甲午有种！不怕事！你们大家管人家作甚？"说了又躺下自言自语道："怕你小子硬啦？罪也是难受着啦！一进去还不是先揍一顿板子?!"甲午道："那有什么办法？没钱人还不是由人家摆弄啦？"刘老汉也趁势推道："实在不行也只好由你们！"把桌上的钱一收拾，捏在手里向那个借钱的青年一伸。青年去接，刘老汉可没有立刻递给他，顺便扭头轻轻问九孩道："老头！真不行吗？"九孩看见再要不答应，五块大洋"当啷"一声就掉在那青年手里跑了，就赶紧改口道："要不是看在你老邻长面子上的话，可真是不行！"刘老汉见他改了口，又把钱递到他手里道："要你被屈！"九孩接过钱又笑回道："这我可爱财了！"九孩把手往衣袋里一塞，装进了大洋，掏出钥匙来，开了锁，解了铁绳，把甲午放出。

双方心照不宣的相互试探、为达到目的的欲擒故纵、话语之间的机锋隐含以及由各个不同身份的角色话语所形成的一张一弛、时紧时松的现场气氛，使得每个对话者的性格毕现无遗，真是妙不可言。

总体来说，赵树理始终坚持朴素真实的现实主义文学理念，反对夸饰现实和虚幻的理想主义叙事，坚持为农民代言和真实描写现实，注重文学的伦理教化功能和艺术上的民族化追求，为中国现代文学的大众化、民族化，做出了重要贡献。

（二）孙犁的小说

孙犁（1913—2002），河北省安平县人。中学时代就爱好文学写作。1937 年投身于伟大的抗日洪流中，同时担任晋察冀边区最早的文艺刊物——《文艺通讯》的编辑，并陆续发表文学作品。1944 年，孙犁进入延安鲁迅艺术学院，一边从事教学研究工作，一边积极创作。到 1949 年，孙犁共创作了 30 多篇小说和不少散文，收入作品集《荷花淀》《芦花荡》《嘱咐》《采蒲台》《农村速写》等小说、散文合集。1958 年辑成小说、散文特写集《白洋淀纪事》，共收 60 篇，集中了作家文学作品的精粹。解放后，孙犁发表了长篇小说《风云初记》，中篇小说《铁木前传》和许多散文。

在解放区的短篇小说家中，孙犁以其对审美理想的独特追求和艺术上的独创性为解放区文学开辟了一片新的园地。孙犁在审美理想上主张对日常生活中人性美和人情美的极力张扬,追求极致的和谐、极致的美。在艺术风格上注重现实主义写实手法和浪漫主义诗意抒情的有机融合,达到于朴素中见妩媚,于简约中溢出充实的艺术效果。《芦花荡》《荷花淀》等都是孙犁的代表性作品。

《芦花荡》讲述了抗日战争时期白洋淀一个老头找日本鬼子报仇的故事,这个老头没有名字,他将近六十岁了,虽然岁数有点儿大了,但是仍旧有着无穷的干劲儿。因为还有一颗爱国之心,他没有选择安逸的生活,而是干起了革命工作。他运输粮草,护送干部,在敌人的眼皮下出入,"像一个没事人",心情悠闲,"编算着使自己高兴也使别人高兴的事情",为苇塘里面的队伍坚持斗争发挥了重要的作用。一天,老头子运送两个女孩儿大菱、二菱前往部队,过封锁线时,敌人突然射击,大菱受了伤。这让老头子十分懊恼,"阴沟里翻了船"让他觉得没脸见人。为了挽回面子和尊严,老头子设计向敌人进行了报复,让他们流了更多的血:

老头子向他们看了一眼,就又低下头去。还是有一篙没一篙地撑着船,剥着莲蓬。船却慢慢地冲着这里来了。

小船离鬼子还有一箭之地,好像老头子才看出洗澡的是鬼子,只一篙,小船溜溜转了一个圆圈,又回去了。鬼子们拍打着水追过去,老头子张皇失措,船却走不动,鬼子紧紧追上了他。

眼前是几根埋在水里的枯木桩子,日久天长,也许人们忘记这是为什么埋的了。这里的水却是镜一样平,蓝天一般清,拉长的水草在水底轻轻地浮动。鬼子们追上来,看着就扒上了船。老头子又是一篙,小船旋风一样绕着鬼子们转,莲蓬的清香,在他们的鼻子尖上扫过。鬼子们像是玩着捉迷藏,乱转着身子,抓上抓下。

一个鬼子尖叫了一声,就蹲到水里去。他被什么东西狠狠咬了一口,是一只锋利的钩子穿透了他的大腿。别的鬼子吃惊地往四下里一散,每个人的腿肚子也就挂上了钩。他们挣扎着,想摆脱那毒蛇一样的钩子。那替女孩子报仇的钩子却全找到腿上来,有的两个,有的三个。鬼子们痛得鬼叫,可是再也不敢动弹了。

老头子把船一撑来到他们的身边,举起篙来砸着鬼子们的脑袋,像敲打顽固的老玉米一样。

他狠狠地敲打,向着苇塘望了一眼。在那里,鲜嫩的芦花,一片展开的紫色的丝绒，正在迎风飘撒。

在那苇塘的边缘，芦花下面，有一个女孩子，她用密密的苇叶遮掩着身子，看着这场英雄的行为。

这部作品通过对老头子这一形象的塑造，对白洋淀人民英勇抗争的精神进行了赞扬。这部小说也没有明显的情节高潮，故事的发展过程被作者如同流水一般叙述了出来。在对人物进行塑造的过程中，突出了人物的主要性格特点，并且将人物的性格与人物的相貌描写结合了起来。在小说中，老头子就是鱼鹰的化身，“短短的花白胡子”和“尖利明亮的眼睛”点出老人矍铄干练的内在气质。而人物的几句精简的语言描写，如“等明天我叫他们十个人流血”和“等到天明，你们看吧”，就把老人的自信自强、爱憎分明的性格表现得生动而深刻。着墨不多却直指人物的灵魂，反映人物的人性美和灵魂美。

《荷花淀》是孙犁的代表作，是《芦花荡》的姊妹篇，是一部战争题材的小说，但从小说的整个艺术构思与话语组织来看，又是一篇完全诗意化了的小说。它以战争为背景，写一次激烈的伏击战。歌颂了中国农民、农村妇女的人情美和人性美。

在《荷花淀》里孙犁给我们描绘了荷花的清秀与幽香，翠绿茂密的芦苇，随风飘扬的芦花，沁人心脾的清风，使文章充满着诗情画意。虽然作者是描写抗战斗争，却没有展示枪林弹雨的战争场面。而是描绘了弥漫着水乡气息的生活画卷。小说中真切地写出了水生这一对普普通通的农村夫妻在乱世中同甘苦、共患难的真情场面，他们之间的感情淳朴、真挚。小说中由于白洋淀抗日形势的变化，小苇庄游击组长水生和同村的几名年轻人参加了大部队，第二天就要上前线打日本鬼子去了，大家推选水生回家和家人说一说，尽管水生嫂是个开明的人，但水生还是担心妻子一下子承受不了，水生吞吞吐吐、想方设法地寻找着最佳的开口时机，但细心、温柔的女人还是觉察到了水生的反常，经过再三追问，终于知道自己的丈夫第二天就要到大部队上去打鬼子了：

很晚丈夫才回来了。这年轻人不过二十五六岁，头戴一顶大草帽，上身穿一件洁白的小褂，黑单裤卷过了膝盖，光着脚。他叫水生，小苇庄的游击组长，党的负责人。今天领着游击组到区上开会去来。女人抬头笑着问：

“今天怎么回来的这么晚？”站起来要去端饭。水生坐在台阶上说：

“吃过饭了,你不要去拿。”

女人就又坐在席子上。她望着丈夫的脸,她看出他的脸有些红涨,说话也有些气喘。她问:

“他们几个哩?”

水生说:

“还在区上。爹哩?”

女人说:

“睡了。”

“小华哩?”

“和他爷爷去收了半天虾篓,早就睡了。他们几个为什么还不回来?”

水生笑了一下。女人看出他笑的不像平常。

“怎么了,你?”

水生小声说:

“明天我就到大部队上去了。”

女人的手指震动了一下,像是叫苇眉子划破了手,她把一个手指放在嘴里吮了一下。水生说:

“今天县委召集我们开会。假若敌人再在同口安上据点,那和端村就成了一条线,淀里的斗争形势就变了。会上决定成立一个地区队。我第一个举手报了名的。”

当水生的妻子得知丈夫要离开时,她内心是不想丈夫离去的,但在嘴上她只对丈夫说“你总是很积极”。在家中水生是唯一的劳动力,水生的离开对水生的妻子来说将背负的是沉重的生活负担,但水生的妻子却没有埋怨自己的丈夫。从中我们可以看到水生妻子的深明大义。分别场面的描绘传达出他们内心的难舍难分温情脉脉的深厚而质朴的爱。

水生妻子把对丈夫的爱,乡土的爱,升华为对民族、国家的爱。她的美好心灵放出了夺目的光彩。丈夫离开后,才过了两天,与水生一起前往前线的男人家的媳妇们就开始坐立不安了,但为了掩盖自己对丈夫的担心和深情,女人们纷纷找各种借口商量着前往荷花淀探望丈夫:

女人们到底有些藕断丝连。过了两天,四个青年妇女集在水生家里来,大家商量:

“听说他们还在这里没走。我不拖尾巴,可是忘下了一件衣裳。”

“我有句要紧的话得和他说说。”

水生的女人说：

“听他说鬼子要在同口安据点……”

“哪里就碰得那么巧，我们快去快回来。”

“我本来不想去，可是俺婆婆非叫我再去看看他，有什么看头啊！”

于是这几个女人偷偷坐在一只小船上，划到对面马庄去了。

于是，水生妻子带着几个女人，借口送衣服，摇着小船去看自己的丈夫，岂料在荷花淀遇上了敌船，这是作者精心安排的一场和日本侵略者的战斗。女人们在战斗中沉着冷静、机智勇敢地同敌人周旋，并且有着敢于牺牲的英雄气概。这几个女人就算死也不让敌人活捉。她们急中生智将小船驶进了荷花淀，碰巧又把敌船引进了伏击圈，又十分碰巧地在伏击战中碰见了日夜思念的丈夫，她们目睹了丈夫们神速、彻底地消灭日本鬼子的情景，她们感到非常自豪，由于刺激和兴奋，回家的路上她们又说笑起来，并在后来的日子里努力锻炼自己，最终与丈夫一样开始在白洋淀上打鬼子：

几个青年妇女划着她们的小船赶紧回家，一个个像落水鸡似的。一路走着，因过于刺激和兴奋，她们又说笑起来，坐在船头脸朝后的一个噘着嘴说：

“你看他们那个横样子，见了我们爱搭理不搭理的！”

“啊，好像我们给他们丢了什么人似的。”

她们自己也笑了，今天的事情不算光彩，可是：

“我们没枪，有枪就不往荷花淀里跑，在大淀里就和鬼子干起来！”

“我今天也算看见打仗了。打仗有什么出奇，只要你不着慌，谁还不会趴在那里放枪呀！”

“打沉了，我也会凫水捞东西，我管保比他们水式好，再深点我也不怕！”

“水生嫂，回去我们也成立队伍，不然以后还能出门吗！”

“刚当上兵……谁比谁落后多少呢！”

这一年秋季，她们学会了射击。冬天，打冰夹鱼的时候，她们一个个登在流星一样的冰船上，来回警戒。敌人围剿那百亩大苇塘的时候，她们配合子弟兵作战，出入在那芦苇的海里。

作者认为只要普通人都有了视死如归的牺牲精神，那么我们离战争的胜利将会不远。孙犁通过日常生活画面展示时代现实风貌，语言含蓄且极富有抒情意味，显示了别具一格的民族风格特色。

在这部小说中，孙犁成功地塑造了以水生嫂为代表的农村妇女的群像。这些妇女勤劳、朴实、善良，识大体、顾大局，是在特定的战争年代成长起来的一代新人。水生嫂等妇女们的成长，从一个侧面表现出了冀中人民在民族自卫战争中的巨大变化。作者通过塑造以水生嫂为代表的妇女群像，歌颂了冀中地区抗日军民在党的领导下英勇抗战的革命斗志以及爱国主义精神。

（三）丁玲的小说

抗日战争初期，在解放区创作的丁玲笔锋变得更加的犀利和深邃，特别注重对封建思想在革命进程中的残余影响的揭示，先后创作了《我在霞村的时候》《在医院中》等许多思想深刻的作品。随后，在毛泽东延安文艺座谈会"讲话"精神的鼓舞下，以饱满的热情投身于根据地的革命斗争，用文艺形式积极反映我党我军和人民群众火热的斗争生活。1948 年，丁玲又写成了著名的长篇小说《太阳照在桑干河上》，1952 年荣获苏联斯大林文艺奖金，并被译成多种文字，在各国读者中广泛传播。限于篇幅，下面仅对《太阳照在桑干河上》进行简要阐述。

《太阳照在桑干河上》以其"史诗"性而成为众多土改小说中的代表作。小说中，老实本分的农民顾涌将大女儿和外孙接回了暖水屯，这个村子正因流传着关于共产党重新清算大户和国民党军队要打回来的谣言而人心惶惶，富农钱文贵认为顾涌在这个时候将女儿接回村子里，肯定是要发生什么事情了，便派自己的儿媳妇，也是顾涌的二女儿回娘家探听消息，同时还让自己的侄女黑妮一起前往顾家打听发生了什么事。顾涌的大女儿避过黑妮告诉妹妹，自己的公公因为怕家里的两辆车在土改时都被分走，就让父亲赶一辆回来避风头。与此同时，善良的黑妮与农会主任程仁相爱。程仁从小受地主的剥削，对地主阶级充满了仇恨，但当选了农会主任之后因与黑妮的爱情关系曾一度背上了沉重的思想负担。因为怕产生不好的影响，程仁渐渐地远离了黑妮，这使黑妮有些忧郁。土改运动开始后，支部书记张裕民连同区上派来几位同志召集全村开了一个宣传土改政策的会议，会议上，工作组组长的 6

个小时的发言却远远地脱离了农村的实际情况，从而使得村民对土改充满了犹疑和担心。就这样，轰轰烈烈的土改运动开始了，然而在运动初期，村民普遍存在害怕变天的心理，很多群众头脑中还留有宿命论、自私保守等落后思想观念，村干部们本身也思想觉悟不高、自觉意识不强，从而使得本应重点打击的地主恶霸钱文贵反而逍遥法外，甚至还成了"抗属"而受到优待。就在这时，县里派年轻有为的县宣传部长章品来解决暖水屯的土改问题。为了统一干部思想，章品决定召开党员大会。经过这次会议，党员们逐渐认识到自己在工作中的种种失误，钱文贵被抓，暖水屯的土改运动终于取得了大胜利。

在这部小说中，丁玲以高超的现实主义手法成功塑造了一系列血肉丰满，真实生动的艺术形象，并深刻地体现了其人物安排的旨趣。钱文贵的形象体现了余威尚存而又善于隐藏自己的地主阶级走向灭亡的历史必然性。程仁体现了政治性和人性相互交错的矛盾冲突，黑妮的形象提出了如何对待地主阶级子女的问题等。可贵的是，这部小说中，丁玲并没有把这些人物当作回答问题的工具，而是以人物形象的成功塑造为前提的，达到了人物形象的高度个性化和深刻的典型意义的水乳交融。

（四）周立波的小说

周立波（1908—1979），原名周绍仪，字凤翔，又名奉悟。湖南益阳人，中国共产党优秀党员，中国现代著名作家、编译家。早年在上海劳动大学读过书，1928 年开始写作，1934 年参加"左联"，同年加入中国共产党。抗战爆发后作为战地记者走遍华北前线，1939 年到延安，任教于鲁迅文学艺术学院，后主编《解放日报》文艺副刊。1942 年参加延安文艺座谈会，1945 年，日本侵略军投降后，周立波任中原军区《七七日报》《中原日报》社副社长。1946 年后先后担任中共区委宣传委员、松江省委宣传处处长等职，参加土地改革运动，并编辑《松江农民报》。1979 年 9 月 25 日因病去世。

周立波的小说清新秀丽，别具一格，擅长描写农村中的生活，乡土气息浓厚，为读者所喜爱。他的著名小说《暴风骤雨》是反映土地改革的经典著作。

《暴风骤雨》以东北地区松花江畔一个叫元茂屯的村子为背景，描绘出了土地改革这场波澜壮阔的革命斗争的画卷，把中国农村冲破几千年封建生产关系的束缚发生的翻天覆地的变化展现在读者的面前，热情地歌颂了中国农民在共产党领导下冲破封建罗网，朝着解放的大道迅跑的革命精神。小说分为两部，第一部写的是1946年党中央“五四指示”下达后到1947年《中国土地法大纲》颁布前，哈尔滨附近一个叫元茂屯的村庄，在工作队领导下，斗垮恶霸地主韩老六，打退土匪进攻的故事。这一部以赵玉林为主要人物。第二部写的是1947年10月《中国土地法大纲》颁布后土改运动进一步深入的斗争，以郭全海为主要人物。整部小说大规模地完整地再现了解放区土改运动的进程。

就小说的结构而言，《暴风骤雨》的结构较为单一，故事突出，线索清楚。全书以土改斗争发展的过程为主线，写了一场场斗争，让所有人物在斗争中活动；同时，在斗争中也插有一些生动的情节或细节，增加读者兴味。有些场面描写如“分马”一节，写得层次分明，人物活动形象具体，有声有色。另外，作者善于向群众语言学习，作品中运用东北农民的口语，语汇丰富，生动活泼，有很强的表现力和浓厚的生活气息及地方色彩。特别是许多对话，都是个性化的语言，使人闻其声如见其人。

就小说艺术形象的塑造而言，赶车把式老孙头，是全书中写得最丰满的一个人物。这是个暂时还残存着落后自私的缺点然而又热切盼望翻身解放的老一代农民。他有些胆小自私，爱吹牛，好面子，但当看到地主势力开始真正崩溃时，他也抑制不住内心的高兴，积极投入了斗争。赶车的生活经历，使他沾染了旧社会的一些坏习气，然而丰富的生活知识和开朗的性格，也使他很风趣。阅读小说可以发现，周立波是怀着满腔热忱和热爱的心情来写这一人物的，在创作过程中，周立波在艺术上采用了典型化的手法，既概括又具体地写出了这一类农民的特点，因此人物形象刻画得颇为成功。除此之外，老一代农民形象老田头的性格，也写得相当鲜明。总的说来，《暴风骤雨》是一部反映解放区土改题材的代表性作品，在现代文学史上占有相当重要的地位。

第三节 报告文学和杂文的创作

一、报告文学的创作

报告文学，是从新闻报道和纪实散文中生成并独立出来的一种新闻与文学结合的散文体裁，是文学体裁的一种，也是一种以文学手法及时反映和评论现实生活中的真人真事的新闻文体，具有及时性、纪实性、文学性的特征。

报告文学的崛起是时代发展的必然。一些作家在流亡中目睹了残酷的战争从而投笔从戎，在亲身经历了战火的考验之后，他们都希望能用自己的笔鼓舞人民的斗志，而广大的读者更渴望了解前方的战事，因此，报告文学成为当时最受欢迎的文体之一。

当时，影响最大的是七月派作家丘东平。丘东平（1910—1941），出生在南方最早的“苏区”，童年时代参加儿童团，大革命时期担任农民运动领袖彭湃的秘书，失败后流亡香港和日本，开始写作反映家乡革命的作品。“九一八”事变后，返回国内参加蔡廷锴领导的19路军，先后经历过上海“一·二八”战役、热河战役、上海“八一三”战役。1938年加入新四军，1941年在盐城反“扫荡”战役中，为掩护“鲁艺”二队突围壮烈牺牲。他反映淞沪战役的战地报告《第七连》《我们在那里打了败仗》《一个连长的战斗遭遇》等，集纪实性小说与文学性通讯为一体，重视战场人物的刻画，重视战斗气氛的烘托，并很好地将自己的主观感受与战斗进度结合在一起，有一种摄人魂魄的艺术魅力。

丘东平的报告文学一直被看作是当时小说成就的代表。此外，还有诗人阿垅反映前线战事的《闸北打起来了》《从攻击到防御》，诗人曹白反映难民生活的《这里，生命也在呼吸》，擅长战地报道的战士作家骆宾基的《东战场别动队》，专业记者范长江的《西线风云》，教授学者曹聚仁的《大江南北》，前线的女作家胡兰畦、谢冰莹也分别有《淞沪火线上》《新从军日记》等收获。许多专业作家也写出了文学性较强的长篇报告文学，如姚雪垠的《战地书简》、萧乾的《见闻》和《灰烬》等。

八路军在平型关首战告捷，取得了中国对日宣战以来的第一次胜利后，八路军各部队和各抗日民主根据地成为作家们关注的焦点，出现了范长江的《中国的西北角》、丁玲的《一二九师与晋冀鲁豫边区》、周立波的《晋察冀边区印象记》、沙汀的《随军散记》、卞之琳的《第七七二团在太行山一带》、陈荒煤的《刘伯承将军会见记》等。

二、杂文的创作

战争时期，杂文再度形成了创作高潮。这一时期，国统区、解放区和上海"孤岛"，都曾经发生过论争，讨论的中心是：鲁迅的时代是不是已经过去？还要不要重振杂文？这些讨论涉及在抗日战争的新形势下如何继承、发扬鲁迅散文的现实主义精神问题。论争以双方联合署名发表《我们对于"鲁迅风"杂文问题的意见》告终。

鲁迅杂文战斗传统的发扬是贯穿于这一时期杂文创作的共同精神，先后形成了围绕《鲁迅风》等刊物的"孤岛"杂文作家群和国统区围绕《野草》的"野草"杂文作家群。解放区的杂文创作相对稀少，而且多集中于延安整风运动以前的一段时间。

《鲁迅风》创刊于上海，在创刊初期，巴人就写了一段发刊词，这也能显著地看出该刊的办刊宗旨：

> 生在斗争的时代，是无法逃避斗争的。探取鲁迅先生使用武器的秘奥，使用我们可以使用的武器，袭击当前的大敌；说我们这刊物有些"用意"，那便是唯一的"用意"了。

正是在这种"用意"下，该刊刊登了大量有关抗战的杂文。

除《鲁迅风》外，当时还有诸多刊物发表这一类杂文，其中影响较大的有《译报》的副刊《大家谈》、《文汇报》的副刊《世纪风》，以及《申报》的副刊《自由谈》等。这一派杂文由于"孤岛"特殊的地域环境，有着现实批判性强，笔调真切痛快的共同特点。主要代表作家有巴人、唐弢、柯灵、阿英、周木斋、文载道等，其中以巴人的创作最为活跃。

巴人(1901—1972)的杂文创作始于1922年，抗战时期，他先后出版了《扪虱谈》《生活、思索与学习》《边风录》等杂文集，以及与人合集的杂文集《边鼓集》《横眉集》等，这是他杂文创作的全盛时期。巴人这一时期的杂文主要表达了对日本侵略者及其鹰犬的愤懑和抗议，在对敌伪汉奸的挞伐中勾画种种社会脸谱。他的杂文体式多种多样，善于从某种论调或某一世态生发开来，结合自身的体验和经历进行描述，融进鲜明的爱憎和独到的见解，杂而不乱，形散而神不散。例如其《说笋之类》中有一段：

> 我没有“赋得修竹”的才能，更没有写松竹梅岁寒三友图的本领。但却时常跟着长工去掘过笋。笋而必然掘，那已可见并不是一定“挺然翘然”的了。大概城市里人，想像特别丰富，虽然在植物学书上，也看到过“块根”“块茎”之说，但一入乡间，也不免有刘姥姥进大观园之慨。五四时候，一般青年激于义愤，以大写壹字的资格——因为有别于寻常戏子，他们以大写壹字自居，而将寻常戏子比之为小写一字，——入乡演剧宣传，一看满地的“田田荷戏”，均皆惊奇不置。一经询问之下，始知为常吃的芋艿，不免大失所望。他们全以为芋艿该如桔子李子，是结在树上的。人之智愚不肖，不能以书本为标本，于此已可概见了。入冬之时，竹山里的笋，其未“挺然翘然”，怕也出于安冈秀夫自己的想像之外吧。
>
> 掘笋功事，非专家不办。大抵冬霜既降，而绿竹尚“秀色可餐”——这说来，自然是好吃的民族了——土地坚实异常；冬笋则必裂地而出。据说是人间春意，先发于地。竹根得春气之先，便茁新芽，是即为笋。笋伏处土中，日趋茁壮。乡人于此之时，即从事采掘，如发宝藏，虽并不容易，但乡人类能“善观气色”，“格竹”致知。从竹的年龄与枝叶的方位，知道它盘根所在。循根发掘，每每能获得“小黄猫”似的笋。我不大了解他们掘得笋时的喜悦心情，在我则是掘得新笋一株，赛获黄金万两。吃笋固然快乐，掘笋则更觉趣味无穷。
>
> 这也许由于我“得之也难，则爱之也深”。希望成于战士，地下的“小黄猫”，是人间的大希望。我于此而体念到人生的意味。大抵我的掘笋方法，专看地上裂缝。因笋有成竹而为箭的使命，所以特别顽强，不论土地如何结实，甚至有巨石高压，它必欲“挺身而出”，故初则裂地为缝，终则夺缝怒长。即有巨石，亦必被掀到一旁，大抵冬笋是它尚未出于地面之称，并非与毛缝笋为不同种类。一为毛笋，只须塌地斩断，不劳你东搜西寻了。所以一作羹汤，也就觉得鲜味稍杀。

这篇文章由日本人诬蔑中国人嗜笋而引出童年掘笋的回忆，进而根据自己的经验一针见血地指出：“大抵我的掘笋方法，专看地上裂缝。因笋有成竹而为箭的使命，所以特别顽强，不论土地如何结实，甚至有巨石高压，它必欲‘挺身而出’，故初则裂地为缝，终则奇缝怒长。即有巨石，亦必被掀到一旁。”此文从笋性说到民族性，以痛斥日本人诬蔑中国民族性始，以振奋中国民族性肯定抗日精神终，很能显示出他杂文的特色。

国统区在艰苦环境下坚持鲁迅杂文传统的，还有围绕着文学杂志《野草》形成的杂文作家群。《野草》是一个专登杂文的小型刊物，1940年8月在大后方的桂林创刊，1943年6月出至第5卷第5期休刊。1946年10月，在香港复刊。“野草”杂文作家在反抗日寇、反对投降，在批判周作人、“战国策”派等方面，较为集中地发表了笔锋犀利的文章。就作家而言，在这一派杂文作家中，最著名的就是聂绀弩、秦似、冯雪峰。

聂绀弩（1903—1986）成名于20世纪30年代，大量创作杂文是在抗日战争以后。结集的有《历史的奥秘》《蛇与塔》《早醒记》与《血书》等。在抨击腐朽事物与黑暗现实之外，批判旧的伦理道德，力求改变中国人的精神面貌，是他的杂文基本主题。其中，最著名的作品就是《我若为王》：

> 我若为王，自然我的妻就是王后了。我的妻的德性，我不怀疑，为王后只会有余的。但纵然没有任何德性，纵然不过是个娼妓，那时候，她也仍旧是王后。一个王后是如何地尊贵呀，会如何地被人们像捧着天上的星星一样捧来捧去呀，假如我能够想像，那一定是一件有趣的事情。
>
> 我若为王，我的儿子，假如我有儿子，就是太子或王子了。我并不以为我的儿子会是一无所知，一无所能的白痴，但纵然是一无所知一无所能的白痴，也仍旧是太子或王子。一个太子或王子是如何地尊重呀，会如何地被人们像捧天上的星星一样地捧来捧去呀。假如我能够想像，倒是件不是没有趣味的事。
>
> 我若为王，我的女儿就是公主；我的亲眷都是皇亲国戚。无论他们怎样丑陋，怎样顽劣，怎样……也会被人们像捧天上的星星一样地捧来捧去，因为她们是贵人。我若为王，我的姓名就会改作：“万岁”，我的每一句话都成为：“圣旨”。
>
> 我的意欲，我的贪念，乃至每一个幻想，都可竭尽全体臣民的力量去实现，即使是无法实现的。我将没有任何过失，因为没有人敢说它是过失；我将没有任何罪行，因为没有人敢说它是罪行。没有人敢呵斥我，指摘我，除非把我从王位上赶下来。但是赶下来，

就是我不为王了。我将看见所有的人们在我面前低头、鞠躬、匍匐，连同我的尊长，我的师友，和从前曾在我面前昂头阔步耀武扬威的人们。我将看不见一个人的脸，所看见的只是他们的头顶或帽盔。或者所能够看见的脸都是谄媚的，乞求的，快乐的时候不敢笑，不快乐的时候不敢不笑，悲戚的时候不敢哭，不悲戚的时候不敢不哭的脸。我将听不见人们的真正的声音，所能听见的都是低微的，柔婉的，畏葸和娇痴的，唱小旦的声音："万岁，万岁！万万岁！"这是他们的全部语言："有道明君！伟大的主上啊！"这就是那语言的全部内容。没有在我之上的人了，没有和我同等的人了，我甚至会感到单调，寂寞和孤独。

…………

我是民国国民，民国国民的思想和生活习惯使我深深地憎恶一切奴才或奴才相，连同敬畏的尊长和师友们。请科学家不要见笑，我以为世界之所以还大有待于改进者，全因为有这些奴才的缘故。生活在奴才们中间，作奴才们的首领，我将引为生平的最大耻辱，最大的悲哀。我将变成一个暴君，或者反而正是明君：我将把我的臣民一齐杀死，连同尊长和师友，不准一个奴种留在人间。我将没有一个臣民，我将不再是奴才们的君主。

这篇杂文构思奇特，作者通过设想"我"之"为王"后的种种意欲贪念，为所欲为，让所有人都向自己臣服谄媚，听不见"真正的声音"，从此"没有在我之上的人"……文章中，这些荒唐的幻想全都是当时专制统治的现实。聂绀弩借这篇文章不但批判专制主义，斥责寡头政治，而且尖锐地揭示了封建专制主义并非个人行为，而是因为有封建奴性的社会基础，为此，民众的民主意识的提高，无疑是最重要的改革。聂绀弩的杂文多有一种冷嘲的风格，又能在引发读者的现实联想中实现批判的目的。

秦似也是战争时期"野草"杂文作家群的作家之一。他的杂文用广博的生活与历史知识做基础，厚积薄发，舒缓有致，文化气息较浓重。如《随谈两则》从中国人的时间观念谈起，批评了"浮生若梦的人生哲学"，并讨论了国民性普遍的弱点。其行文如同拉家常，说闲话，却又诙谐精到，充满智慧。他更多的文字是对抗战中的官僚统治的积弊，予以揭露。主要杂文集有《感觉的音响》《时恋集》《在岗位上》等。

曾与鲁迅有密切交往的冯雪峰也是20世纪40年代"野草"杂文

作家群的作家之一。他兼有诗人、评论家的身份，广泛涉及社会政治症结，写出尖锐的诗的政论。冯雪峰的杂文文笔曲折、深透，而且亲切，充分地展开了杂文的新机能。他善于绵密地说理，偶用比喻，也很新鲜，有历史的脉络与哲理的渗透，表现出语言浑厚和思想锋利的风格，但他的文字有时不够明快。他的杂文集有《乡风与市风》《有进无退》《跨的日子》等。

解放区杂文的创作比较稀少，而且多集中发表在1942年延安整风之前的一段时间，当时《解放日报》《谷雨》《抗日战争文艺》都刊载过杂文。1941年上半年以中央青委为主的一批年轻作者主办的墙报《轻骑队》，也发表过许多很有影响的杂文。解放区的杂文内容上多针砭当时革命队伍内的不正之风，可以嗅出那个时代的气息。著名的作品如丁玲的《三八节有感》、艾青的《了解作家与尊重作家》等，都是批评当时延安存在的一些问题或缺点的。尽管有的作者所使用的批评的语言有偏激之处，但他们本意大都是相信进步的，再则，帮助已经有了初步民主的抗日根据地，铲除几千年遗留下来的根深蒂固的封建恶习，也是革命作家的一种责任。

总体来看，20世纪40年代杂文的写作量相当大，很少作家未曾涉及此领域，这是因为在那个多难的战争年代，杂文这种短促突击的文体可以更直接地与现实对话，也更能适应读者的需要。但杂文较之其他散文文体，更难于体现艺术个性，加上这一时期杂文大都着眼于现实批判，而较少如鲁迅那样的深层次的文化批判与思想批判，所以尽管有人提出过“超越”鲁迅的目标，但要真正达到，是困难的。综合来说，20世纪40年代的杂文主要有以下几个特点。

第一，杂文创作向全国扩展。随着大批文化人向内地和香港转移，打破了20世纪30年代以上海为中心的杂文创作格局，将杂文的火种撒播到全国各地。不但在香港，在国统区的桂林、重庆、昆明、成都等地杂文创作活跃，就是在抗日根据地的延安也于1940年前后出现过杂文创作的高潮。

第二，杂文数量大大增加。许多作家出版了多部杂文集；散见于国内各报刊上的杂文，数量更是惊人，《新华日报》《华商报》在数年间刊发的杂文数以万计。

第三，作者队伍迅速壮大。老作家郭沫若、茅盾、闻一多、朱自清、冯雪峰、夏衍、冯至、张恨水、梁实秋等继续（或转而开始）从事杂文创作，更出现了田仲济、王力、丁易、秦牧、黄裳、秦似等新人，在人数上远远超过了20世纪30年代。

第四，在风格流派上更趋多样化。许多杂文作家自觉继承以鲁迅为代表的20世纪30年代左翼杂文的战斗传统，针砭时弊，犀利深刻；但同时也出现了许多讲究鼓动性、思辨性、知识性、趣味性的杂文。

第四节　戏剧的传承与创新

一、戏剧的传承

作为中国抗日战争文艺战线上的一支生力军，戏剧起着非常重要的影响和作用。然而在抗日战争后期，特别是1941年皖南事变后，在国统区，包括戏剧在内的文艺事业遭遇重大挫折。一方面，许多进步作家纷纷遭到逮捕和暗害；另一方面国民党当局通过对剧本采取严格审查，限制演出场地，甚至对演出收取高额“娱乐费”等手段对进步戏剧进行封杀。处在高压政策下的国统区戏剧工作者面临失业的威胁和生活的重压。

在艰难的政治环境下，国统区的戏剧仍然保持了一定的创作势头，这也为中国现代戏剧的发展提供了一批上乘之作。这些作品中，最著名的一类戏剧就是历史剧，郭沫若和阳翰笙是其中的杰出代表。

郭沫若于1942—1943年写成的《孔雀胆》《虎符》《屈原》《高渐离》《南冠草》等贯穿着对于黑暗势力的顽强斗争和坚决反对侵略、反对专制、争取民族民主的主题，从而标志着中国现代历史剧创作走向了高峰。其中最著名的就是《屈原》。

《屈原》是郭沫若历史剧的代表作，同时也代表着中国现代文学史上历史剧创作的最高成就。该剧剧本取材于战国时代楚国爱国诗人屈原的故事，通过楚国统治集团内部爱国与卖国两条交叉路线的斗争，成功地塑造了屈原的形象，表现了他热爱祖国、反抗侵略、光明磊落、正直无私的崇高品质。该剧共分5幕。

第一幕是故事的开端。帷幕初启,屈原在自己家中的橘园诵诗。夏日清晨的微风中,屈原将自己创作的《橘颂》吟诵给学生宋玉,并向他讲解做人的道理:

> "在战乱的年代,一个人的气节很要紧。太平年代的人容易做……但在大波大澜的时代,要做一个人实在是不容易的事",要"独立不依,凛冽难犯。要虚心,不要作无益的贪求。要坚持,不要同乎流俗。要把你的志向拿定,而且要抱着一个光明磊落,大公无私的心怀"。

这段话正显示了屈原的思想和胸襟,也为以后剧情的发展奠定了人物思想性格的基础。

第二幕是故事的开展,发生在后宫。南后郑袖为了个人目的,与张仪勾结。为了离间、破坏楚怀王对屈原的信任,精心设计了圈套陷害屈原。她要屈原进宫指导排练《九歌》,一开始,她虚情假意地对屈原谄媚、赞颂,当楚怀王步入宫廷之时,却故意装作头晕扑到屈原的怀中,又说屈原调戏了她。楚怀王盛怒之下,不顾屈原的申辩,以"淫乱宫廷"的罪名,罢掉了屈原的官职。郑袖的阴谋得逞,成为剧情发展的转折点。屈原遭此打击,不顾个人荣辱仍然劝谏楚怀王为楚国人民着想,却被当作疯子逐出宫廷。

第三幕的场景回到了屈原自己家中的橘园。屈原被罢职之后,忧愤之情不可遏止,他喃喃自语、怒视一切,而狡猾的靳尚之流,造谣陷害屈原,说他疯了,并要为他招魂。宋玉、子兰信以为真,背叛屈原投靠了郑袖集团,婵娟驳斥他们,坚信屈原清白无辜,疾呼屈原"是楚国的栋梁""楚国的灵魂",屈原在悲愤中离家出走。

第四幕写屈原在城外徘徊,恰好碰上楚怀王、郑袖、张仪一行人。屈原心中的怒火勃然爆发,他痛斥张仪,揭露其奸细的恶毒卑劣的目的,劝告楚怀王,希望其醒悟,不要为敌人所迷惑。但是楚怀王不仅不接纳忠言,反而下令将屈原关起来,使屈原蒙受了更大的凌辱,其悲愤的感情达于极点,为后面的"雷电独白"作了感情的过渡。与此同时,忠贞的婵娟也因揭发郑袖之流诬陷屈原的真相而被关押起来。

第五幕是故事的高潮。在东皇太一庙中,屈原的愤怒之情达到顶点,他通过一首"雷电独白",将自己强烈的愤懑之情酣畅淋漓地表达出来。

这部剧作通过屈原的悲剧，有力地体现了作者反对分裂投降，主张团结御敌，诅咒黑暗、歌颂光明这一具有现实意义的重大主题，唱出了中华民族不畏强暴、争取解放的心声，有力地鞭挞了蒋介石反动派的专制独裁和卖国行径。

阳翰笙的历史剧作积极呼应时代风云，如借太平天国内部分裂的失败过程，将矛头直指“皖南事变”的《天国春秋》；以描写太平天国忠王李秀成率领军民保卫天京，并最终以身殉国的英勇事迹，鼓舞国人的抗日斗志的《李秀成之死》；通过对四川保路运动的生动演绎，讽刺政府的卖国行径的《草莽英雄》等都是其中十分著名的作品。在现实主义的创作宗旨下，阳翰笙积极挖掘反映民族精神、寻找民族出路的历史题材，创作出了许多具有很强的艺术感染力、能够唤起沦陷区民众的爱国热情和抗敌意识的作品。

除了历史剧之外，战争时期也涌现出了一大批直接暴露反动统治和要求人民民主的讽刺戏剧，这些作品具有明快、犀利的战斗特色，有力地揭露了国民党黑暗统治、官僚资本对中小企业的压榨勒索、官场的腐败丑恶，曲折地反映了人民力量的增强和反动势力的衰败，同时还描写了人民的痛苦生活及反抗斗争，鼓舞了民众的抗争热情。代表作有陈白尘的《升官图》等。

《升官图》是一部三幕讽刺喜剧，它显示了陈白尘出色的讽刺才华。通过两个强盗的“升官梦”，这部戏剧把一个小县城肮脏的官场交易展现在舞台上，画出了一幅贪赃枉法、鲜廉寡耻、“关系”之学盛行、真理良心丧尽的群丑图，对国民党统治区腐朽反动的官僚政治进行了深刻揭露和辛辣讽刺。值得注意的是，这部戏指出：这种腐败不是个别现象，而是整个统治机构的糜烂导致。此剧在反蒋爱国民主运动中发挥了极大的战斗作用。另外，该剧剧本用夸张、变形、漫画、讽刺的手法展示了丑角们罪恶的灵魂，产生了良好的戏剧效果。该剧剧情、构思、场景、技巧和风格借鉴了果戈里的讽刺性小说《钦差大臣》。

二、戏剧的创新

战争时期，解放区在戏剧方面首先取得了十分突出的成绩，先后掀起了新秧歌运动、新歌剧运动和旧剧改革运动。

新秧歌运动是指延安文艺座谈会后，各抗日民主根据地的文艺工作者和广大群众共同创作的大批新型秧歌及其演出盛况。他们改革秧歌戏的音乐、表演、装扮，将流行于边区的旧秧歌形式和民歌曲调创造性地结合起来，编演熔戏剧、音乐、舞蹈于一炉的小型广场歌舞剧，用以表现群众参加生产学习及对敌斗争的场面。如《兄妹开荒》。

《兄妹开荒》采用秧歌的形式，但摒弃了旧秧歌中常有的丑角以及男女调情的成分，代之以新型的农民形象和欢乐的劳动场面。其歌词加起来也只有270多字：

男：雄鸡雄鸡高呀么高声叫，叫得太阳红又红，身强力壮的小伙子，

合：怎么能躺在热炕上作呀懒虫

男：扛起锄头上呀上山岗，站在高岗上

合：好呀么好风光

男：站得高来看得远那么依呀嗨

合：咱们的地方，到如今成了一个好解放区，那哈依哟嗨嗨哎嗨那哈依哟嗨，到如今成了一个好解放区，那哈依哟嗨嗨哎嗨那哈依哟嗨。

女：太阳太阳当呀么当头照，送饭送饭走呀走一遭，哥哥刨地多辛苦！

合：怎么能饿着肚子来呀劳动？

女：挑起担儿上呀上山岗，一头是米面馍，

合：一头是热米汤，

女：哥哥本是庄稼汉那么依呀嗨，送给他吃了，

合：要更加油来更加劲来，更多开荒，那哈依哟嗨嗨哎嗨那哈依哟嗨，要更加油来更加劲来，更多开荒，那哈依哟嗨嗨哎嗨那哈依哟

浓郁的泥土气息与农民特有的诙谐交织在一起，使这出剧情十分简单的小戏演得生动活泼，富有情趣，给人以焕然一新的强烈印象。

新歌剧是指解放区文艺工作者在吸取秧歌戏长处的基础上，既吸收西洋歌剧和传统戏曲的有益成分，又借鉴其他地方剧种和民间艺术的表现手法，加以融会贯通，创造出的民族新型歌剧。主要特点包括以下几方面。

第一，在内容上与时代紧密结合，反映百姓生产劳动和农村生活。

第二，在表现方法上借用西洋歌剧中的舞蹈、美术、音乐、灯光等现

代表达技巧。

第三，吸收地方和民间艺术，如合韵的口语、对白、故事等，借鉴地方剧种的器乐、腔调，为戏剧表达方法加入新的元素。

《白毛女》是中国新歌剧发展史上的里程碑。它是根据河北平山县流传的“白毛仙姑”的故事改编而成的。它剔除了“白毛仙姑”故事中原有的封建迷信色彩，对其进一步挖掘，与时代相结合，突出了社会矛盾和阶级压迫，表现了“旧社会把人逼成鬼，新社会把鬼变成人”的主题。

《白毛女》是一部多幕歌剧，共5幕16场。故事情节发生在抗日战争时期，主要以贫农杨白劳和其女儿喜儿的不幸遭遇为主线，写地主黄世仁为了达到占有喜儿的目的，大年三十催租逼债，杨白劳无力还债，只能在卖女儿的卖身契上按了手印，后悔恨交加，含恨自尽。喜儿被逼到黄家后，惨遭蹂躏，最后，不顾一切逃出黄家，隐匿在山洞里。由于缺少盐和阳光，她的头发全变白了，成了“白毛仙姑”。八路军来到后，她重获自由，并报仇雪恨。剧本深刻地反映了旧中国尖锐的阶级矛盾，真实地表现了旧中国农民的悲惨遭遇。该剧主要塑造了三个人物形象。

第一个是以杨白劳为代表的老一代农民，忍辱偷生，委曲求全，最后只能以死来表示自己的反抗。作者对其遭遇深表同情，对其反抗方式却是否定的。

第二个是以王大春、大锁、张二婶为代表的一类人。他们为了生活，随时作出对社会的反抗。大春和大锁两个人当年为了救出喜儿，一个（大锁）被抓进监牢，一个（大春）逃出后参加了八路军。根据地民主新政权建立后，大春与大锁救出喜儿，为她雪洗了耻辱。张二婶在黄家做女工，有不堪言说的苦痛，用解救、放出喜儿作为自己对地主压迫的反抗，她的做法是非常难能可贵的。

第三个是以喜儿为代表的一类人，对社会压迫作出坚决反抗，对生活进行坚决抗争。喜儿是作品塑造的核心人物。她的苦难遭遇是旧社会农村妇女生活磨难的缩影，其复仇是饱含作者的血和泪的。在自己的家里，虽然生活比较贫困，但至少她还有父亲的疼爱，而到了黄家之后则处处要看别人的脸色，在被黄世仁奸污之后，她曾经想一死了之，但是她最终还是放弃了“不能见人”的思想，最终坚强地活了下去：

自进了山洞三年多，
受苦受罪咬牙过。

白天不敢出来怕见人。
黑夜出来虎狼多。
穿的是破布烂草不遮身,
吃的是庙里的供献,山上的野果,
我,我,我身上发了白。
我也是人生父母养,
如今变成了这模样。

在躲进山洞的这段时间内,她认识到了自己与地主阶级有不共戴天之仇,她勇敢地表达了自己要复仇的坚强意志:

想要逼死我,瞎了你眼窝!
我是舀不干的水,扑不灭的火!
我不死,我要活!
我要报仇。我要活!

喜儿的苦难不是她一个人的,而代表了旧社会千千万万被侮辱被损害的民众。其根源在于万恶的旧社会。她的抗争是对自己为人的起码的抗争,更是与地主阶级及封建制度的拼死反抗。她的仇和恨不只是一个人的,也是整个农民阶级、劳苦大众的。

歌剧《白毛女》是我国歌剧史上一座里程碑式的作品,它标志着我国歌剧终于寻找到了自己独特的发展道路,形成了自身鲜明的美学品格。

旧剧改革是在《在延安文艺座谈会上的讲话》精神指引下解放区戏剧运动的另一重要内容。旧剧改革主要内容有两个方面。

第一,是对传统剧目进行改编,结合时代创作新编历史剧。

第二,是利用传统戏剧样式创作新的戏剧作品。在旧剧改革浪潮中,有专业的戏剧工作者进行的创作努力,也有各根据地群众进行的业余演出,这些都是民众们采用地方、民间的戏曲艺术形式表现新生活的有益尝试。在旧剧改革中,取得较大成就并形成一定影响的,主要是京剧和秦腔。京剧改革的代表作有《逼上梁山》《三打祝家庄》;秦腔改革的代表作有《血泪仇》等。在这些剧中,影响力最大的就是《逼上梁山》。《逼上梁山》为3幕27场戏,由延安中央党校大众艺术研究社集体创作,杨绍萱、齐燕铭等执笔写成,延安平剧院于1943年底排演。《逼上梁山》取材于《水浒传》,写林冲为形势所迫上梁山闹革命的故事。剧作演出后受到人们的极大欢迎。

第四章　新中国十七年时期的文学

十七年文学是指从1949—1966年的中国文学，这一时期的文学以社会主义的总方向、毛泽东的文艺思想和社会主义现实主义的创作手法为指导，对新中国社会变革的风貌进行了生动而形象的描绘。

第一节　政治抒情诗和生活抒情诗并存

一、政治抒情诗

所谓政治诗，即题材、视角的政治化，广义上说，中国20世纪50年代到70年代的大多数诗歌都可以称之为政治诗。而政治抒情诗是指在政治诗范围内确定的诗体模式。具体来说，这种在中国20世纪五六十年代出现的政治抒情诗是指在政治干预和规范下，承接延安时期的新方式和新传统，沿袭战时机制，使政治进入诗歌以获取简洁、明快、有力的宣传效果，而诗歌绝对地服从和服务政治，以强烈的政治性与昂扬的情绪性实现新时代合法表达的一种现代汉语诗歌。[①] 当时有许多诗人都写过政治抒情诗，如李瑛、闻捷、严阵、阮章竞、张志民、韩笑等，而郭小川和贺敬之的写作，则常被认为是最有代表性的。

（一）郭小川的诗歌

郭小川（1919—1976），原名郭恩大。1919 年生于河北丰宁，1937 年参加八路军，1941 年起入延安马列学院、中共中央党校学习。1945 年返回家乡，任丰宁县县长等职，参加实际工作。这期间曾与人合作，用“马铁丁”的笔名发表了大量思想杂谈。1955 年担任中国作协党组副书记、书记处书记兼秘书，创作长诗和诗集《白雪的赞歌》《一个和八个》《将军三部曲》《致青年公民》等诗篇。之后，创作了《团泊洼的秋天》《秋歌》等诗篇，壮志激烈，隐含了反对当时主流意识形态的战斗精神。1976 年死于一场意外火灾。有《郭小川诗集》。

郭小川是一个从抗日战争走过来的久经考验的革命者，这是他的首要身份，他的这个身份决定了他的政治忠诚和他的诗歌性质。在新中国的任何社会变革中，他的诗都有反映，他的诗追随这些变革，歌颂这些变革，并且随着这些变革的远去而远去。郭小川的楼梯式抒情，与马雅可夫斯基的抒情其实有本质区别，他的抒情不具有颠覆性，他的抒情为主流的政治服务，所以准确的说法大约是主流政治的抒情诗，简称主旋律。例如《在社会主义高潮中》一诗：

仿佛是滚滚的沉雷
从万丈以上的云端
向世界宣告：
中国的国土上
卷起了
社会主义革命和建设的高潮！
仿佛是豪迈的昆仑山
拍着硬朗的胸脯
为我们担保：
中国人前所未有的
黄金的日子

① 李怡，干天全．中国现当代文学 [M]. 重庆：重庆大学出版社，2010：292.

真是来到了！
…………
滚吧
什么不可克服的困难
什么不可逾越的高山险道…….
都是些
荒诞无稽的神话
不值一笑！
我们早就以
做个真正的中国人
而感到自豪，
那末
社会主义的新的一代
更是多么光辉的称号！
我们的祖国
为了抚育我们
从来没有吝惜过辛劳，
现在我们长大成人了
该怎样奋不顾身地
把祖国答报！
都说
年青人的两腿
能够跟千里驹的四蹄赛跑，
那就让我们
放开英雄的步子
走在时代的前哨，
都说
年青人的精力
能够叫饥饿的人一看就饱，
那就要
毫无保留地
把它投进社会主义的高潮。

这首《在社会主义高潮中》是那个时代政治抒情诗的标本，强调的是政治正确而非经验的真切，展现的是风格的明朗以及词语的高潮。

郭小川除了是一个革命者之外，他本身也是一个敏感的知识分子，他的情感和思想经常会溢出政治身份和政治忠诚之外，他不但会因天安门上红旗而激动，也会因头顶深邃永恒的星空而沉思，如《望星空》：

今夜呀，
我站在北京的街头上。
向星空了望。
明天哟，
一个紧要任务，
又要放在我的双肩上。
我能退缩吗？
只有迈开阔步，
踏万里重洋；
我能叫嚷困难吗？
只有挺直腰身，
承担千斤重量。
心房呵。
不许你这般激荡！——
此刻呵，
最该是我沉着镇定的时光。
而星空，
却是异样的安详。
…………
而星空呵，
不要笑我荒唐！
我是诚实的，
从不痴心妄想。
人生虽是暂短的，
但只有人类的双手，
能够为宇宙穿上盛装；
世界呀，
由于人的生存，
而有了无穷的希望。

你呵，
还有什么艰难，
使你力不可当？
请再仔细抬头了望吧！
出发于盟邦的新的火箭，
正遨游于辽远的星空之上。

这首诗歌从内容上来说可以分为两个部分，第一部分着重描写了作为革命战士的“我”面对浩瀚星辰时所引发的关于人生、宇宙的思绪，并从这一角度出发表达了诗人某种忧郁而深沉的自我反省，其背后隐含的是诗人对20世纪50年代后期大跃进运动的思考；第二部分着重描写了人民大会堂的灯火，表明诗人由望星空的幻想回到了人间，对人生的感叹转向了对人间建设事业和战斗者人格的铺垫。整首诗前抑后扬，展现了诗人独特的思考过程，并通过超越时空限制的视角，使诗歌具有了哲理的光辉。

20世纪60年代是郭小川诗歌创作的成熟阶段。在这段时期，他正好任《人民日报》特约记者，深入中国社会的各个方面，足迹遍及内蒙古、东北抚顺、大兴安岭林区、北大荒、西北昆仑山、福建、云南等地，写下了大量的政治抒情诗。比如《甘蔗林——青纱帐》：

南方的甘蔗林哪，南方的甘蔗林！
你为什么这样香甜，又为什么那样严峻？
北方的青纱帐啊，北方的青纱帐！
你为什么那样遥远，又为什么这样亲近？
…………
肃杀的秋天毕竟过去了，繁华的夏日已经来临，
这香甜的甘蔗林哟，哪还有青纱帐里的艰辛！
时光象泉水一般涌啊，生活象海浪一般推进，
那遥远的青纱帐哟，哪曾有甘蔗林的芳芬！
我年轻时代的战友啊，青纱帐里的亲人！
让我们到甘蔗林集合吧，重新会会昔日的风云；
我战争中的伙伴啊，一起在北方长大的弟兄们！
让我们到青纱帐去吧，喝令时间退回我们的青春。
…………
我战争中的伙伴啊，一起在北方长大的弟兄们！

你们有的当了工人、教授，有的作了书记、农民，
能再回到青纱帐去吗？——生活已经全新，
我知道，你们有勇气唤回自己的战斗的青春。
南方的甘蔗林哪，南方的甘蔗林！
你为什么这样香甜，又为什么那样严峻？
北方的青纱帐啊，北方的青纱帐！
你为什么那样遥远，又为什么这样亲近？

青纱帐指的是北方平原上生长的大片的高粱、玉米等农作物，而甘蔗林是生长在南方的农作物，诗人用这两具有鲜明地域色彩的意象象征了过去和现在两个不同的革命时代，唯物辩证地抒写了它们之间的必然联系。"青纱帐里的艰辛"酿造了"甘蔗林里的芳芬"，诗人借此表达出了昔日英勇的革命精神在今天和平年代也永远不能忘却，昔日的战友面对今天的全新生活时仍要警惕险恶的潜流，应"唤回自己的战斗的青春"，为新的时代拼搏

总体来说，郭小川的政治抒情诗以昂扬奋发的精神传达了一个伟大时代的磅礴气势，成为那一时期不可重复的诗语范式。

（二）贺敬之的诗歌

贺敬之（1924— ），山东省峄县（今枣庄市）人，出身于一个贫苦农民家庭，少年时靠亲友资助才得以完成中学和师范学业。抗日战争爆发后，他离开家乡，流亡湖北进入国立中学读书，1939 年随校赴四川参加抗日救亡工作，开始诗歌和散文的创作。1940 年到延安，进入鲁迅艺术学院学习，次年加入中国共产党。这时，他开始用自由体诗的形式创作新诗。这期间的主要诗作后来收入《并没有冬天》《乡村的夜》等诗集里。延安整风后，贺敬之于 1945 年和丁毅等人集体创作了具有深广影响的大型歌剧《白毛女》，为我国新歌剧创作开辟了道路。抗日战争胜利后，诗人随文艺工作团来到华北地区工作。这期间写下的大部分诗作后来收入诗集《朝阳花开》。新中国成立后，贺敬之一直担任文艺领导工作，曾任中国作家协会理事、中国戏剧家协会理事、《剧本》和《诗刊》编委、中国剧协书记处书记、中国作协副主席等职。文化大革命期间，贺敬之遭到打击迫害，被剥夺了创作的权利。粉碎"四人帮"以后，发表了长诗《中国的十月》和《八一之歌》，1979 年出版了自选集《贺敬之诗选》。

在十七年文学史上，贺敬之是唯一专门创作政治抒情诗的作家，

他以高亢豪迈的情怀创作了《回延安》《西去列车的窗口》《三门峡歌》《桂林山水歌》《放声歌唱》《十年颂歌》《东风万里》《雷锋之歌》《三门峡——梳妆台》等作品，后结集为《放歌集》和《贺敬之诗选》出版。贺敬之的这些政治抒情诗大都以充沛的激情阐发自己的政治理想、信念和所感受到的时代精神，并以此作为贯穿全诗的感情和思想脉络。贺敬之追求的是和谐、融通的审美价值，个人与集体、民族与国家等抽象的概念通过高度抒情化转化为艺术形象，并最终取得了统一，政治命题的阐释与抒情方式的传达相互渗透开来。在诗歌形式的表现上，贺敬之积极学习和借鉴其他艺术资源，为我所用，开拓创新。例如《西去列车的窗口》：

在九曲黄河的上游，
在西去列车的窗口，

是大西北一个平静的夏夜，
是高原上月在中天的时候。

一站站灯火扑来，象流萤飞走，
一重重山岭闪过，似浪涛奔流……

…………

立即，车厢里平静下来……
窗帘拉紧。灯光减弱。人声顿收。……

但是，年轻人的心呵，怎么能够平静？
——在这样的路上，在这样的时候！

是的，怎么能够平静呵，在老战士的心头？
——是这样的列车，是这样的窗口！

看那是谁？猛然翻身把日记本打开，
在暗中，大字默写：“开始了——战斗！”

那又是谁呵？刚一入梦就连声高呼：
“我来了！我来了！——决不退后！……”

…………

我们有这样的老战士呵，
是的，我们——能够！

我们有这样的新战友呵，
是的，我们——能够！

呵，祖国的万里江山、万里江山呵！……
呵，革命的滚滚洪流、滚滚洪流！……

现在，让我们把窗帘打开吧，
看车窗外，已是朝霞满天的时候！

来，让我们高声歌唱呵——
“鲜红的太阳照遍全球！……”

这首诗歌运用陕北“信天游”的形式，节奏整齐，旋律优美。诗人选择“西去列车的窗口”为入诗的途径，无疑是巧妙的，通过这个窗口不但可以从内向外看到广阔的大地和满天的朝霞从而激扬起万丈豪情，也可以从外向内看到奔赴前方参加建设的老战士和新战友，看到忠诚和壮志。

贺敬之的政治抒情诗有着生动的形象，并善于将自己的知识、见闻和斗争经历等都调动起来，以构成一个具体且富个性的诗歌形象以及色彩明朗的生活画面。《雷锋之歌》一诗在表现全国人民掀起的学习雷锋的高潮时，写得形象而生动：

那红领巾的春苗呵
面对你
顿时长高；
那白发的积雪呵
在默想中

顷刻消溶……
今夜有
灯前送别；
明日有
路途相逢……
“雷锋……”
——两个字，说尽了
亲人们的千般叮咛；
“雷锋……”
——一句话，手握手，
陌生人红心相通！……

贺敬之的诗歌具有浓郁的浪漫主义色彩，他诗歌中的革命理想主义、夸张的想象、奇特的构思以及宏观鸟瞰式的图景表现都与浪漫主义的豪情密不可分。例如他的《放声歌唱》：

无边的大海波涛汹涌……
啊，无边的
大海
波涛
汹涌——
生活的浪花在滚滚沸腾……
啊，生活的
浪花
在滚滚
沸腾！
啊啊！是何等壮丽的景象——
我们祖国的
万花盛开的
大地，
光华灿烂的
天空！
你，在每一天，
在每一秒钟，
都展现在

我的眼前
和我的
心中。
……
我
被那
钢铁的火焰,
和少先队的领巾,
照耀得
满身通红!
汽笛
和牧笛
合奏着,
伴送我
和列车一起
穿过深山、隧洞;
螺旋桨
和白云
环舞着,
伴送我
和飞机一起
飞上高空。
…………

这首诗中对现实和理想的表现具有浪漫主义色彩。

总体来说,贺敬之的诗以磅礴、豪迈的气势和浓郁的浪漫主义精神展现了一个时代的面貌。

二、生活抒情诗

在20世纪五六十年代,与政治抒情诗并存的是生活抒情诗。在宏大的政治幕布之下,生活的细节在持续流动,从而生活的诗意在顽强探头,在政治抒情诗震天动地的间隙,舒缓的生活抒情悠扬地飘出,那是来自诗人个体敏感内心的旋律,依然离不开政治的关切,却更从容、缓慢、纤微，带着民间的朴素感情和活泼话语，如真实的绿色使粗厉的沙漠稍有生趣，如真实的清风在安静的角落慰藉了无数的敏感心灵，或者慰藉了革命的人们内心深处永远无法革除的敏感和温柔的部分。这些从生活细节，从自然、劳动和爱情里产生，从人的交流和呼应里产生的诗歌，就是 1949 年之后含蓄而隐约地点染着人性的生活抒情诗。当年最引人注目的生活抒情诗人有李瑛和闻捷等人。

（一）李瑛的诗歌

李瑛（1926—2019），河北丰润人。新中国成立初期曾赴朝鲜战场实地感受志愿军战士的坚强意志和高尚情操，创作了诗集《战场上的节日》。其后又出版了《红柳集》《难忘的一九七六》《我骄傲，我是一棵树》《春的笑容》等十余部诗集。

在中国当代诗人中，李瑛的诗歌创作跨度及其成就都未可小视。这是一个在民国时候成长起来的北大中文系学生，也是一个带笔从戎的理想主义战士，他的内心充满激情而又敏感细腻，他的目光所及都是生活的细节和质地，他的生活抒情诗鲜亮、细密、精致。《戈壁日出》是李瑛在十七年文学生涯的代表作：

当尖峭冷风遁去，
荒原便沉淀下无垠的戈壁；
我们在拂晓骑马远行，
多渴望一点颜色，一点温煦。

忽然地平线上喷出一道云霞，
淡青、橙黄、桔红、绀紫，
象褐色的荒碛滩头，
萎弃一片雉鸡的翎羽。

太阳醒来了——
它双手支撑大地，昂然站起，
窥视一眼凝固的大海，
便拉长了我们的影子。

我们匆匆地策马前行，
迎着壮丽的一轮旭日，

哈，彷佛只需再走几步，
就要撞进它的怀里。

忽然，它好象暴怒起来，
一下子从马头前跳上我们的背脊，
接着便抛出一把火给冰冷的荒滩，
然后又投出十万金矢……

于是，一片燥热的尘烟，
顿时便从戈壁上腾起，
干旱熏烤得人喘马嘶，
几小时我们便经历了四季。

从哪里飞来一片歌声，
雄浑得撼动戈壁——
是我们拜访的勘测队员正迎向前来：
"呵，只有我们最懂得战斗的美丽……"

这首诗写抒情主人公在前往拜访勘测队员的途中所见证的一次戈壁滩上的日出，叙述行程与描述日出同时展开。李瑛显然是一台可以移动的精密记录仪，精确记录了日出前后戈壁滩上的风物、色彩、温度、湿度、光影，并且记录得极有张力，甚至局部还有戏剧性的处理，这似乎表明诗人所接受的并非延安的诗歌抒情传统和抒情方式，或者不仅仅是那样的传统和方式，而有 20 世纪三四十年代的现代主义诗歌的感受和书写的遗风。但是，新的时代需要的不只是一场别有意味的戈壁日出而已，也不只是抒情主人公面对戈壁日出的细腻感受而已，于是到了诗的最后一节，新时代的审美倾向（歌声"雄浑"）、新时代的精神提示（"战斗的美丽"）都像戈壁远方的太阳一般突然跳出，统合了生活抒写的细致话语与革命时代的宏大话语。

（二）闻捷的诗歌

闻捷（1923—1971），原名赵文节，江苏丹徒县人。1938 年流亡汉口参加抗日救亡演剧工作，同年加入中国共产党，1940 年到了延安。1949 年随军到新疆后任新华社西北分社采访部主任、新华社新疆分社社长，担任新疆新华社记者期间的生活和艺术经验的丰富积累，极大地影响了他后来的创作取向和艺术风格。1955 年发表《吐鲁番情歌》等诗作，结集为《天山牧歌》出版。1957 年调任中国作协从事专业创作。1958 年担任作协兰州分会副主席，在甘肃河西走廊一带生活，这一时期出版有诗集《祖国！光辉的十月》《东风催动黄河浪》《河西走廊行》，自选集《生活的赞歌》等，取材开阔，诗情豪放。1959 年开始发表长篇叙事诗《复仇的火焰》，这是一部反映哈萨克民族生活和斗争的恢弘史诗性质的作品，分为 3 部《动荡的年代》《叛乱的草原》和《觉醒的人们》(未完成)，格调高昂热烈，富有地方特色。1965 年调上海作协工作。1971 年去世。

20 世纪 50 年代，闻捷以诗集《天山牧歌》风靡一时。《天山牧歌》中除了一小部分描写东南沿海水兵生活和农业合作化运动外，大部分是表现新疆少数民族新生活的诗歌，可以说，闻捷是中国当代诗歌史上第一位着力表现新疆少数民族生活并取得重要成果的诗人，这些诗歌大大拓展了中国当代诗歌的表现范围。这些诗以清新的笔调、火样的激情、优美的语言和鲜明的形象从不同的角度表现了新疆各兄弟民族新的生活、新的精神面貌和理想，抒发了诗人对祖国和边疆各族人民的无限深情。其中，最为人称道的是描写爱情的两组诗《吐鲁番情歌》和《果子沟山谣》，诗人在这些诗中所描写的爱情是健康、欢乐、明朗，充满生活气息的，如《吐鲁番情歌》组诗中的《葡萄成熟了》：

马奶子葡萄成熟了，
坠在碧绿的枝叶间，
小伙子们从田里回来了，
姑娘们还劳作在葡萄园。
小伙子们并排站在路边，
三弦琴挑逗姑娘心弦，
嘴唇都唱得发干了，
连颗葡萄子也没尝到。
小伙子们伤心又生气，
扭转身又舍不得离去：
“悭吝的姑娘啊！
你们的葡萄准是酸的。”
姑娘们会心地笑了，
摘下几串没有熟的葡萄，

放在那排伸长的手掌里，
看看小伙子们怎么挑剔……
小伙子们咬着酸葡萄，
心眼里头笑眯眯：
“多情的葡萄！
她比什么糖果都甜蜜。”

诗人所描绘的爱情画面含蓄而又富于魅力，是新社会的爱情表现。他在诗中描摹的异域风光、浪漫风情以及少数民族青年追求爱情的炽热大胆，对汉文化地区的读者构成一种吸引和震撼。

闻捷的诗歌《金色的麦田》同样展示了闻捷的抒写特征，并且展现了生活的情趣和时代的氛围：

金色的麦田波起麦浪，
巴拉汗的歌声随风荡漾，
她沿着熟识的小路，
走向那高大的参天杨。

青年人的耳朵听得最远，
热依木早就迎到田埂上，
镰刀吊在小树胳膊上，
绳子躺在麦草垛身旁。

巴拉汗走着走着低下头，
拨弄得麦穗沙沙发响；
热依木的胸脯不住起伏，
试问姑娘要到什么地方？

姑娘说：“象往常一样，
我要到渠边洗衣裳，
不知怎么又走错了路……
嗳！你闻这麦穗多么香！”

青年说：“和往常一样，
你又绕道给我送来米馕？……

哟！斑鸠叫得多么响亮，
它是不是也想尝一尝？”

巴拉汗拿起镰刀去帮忙，
热依木笑着掰开一个馕；
他说：“咱们一人吃一半，
包管越吃味道越香。”

巴拉汗羞得脸发烫，
她说：“那得明年麦穗黄，
等我成了青年团员，
等你成了生产队长。”

在金色麦田的广阔空间里，巴拉汗和热依木在谈恋爱，但是，他们的谈法不是“空谈”而已，而是有行动的，这个行动，就是劳动，劳动构成恋爱合法性的基础，劳动也使充满情趣的恋爱抒写有了遮风避雨的泥土墙壁和茅草屋顶。闻捷的笔触是细微而深入的，他在巴拉汗的歌声和脚步中，在热依木起伏的胸脯和含蓄的话语中，展开了甜美而激动的相对于内地而言颇有边地色彩和异域风情的爱情，简约却又丰富，而且风趣。

在闻捷写作新疆的生活抒情诗、写作吐鲁番情歌的那个时代，生活、爱情其实是不可能离开政治而独立、而唯美的，于是诗歌从唯美的抒写最后走向了政治进步，并且将政治进步作为开花的爱情实现结果的前提条件：“等我成了青年团员，等你成了生产队长。”大约一个时代有一个时代的文学吧，同时，一个时代也有一个时代的爱情，准确地说，一个时代有一个时代的爱情歌咏、生活抒情。

第二节　革命战争和农村生活题材小说的创作

一、革命战争题材的小说

革命战争题材在十七年的小说创作中占有重要地位。从20世纪50年代到60年代末,革命战争题材作品反映的主要是中国共产党领导的革命斗争史。作家群体以执着的艺术信念和塑造精品的文化意识,实践着带有特定的时代印记和政治色彩的文学创作,这一时期的革命战争小说多体现出宏大的叙事倾向。梁斌是这一时期革命战争题材小说的代表作家。

(一)梁斌的小说

梁斌(1914—1996),河北省蠡县人,原名梁维周,从小家庭比较富裕,5岁的时候,他就开始学写认字。11岁的时候,梁斌考入县立高小,结识了早期的共产党员张化鲁、宋卜舟和刘显增。1927年他加入了中国共产主义青年团。1929年,梁斌参加了对他影响非常大的一次群众运动。16岁的时候,梁斌考入保定省立第二师范学校。并在随后参加了轰轰烈烈的学潮斗争,为他的小说创作提供了重要的素材。梁斌在1933年加入了"左联",开始了文学创作。1935年,他的第一篇小说《夜之交流》发表。两年之后,他回到家乡参加地下革命活动。1940年兼任冀中文化界抗战建国联合会的文艺部长,晋察冀边区文联委员,此后长期在文艺界担任要职。1955年加入作家协会,在文学研究所工作,后在天津从事专业创作,1996年病逝于天津。

《红旗谱》最能代表梁斌在十七年时期的创作成就。整个作品跨越了半个世纪,从清朝末年写到抗战初期,以朱、严两家三代人为中心,突出了不同历史时期农民英雄们的不同时代特征,展现了中国农民革命的光辉历史。《红旗谱》第一部主要反映朱、严两家与地主恶霸冯氏父子的恩怨和仇恨。二十多年前,大地主冯兰池害死农民朱老巩,迫害朱老巩的伙伴严老祥,二十多年后,朱老巩的儿子朱老忠带着妻子和儿子大贵、二贵回乡,联合严老祥的儿子严志和与冯兰池展开了激烈斗争。此时,大革命的浪潮席卷北方,严志和的长子运涛在"白色恐怖"中被捕,次子江涛继续发动群众进行"反割头税"斗争。斗争虽然在朱老忠、严志和等的支持下取得了胜利,但也在冯兰池的儿子冯贵堂的破坏下遭到了敌人的疯狂反扑。1931年日军入侵东北,江涛领导保定二师发起学潮斗争,抗议国民政府的不作为。尽管学潮失败,江涛被捕,但朱老忠等仍对革命胜利充满信心。

在这部作品中,作者不仅描述了二三十年代北方农村、城市早期革命运动的情形,通过对革命先驱者参加革命的心理动机的阐释来揭示革命的起源,而且通过第一代农民朱老巩、严老祥,第二代农民朱老忠、严志和,第三代农民大贵、二贵、江涛、运涛,由失败到胜利的斗争结局,揭示了中国农民只有在共产党的领导下,才能更好地团结起来,战胜阶级敌人,解放自己。

《红旗谱》对主题的表达主要通过三代农民英雄中"承上启下"的人物朱老忠的成长历程来实现的。作为作品中整个"农民英雄谱系"中的核心人物,朱老忠经历了从旧民主主义革命到新民主主义革命的两个历史阶段。在前一个阶段,朱老忠怀着刻骨的家族仇恨返回家乡,主要是为了个人复仇而与冯兰池对着干。但他的复仇目的并没能顺利达成,甚至因为遭到了冯兰池的陷害,他的大儿子被抓了壮丁。随着历史的发展,革命进入到下一个阶段,朱老忠也在党的帮助下接受了无产阶级革命思想,把家族仇恨转化为阶级仇恨,开始进行有组织的、以建立无产阶级政权为目标的革命斗争。朱老忠的这一变化集中体现了中国农民在革命中发展、转变、成长的历史进程。在朱老忠身上,既可以看到他从传统农民那里继承的慷慨爽直、刚正不阿、坚强不屈、忠义为先的性格特点,也可以看到他从党的教育中接受的集体主义、革命英雄主义、革命乐观主义的思想。虽然朱老忠形象的塑造有过分拔高之嫌,但就人物形象的典型性和形象性而言,还是比较成功的。

《红旗谱》被认为是史诗性的一部作品,它一方面在广阔的历史背景下通过对冀中平原锁井镇两家农民三代人与一家地主两代人的尖锐矛盾和斗争的描写,对大革命前后中国北方农村的阶级斗争状况进行了历史性概括,并对新旧历史时期中国农民斗争的不同道路和中国共产党领导农民不断走向自觉斗争的历史进程进行了深刻展示。在作品中,老一代农民朱老巩和严老祥是中国农民的传统性格的化身,他们对剥削阶级和压迫势力进行了英勇顽强、不屈不挠的斗争,但由于采用的是单枪匹马、赤膊上阵式的斗争方法,最终只能以悲剧命运收场。他们的儿子朱老忠和严志和代表了从自发反抗到自觉革命的一代农民,他们从父辈那里接受了宝贵的精神“遗产”，并继续进行着斗争。严志和的儿子运涛和江涛则已经成为新时代的人物，他们受到新思想的感召，不再只是从父辈那里接受精神财富，而是反过来给父辈以很大影响。这三代人可以说概括了中国农民从自发反抗到自觉斗争的历史转折。从这一层面上来说，小说获得了内容上的史诗性品格。

《红旗谱》表现了质朴的民风，小说主要通过人物的行动和对话展示人物性格、制造矛盾冲突、表现复杂的情节；生活内容具有民族特点，作者描写一个地区的生活风俗，并且描写了在这种风俗下人们的各种反抗与斗争；文中的语言通俗易懂、朴实无华，在北方方言的基础上，添加相关的文学语言，使之既有浓厚的乡土色泽，又具有较强的表现力。

这部小说在艺术上也取得了较高成就。

第一，从结构方面来说，十分注意情节的连贯性，运用了多事件串连的结构方式，即一个序幕、两个主峰、几个生活事件串连一线，既使故事主干突出，又相对独立，层次分明。

第二，从描写的内容来说，有着浓郁的民族特色，对冀中地区的民族风俗进行了高度渲染。

第三，从语言方面来说，注重对北方农民的语言进行提炼加工，同时吸取古今文学的语言精华，既朴素生动，又通俗易懂，还有着浓厚的乡土气息。

第四，从运用的艺术方法来说，继承了我国古典小说的优秀传统，多用故事情节，用激烈尖锐的矛盾冲突，用人物的行动和对话刻画人物性格，同时对外国小说的一些长处有所吸收。

（二）杨沫的小说

杨沫（1914—1995），当代女作家，原名杨成业，笔名杨君默、杨默。祖籍湖南湘阴，生于北京。1934年开始文学创作，发表作品，多是些反映抗日战争的散文和短篇小说。抗战爆发后到冀中参加中国共产党领导的游击战争，做妇女、宣传工作。1943年起任《黎明报》《晋察冀日报》等报纸的编辑、副刊主编。中华人民共和国成立后，曾任北京电影制片厂编剧，北京市作协副主席、中国作协理事、全国人大常委等职。1958年出版长篇小说《青春之歌》，杨沫的作品还有中篇小说《苇塘纪事》，短篇小说选《红红的山丹花》《杨沫散文选》，长篇小说《东方欲晓》《芳菲之歌》《英华之歌》，长篇报告文学《不是日记的日记》《自白——我的日记》以及《杨沫文集》等。1995年，杨沫去世。

杨沫的代表作《青春之歌》是一部描写中国共产党领导的爱国学生运动的优秀长篇小说。作品成功地塑造了知识青年林道静这一艺术形象。小说在读者中特别是青年学生中影响深远,曾由作者改编为电影剧本,拍成同名电影上映。

《青春之歌》主要通过对小知识分子林道静从不屈服于命运、对家庭和社会的个人反抗到最后投入时代洪流、走上革命道路的艰难曲折的"苦难历程"的生动叙述,形象地展现了1931—1935年这一特定历史时期我国学生革命运动的历史风貌和形形色色的知识分子的精神风貌,从而提炼出一个革命的思想主题:广大知识分子只有把个人前途同国家民族的命运、人民的革命事业结合在一起,投入时代的洪流中,在改造客观世界的同时不断改造自己的主观世界,才有真正的前途和出路,也才有真正值得歌颂的美丽青春。

作者以细腻的笔法塑造了各种类型的知识分子形象,其中以主人公林道静的形象最为突出。林道静出生于封建官僚地主家庭,后因生母的惨死以及继母的虐待而形成了乖僻、孤独、倔强的反抗性格。因此,当继母想将她当作摇钱树嫁给一个官僚做姨太太时,她毅然离家出走,去寻求新的生活。而实际上,林道静对自己封建官僚地主家庭的逃离只是一出中国版的娜拉出走,而当时的中国社会给她安排的结果正如鲁迅在《娜拉走后怎样》中所说的,"不是堕落,就是回来""还有一条,就是饿死"。林道静在北戴河的遭遇正好印证了鲁迅的这一论断,原本天真而充满幻想的她一下子跌入了幻灭的泥潭,而她的自杀举动可以说是一个不甘堕落的女性对黑暗的社会所进行的软弱抗争。在她走投无路之际,北大学生余永泽救了她,而她也满怀感激地投入到了于永泽的怀抱。这应该说是林道静的一次变相的"回来",她成了余永泽笼中的小鸟,自身独立的价值依然无法获得。但随着时代潮流的推动,善良且有着正义感的林道静在深入接触了革命青年后逐渐发现余永泽其实是个自私、平庸、只注重琐碎生活的男子,这使她陷入痛苦之中。在经过了农村阶级斗争的风雨和狱中生死的考验后,她终于认清了余永泽的真面目,决定与之决裂。林道静与余永泽的决裂应该说是林道静逐渐克服自己对爱情的软弱的过程以及逐渐向革命思想转变的过程。为了使林道静完全地由小资产阶级知识分子转变为无产阶级的先锋战士,小说还安排了卢嘉川、江华、林红、刘亦丰、徐辉等青年共产党员对她施加影响和教育,而她最终也克服了个人英雄主义和对革命的不切实际的幻想，成长为了无产阶级革命者，并找到了真正属于自己的爱情。可以说，林道静这一人物形象的成功塑造是这部小说最大的成就。

由于作者善于将人物放在尖锐激烈的斗争旋涡中加以刻画，善于通过不同人物对同一事物的不同反映来展示各自的性格特征，善于将人物的外貌描写和心理刻画巧妙地结合起来，善于将人物性格的变化与人物命运遭遇的变化结合起来描写，善于通过富有性格特色的细节来描写揭示人物的内心世界，通过所有这些努力，不仅使林道静这一形象塑造得血肉丰满、真实感人，也使作品中的其他人物如卢嘉川、江华、林红、余永泽、戴愉、王晓燕、白莉萍等个个显得活脱生动，性格鲜明。虽然这些形象都或多或少地存在类型化的痕迹，但仍能显示出作家塑造人物形象的深厚艺术功力。形形色色人物的精神面貌得到了展示，这又使得小说包含广阔、丰富的时代内涵。

（三）茹志鹃的小说

茹志鹃（1925—1998），祖籍浙江杭州，出生于上海。她2岁时母亲去世，父亲弃家出走，于是跟随祖母辗转于上海、杭州。11岁时，她进入上海市私立普志小学读书，后进入上海市妇女补习学校学习。祖母去世后不久，她就辍了学。1943年，她随兄参加了新四军，抗日战争和解放战争期间一直在部队文工团工作。1947年加入了中国共产党，1950年开始发表小说，1955年从南京军区转业到上海，任《文艺月报》编辑，作协上海分会理事。1958年发表《百合花》引起文坛的注意，1960年起从事专业文学创作，并发表了《静静的产院》《高高的白杨树》《如愿》《离不开你》等小说作品。之后搁笔多年，直到1977年才重新进行文学创作，并发表了《冰灯》《剪辑错了的故事》《草原上的小路》《儿女情》等作品。1998年10月7日，茹志鹃因病去世。

茹志鹃在十七年时期最为重要的革命战争题材短篇小说是《百合花》。《百合花》是一部非战争化的战争小说，故事背景虽然发生在解放战争时期，但描写的却是在战争宏大背景下发生的一个小故事。《百合花》创造了一个纯真的世界，百合花图案的被子是联系人物之间关系的一条重要线索。而被子上白色的百合花正好象征了纯洁与感情，是通讯员和新媳妇洁白无瑕的美好心灵和美好情感的化身。

整个故事既没有曲折离奇的情节，也没有惊心动魄的冲突，用一缀满百合花的新被子连缀全文，用委婉细腻柔美的笔调描写小通讯员与新媳妇之间那种纯洁美好又微妙含蓄的感情。《百合花》写于十七年文学的时代,有这个时代的烙印,但与这期间的其他文章相较,风格迥异。十七年文学的主题是歌颂与回忆,百合花也不例外,但又跳出了这一时期那种英雄式的人物描写方式。

二、农村生活题材的小说

反映农村生活,特别是反映农业合作化运动内容的小说是20世纪五六十年代最为流行的小说创作。这种以农村为题材的创作既是"五四"以来新文学小说"传统"的延续,也有当时文学界对表现农村生活重要性的强调。这一时期有关农村生活的小说创作无论是作家人数,还是作品数量,在小说创作中都居首位。代表性的作家作品有赵树理的《三里湾》,周立波的《山乡巨变》,柳青的《创业史》,马烽的《我的第一个上级》,李准的《李双双小传》,骆宾基的《山区收购站》,浩然的《艳阳天》等。下面就选取赵树理、周立波、柳青的作品进行介绍。

(一)赵树理的小说

十七年时期赵树理的代表性农村生活题材作品是短篇小说《登记》和长篇小说《三里湾》等。

《登记》以批判封建传统观念、提倡婚姻自由、歌颂新人新事为主题,小说在歌颂两对青年男女为争取婚姻自由而进行正义斗争、宣传新婚姻法的同时,也立足于农民的立场,反映了基层政权中存在的官僚主义与利己主义的思想问题。小说讲述乡村青年艾艾和小晚追求自由恋爱和婚姻,在经历了一系列波折后,终于在刚刚颁布的《婚姻法》的帮助下,冲破家庭包办婚姻阻挠,终于自由结合的故事。从政治意识形态而言,小说宣传和歌颂了新的《婚姻法》对于人的爱情生活的保障;从艺术、思想的角度看,小说中艾艾、小晚、燕燕、小进等人的爱情追求,富有青春的活力。艾艾的母亲小飞蛾的人生经历则有着更为复杂的艺术底蕴。小飞蛾作为一个经历旧社会封建婚姻折磨的女人,对于艾艾的自由爱情起先不同意,经过犹豫后,终于认识到不能让艾艾走自己的路。这一转变过程是以她自己的亲身经历为基础的,也是其认识与政策要求逐步一致的过程。作家并不是对生活进行简单化的处理,而是始终站在乡村民间底层女性的叙述立场,真实地反映了农村发生着的变化,从而具有了真实的艺术魅力。小说对老一代农村妇女"小飞蛾"的塑造比较成功。小说真切地表现了解放前夕农村妇女自主意识的初步觉醒,对“小飞蛾”复杂矛盾的内心世界的刻画成为这篇小说的特色之一。

《三里湾》是共和国文学史上最早反映农业合作化运动的长篇小说，但小说叙事的中心并不是合作化运动本身的过程呈现和对社会主义历史发展必然规律的揭示，而是将这一运动看作引发乡村生活变革的诱因，重点呈现的是由此引起的风俗习惯、世态人心的变化与更新。小说围绕三里湾秋收期间扩社、整社、开渠等事件编织情节，在具体描写时，从描写家庭关系和爱情婚姻入手，细致刻画了王、马、范、袁四个家庭相互联系的矛盾冲突和精神变革。这四户人家具体是指合作社带头人、支书王金生家，热心发家致富的村长范登高（翻得高）家，富裕中农马多寿（糊涂涂）家，党员袁天成家。在不同的家庭之间和家庭内部，不仅存在着长辈与晚辈、进步与落后、集体与个体、革命与保守等方面的冲突对立，还有长幼、夫妻、恋人、同学、连襟、婆媳、妯娌、兄弟、姑嫂、亲家以及干部之间、亲戚之间、邻里之间等多重相互缠绕、共生并发的生活矛盾。正是这些矛盾的相互激荡和人物之间的精神情感的复杂波动，真实而细腻地展示了集体化过程中农村各色人等精神世界的风云变幻。

《三里湾》这种以农村中习以为常的生活小事，以邻里、姻亲之间的人事纠葛为主要内容来表现农村社会变迁中农民命运和思想感情变化的创作方法，不仅是赵树理自解放区以来所形成的朴素风格的新的延续，也成为十七年时期“农村小说”坚守现实主义艺术道路的可贵成就。

《三里湾》的艺术成就主要表现在以下几个方面。

第一，小说的语言通俗晓畅，明白简练，既富有幽默感又具有生活气息，使小说的艺术魅力大大增加。

第二，全书的结构紧凑、思维严密，书中多次借用评书和中国传统小说的手法，增添了小说的趣味性。

第三，小说对农民形象的刻画十分到位。王金生是具有典型新思想的农民，作者对其重点进行了描写。除此之外，作者还刻画了落后保守的党员范登高形象，他与王金生形成了鲜明的对比，他看重个人利益，在群众面前总是摆着一副“老前辈”的高姿态。

第四，在艺术风格上，作者使用白描的艺术手法，通过细节描写表现人物的生活环境和心理状态，同时，在表现人物个性特征时，作者能够兼顾到人物的不同性格，把握每个人的性格特征，作品中几乎没有出现性格雷同的人物形象。

（二）周立波的小说

周立波（1908—1979），湖南益阳人，原名周绍仪，字凤翔，又名周奉悟。1947 年开始创作其最重要的作品《暴风骤雨》，获得斯大林文学奖金。1956 年至 1959 年．写出了反映我国农业合作化运动的长篇小说《山乡巨变》。从 1953 年起，陆续出版了短篇小说集《铁门里》《禾场上》《卜春秀》，文学论文集《文学浅论》《亭子间里》，散文集《苏联札记》，报告文学集《战场三记》以及《周立波选集》等。1979 年去世。

《山乡巨变》是周立波在中华人民共和国成立后创作的一部长篇小说，小说以一个寂静的湖南山乡为背景，描写了农业生产合作社从初级社到高级社的发展过程以及中国农民走上合作化道路的精神面貌。小说并不是在全力阐释合作化运动发展的客观规律，而是把农业合作化视为推动农村风俗变迁的历史动因，着眼于农村世态人情在这一动因驱动下的转变。周立波将农业合作化运动开展过程中产生的冲突、分歧放到乡村日常生活当中来展开，辅以优美的自然风光描绘和朴素的民间文化展示。这种生活的美感，既提升了小说的意境，也在一定的程度上冲淡了阶级斗争的严酷性和阶级矛盾的尖锐性。

《山乡巨变》的人物塑造也具有鲜明的艺术个性。小说塑造了大公无私、埋头苦干的基层干部，坚定不移地走合作化道路的先进分子，徘徊在“两条道路”之间的“中间人物”以及潜伏在群众中进行破坏活动的阶级敌人等不同的人物类型，这也是这一时期反映农业合作化运动的小说常用的人物关系模式。不同的是，《山乡巨变》是将矛盾阶级对立双方的冲突放在农村伦理关系当中来展开，并利用农民所熟悉的人情义理来进行判断和化解。在作者塑造的农村基层干部形象如邓秀梅、李月辉、刘雨生等人身上充满了浓厚的人道主义情怀，他们对国家政策的宣传和执行与他们对农民现实生活的关心并不矛盾，他们用自己的宽厚和包容在这二者之间搭起了一座桥梁，他们是靠自身的人情味取得了工作的成绩。作者对于农民中的“落后分子”也抱有一种理解和同情的态度。他不但没有过分丑化盛佑亭这样的“中间人物”，反而肯定了盛佑亭、陈先晋、王菊生等老农吃苦耐劳的优秀品质，赞美了中国农民身上积淀了几千年的精神力量。同时，周立波对这些老农身上积淀了几千年的土地私有观念也显得比较宽容，比较真实地传达了这些“中间人物”从“土改”得地到“入社”交地的心理挣扎。

（三）柳青的小说

柳青（1916—1978），陕西吴堡人，原名刘蕴华。1936年加入中国共产党，1938年到延安参加文艺界的抗敌工作。解放战争期间，发表了以战争生活为题材的长篇小说《铜墙铁壁》。1952年创作了长篇小说《创业史》，获得了很高的肯定。1978年不幸离开人世。

《创业史》被认为是代表十七年文学最高创作水平的作品之一。小说的故事发生在陕西省渭河平原南部一个名叫下堡乡的乡村，主要叙述了党员梁生宝通过团结和教育的方式，争取村民支持，带领全村进一步巩固和扩大互助合作组的故事。小说塑造了社会主义新人梁生宝，"中间人物"梁三老汉，"蜕化"村民代表郭振山，富农姚士杰、郭世富等不同的人物形象，展现了合作化运动中农村阶级关系的复杂性。

小说第一部发表后，赞誉之声接踵而来，当时的评论界主要从以下两个方面对《创业史》进行了肯定。

第一，从作品内容的广阔性和思想主题的深刻性出发给《创业史》以充分肯定。从历史的广阔性来讲，小说反映的不仅仅是20世纪50年代农民的"创业史"，也间接反映了旧中国农民历经几代的"创业史"。尤其对广大贫下中农而言，旧中国的"创业史"也就等于他们的辛酸血泪史。从空间的广阔性来讲，小说写的也不仅仅是下堡乡蛤蟆滩一乡一地的景况，而是将蛤蟆滩作为典型代表，把农业合作化放到全国社会主义革命建设的大背景中展开。就思想主题的深刻性来说，《创业史》突出了这场没有硝烟的社会主义革命的复杂性和艰巨性。

第二，从小说人物形象的成功塑造，尤其是从作者对新人梁生宝形象的成功塑造出发给《创业史》以充分肯定。柳青非常注重在错综复杂的矛盾中塑造人物，小说中的梁生宝要面对的不仅仅是来自"三大能人"姚士杰、郭世富、郭振山的挑战，还有父亲梁三老汉的冷嘲热讽和部分村民的不理解。但在复杂困难的现实面前，梁生宝依然坚决拥护党的路线方针，积极投入农业合作化运动，以带领全村实现"共同富裕"为己任。最终赢得了父亲和村民的支持。梁生宝是一种新的社会制度条件下的英雄典型，当时的文学批评界几乎都把梁生宝形象的成功塑造，作为《创业史》取得的标志性成就之一。

第三节　抒情散文和报告文学的创作

一、抒情散文的创作

十七年时期的散文揭开了社会主义时期散文创作的新篇章，这一时期的散文继承了延安文学的传统，将“五四”文学革命倡导的“美文”演化为具有时代精神的以讴歌和赞颂为主体的“抒情散文”，抒情散文成为十七年时期散文的主流，主要代表作家有为杨朔、秦牧等。

（一）杨朔的散文

杨朔（1913—1968），山东蓬莱人，出身书香门第，通晓古典诗文，曾经年少轻狂，饮酒赋诗，寄托情怀，颇具艺术天分，为其诗化散文的创作奠定了坚实基础。1939 年，杨朔开始参加革命，随军辗转战场，以战地记者的身份写了不少通讯和中、短篇小说，新中国成立后出版过抗美援朝题材的长篇小说《三千里江山》，并因此受到关注。从 1956 年发表《香山红叶》开始，杨朔全力以赴投入散文创作，并取得卓著成就，他的散文集《雪浪花》是 1961 年“散文年”的重要标志之一，这为他带来了巨大的声誉。杨朔的代表性作品有《香山红叶》《荔枝蜜》《雪浪花》《茶花赋》《海市》《蓬莱仙境》《泰山极顶》《画山绣水》等。1968 年，杨朔去世。

从题材内容来看，杨朔散文主要表现在两个方面。

第一，对于新中国普通劳动者的关注，赞美他们诚挚朴素的情怀，歌颂他们建设伟大社会主义事业的情操。《荔枝蜜》中的养蜂人老梁、《茶花赋》中的养花人普之仁、《香山红叶》中的老向导、《雪浪花》中的老泰山、《戈壁滩上的春天》中的王登学等都不是顶天立地的英雄和领袖，作者却往往因他们而兴奋和喜悦，在他们身上寄寓了一种普遍存在的与时代的关系，并附加了某种主观的启示色彩。

第二，表现与亚非拉第三世界人民的深厚情谊，歌颂和平友爱，反对霸权主义。《埃及灯》《赤道雪》《生命泉》《印度情思》《巴厘的火焰》等散文焕发出浓厚的国际主义情怀，反复表现国家独立和民族解放的潮流趋势，体现出人民当家做主的时代脉搏。在《金字塔夜月》中，杨朔通过埃及父子两代老看守的遭遇鞭挞了美帝国主义的丑陋罪行以及保家卫国的决心。在革命和冷战时期，杨朔赋予他笔下的万事万物以宏大的时代主题，意识形态因此得到广泛演绎，那些人们再熟悉不过的蜜蜂、茶花、浪花、雪花、灯塔、山脉等物象都烙上了特定的政治内涵。

总的来说，杨朔的散文创作虽然没有摆脱十七年散文那种颂歌式的表现模式，但他同时也注重散文自身的艺术表现规律，有很明确的自我创作理念和艺术主张，通过个人散文创作实践总结出经验，形成了独特的艺术风格和创作特色。

第一，杨朔提出了"诗化散文"的艺术主张。杨朔认为，"好的散文就是一首诗"，他在散文创作的理论建构上明确地提出了"诗化散文"的艺术主张。杨朔所讲求的"诗意"，体现在古典诗词文化的大量介入，谋篇布局讲究寓情于景、借物咏怀，营造诗一般含蓄的审美境界。杨朔在散文中将见微知著的艺术构思运用自如。他善于细微处落墨，通过丰富的想象，在平凡事物中选出富有象征意义的意象来来升华主题思想，实现"寓大于小，寓远于近"的审美原则，营造出诗一般的艺术意境。例如在《荔枝蜜》中，作者通过描写"蜜蜂"这一诗意形象为了生活不辞辛苦来歌颂普通劳动者无私奉献、毫不索取的可贵精神品质。这种手法使散文的主旨就在对蜜蜂的描写中自然地流露出来，精神与形象水乳交融，作品也因其精雕细琢而充满诗意的审美特色。

第二，杨朔开创了一种"自我置换"的散文模式。在杨朔的散文中，作家通过对"普通劳动者"的描写，实现了由主体向客体、由自我向他者、由个体向整体的主题置换。他将普通劳动者作为抒情主人公，以自己真诚的尊重和敬爱来歌颂普通劳动者身上闪耀的时代风采，唤起读者同样强烈的感受体悟，如《荔枝蜜》：

> 透过荔枝树林，我沉吟地望着远远的田野，那儿正有农民立在水田里，辛辛勤勤地分秧插秧。他们正用劳力建设自己的生活，实际也是在酿蜜——为自己，为别人，也为后世子孙酿造着生活的蜜。
>
> 这黑夜，我做了个奇怪的梦，梦见自己变成一只小蜜蜂……酿造着未来……

第三，"园林风格"的行文模式。杨朔热衷于调动文字营造疏密有序、峰回路转的艺术效果，使散文张弛适度，这种行文模式与建筑上曲径通幽、流连婉转的苏州园林颇为相似。如《雪浪花》：

> 凉秋八月，天气分外清爽。我有时爱坐在海边礁石上，望着潮

涨潮落，云起云飞。月亮圆的时候，正涨大潮。瞧那茫茫无边的大海上，滚滚滔滔，一浪高似一浪，撞到礁石上，唰地卷起几丈高的雪浪花，猛力冲激着海边的礁石。那礁石满身都是深沟浅窝，坑坑坎坎的，倒象是块柔软的面团，不知叫谁捏弄成这种怪模怪样。

几个年轻的姑娘赤着脚，提着裙子，嘻嘻哈哈追着浪花玩。想必是初次认识海，一只海鸥，两片贝壳，她们也感到新奇有趣。奇形怪状的礁石自然逃不出她们好奇的眼睛，你听她们议论起来了：礁石硬得跟铁差不多，怎么会变成这样子？是天生的，还是錾子凿的，还是怎的？

“是叫浪花咬的。”一个欢乐的声音从背后插进来。说话的人是个上年纪的渔民，从刚拢岸的渔船跨下来，脱下黄油布衣裤，从从容容晾到礁石上。

文中先为我们描绘了一个浪花冲击礁石的自然而充满艺术美感的画面，紧接着写了老泰山的一句未见其人、先闻其声的答话，“是叫浪花咬的”，这样就使老泰山的出场弥漫着神秘而迷离的气氛，老泰山好像是从那汹涌澎湃的雪浪花中幻化出来的，同时一语间尽显老泰山天真率直的本性，文章一开头就非常富有诗意，引人入胜，激起读者阅读的强烈渴望。

杨朔的散文充满革命激情，结构严谨，语言精练含蓄，极富诗意，为新中国成立后人们公认的第一流散文作品。

（二）秦牧的散文

秦牧（1919—1992），原名林觉夫，广东澄海人，他出生于香港，3岁时随父母在新加坡生活了10年，后因家道中落，回到故乡澄海，后前往香港读中学。1938年，到广州参加抗日救亡活动，辗转于广州、桂林、重庆等地。1938年开始在广州报刊上发表作品。后来，他又担任了多部杂志的编辑，1944年加入中国民主同盟，1947年出版的《秦牧杂文》是他的第一本集子。1963年加入中国共产党，1992年因病逝世。

秦牧的散文风格独树一帜，有散文集《星下集》《贝壳集》《花城》《潮汐和船》等。

秦牧在《长河浪花集》序言中谈到了自己对文学作品应该反映什么样思想内容的看法。他说：“革命功利主义任何时候都需要。而这种革命功利主义，是广泛的，并不是狭隘的。”他又说：“正面讴歌光明和鞭挞丑恶的作品，固然头等重要，而一些能够增进人民高尚情操，提高审美观念,学习或者加强辩证唯物主义思想之类的题材,也应该有所接触和表现。"从这个观点出发,秦牧的散文表现了热忱歌颂人民的思想倾向和对一切腐朽、丑陋事物的憎恶之情。比如,在《花城》一文中,作者描绘了广州的年宵花市,赞美了南国花城那"花光十里"的盛况。最后,作者从牡丹和水仙的培植,归纳出"天工人可代,人工天不如"的真理,颂扬了"劳动人民共同创造历史文明的丰功伟绩。"在《壮族与我》《胞波》等文中,作者批判了民族歧视、民族压迫的野蛮和民族偏见的卑怯与凶残,从不同角度,表现了民族友爱、民族团结的美好愿望。另外,作为一位知识广博的作家,秦牧还创作了许多给人以知识、美感、思想启迪和性情陶冶的散文。这也是秦牧散文中最重要、最具成就的一部分。这一类作品常常采用夹叙夹议的笔法,借助谈天说地、道古论今、描绘山川、辨析名物等方式,抒写自己的见闻和感受,力求使散文达到思想性、知识性和趣味性的统一。这种散文又被称之为知识小品。而秦牧也是最早明确提出这类文体概念的散文家,他说:"除了国际、社会斗争、艺术理论、风土人物志一类的散文外,我们应该有知识小品、谈天说地、个人抒情一类的散文。"而秦牧也身体力行地去写作这种文体。一方面,秦牧的很多散文或描写日月星辰,山川风物;或状写花鸟虫鱼,珍禽异兽;或介绍古迹名胜,风物人情;或讲述史实传说,轶闻趣事。都寓意广远,引人遐想。各种各样的题材在他的笔下总能做到"平凡中见深意"。秦牧的散文经常是从平淡、一般、看似没有多大特色的题材中,经过思想和感情的熔铸,提炼出境界深邃的主题来。另一方面,他的散文既重"知识",也讲"趣味",形式活泼,妙趣横生,寓教于乐。在《海滩拾贝》中他为读者介绍了名目繁多,如众星拱列的名贵贝壳;《摸鱼老手》中为我们展示了农民亿泉的种种让人神往的摸鱼"窍门";《珍贵植物与玫瑰传说》中他讲了有关水稻、麦子、甘蔗、茶叶等植物的美妙传说;《潮汐和船》把读者引到了潮水涨落的海滩,并让读者了解了从古至今航船发展演变的历史等。因此,读秦牧的散文,不仅能增长见闻,而且能获得思想的教益。

二、报告文学的创作

在 20 世纪 50 年代初兴起的报告文学类的纪实性散文蓬勃兴起,通过"艺术地报告新事实"大力地推进时代精神,发展迅速。魏巍是报告文学的代表作家。

（一）魏巍的生平

魏巍(1920—2008)，原名魏鸿杰，曾用笔名红杨树，河南郑州人，1937年参加八路军，1938年加入中国共产党。1950年至1958年间三次赴朝实地采访，创作了《谁是最可爱的人》《故土与祖国》《在汉江南岸的日日夜夜》等作品，产生广泛深远的影响，确立了他在报告文学创作领域的地位，1978年完成了抗美援朝题材小说《东方》，于1983年获茅盾文学奖。2008年，在北京因病去世。

（二）魏巍的报告文学

魏巍的创作主要是"通讯+散文"的模式，他的散文具有很强的时代感，激情洋溢而又刚柔相济，富有很强的艺术感染力。除《谁是最可爱的人》外，《依依惜别的深情》《年轻人，让你的青春更美丽吧》《我的老师》《路标》《怀仁堂随笔》《春天漫笔》等也是魏巍的报告文学的名篇。

《谁是最可爱的人》描写了1950—1951年间抗美援朝战争最艰苦的时候，我们志愿军战士英勇反击美国侵略者的故事。这篇报告文学在当时影响很大，从此之后，解放军就被人们称为"最可爱的人"。

魏巍的报告文学作品有着独特的审美追求，主要有以下几个方面的特点。

第一，魏巍报告文学的主题基本是讴歌志愿军指战员伟大的爱国主义、国际主义和革命英雄主义的高尚时代精神。作者善于从革命战士的行为和言论中，发掘他们丰富火热的内心世界，在抗美援朝、保家卫国的激烈而悲壮的战斗背景中，寻找他们创造英雄业绩的力量所在。作者感受到的和发掘出的是战士身上最人性化、最内在的本质，也是我们赖以生存和发展的民族精神和时代精神。

第二，魏巍报告文学在素材选择上具有典型性原则。作者善于在大量素材中精选、提炼出最能体现主题的典型事例，并在真实的基础上进行艺术加工。例如在《谁是最可爱的人》中，作者选取了三个具有典型意义的感人至深的生活和战斗片断，从不同侧面表现了志愿军战士的崇高品格。第一个片段是将松骨峰战斗中激烈和悲壮的战斗场面同战士们英勇杀敌、壮烈献身的特写镜头结合起来，在战争的残酷中凸显革命战士的钢铁意志和英雄主义精神；第二个片段描绘的是战士马玉祥冒着生命危险冲进大火抢救朝鲜妇女和儿童的事迹，表现了志愿军战士对朝鲜人民的国际主义博爱胸怀和无私忘我的高尚情操；第三个片段是通过在防空洞里吃一口炒面就一口雪的那位战士的纯真质朴的话语，表现了革命战士为和平而战、为祖国而战的崇高爱国情怀。这三个既各自独立、又珠联璧合的事迹特写旨在通过志愿军可歌可泣的英雄壮举，层层深入地展示战士们伟大的思想、崇高的情感境界和高尚的人格品质。这三个场景共同描绘出一个“最可爱的人”的立体形象，回答了“谁是最可爱的人”的基本主题，高度地概括了革命战士的精神实质。

第三，魏巍的报告文学常以抒情性的议论对情节的开展和思想的深化进行推动。在魏巍的报告文学中，其开篇、结尾以及场景转换处常常运用浸润了浓郁诗情的文句以及蕴含着深刻思想的议论，既情理贯通，又意蕴酣畅。

第四节　现实题材和历史题材戏剧的创作

十七年时期的戏剧在继承和发展了解放区戏剧的现实主义传统的基础上，开拓了戏剧创作的题材和种类，力求反映新的时代，表现新的人物，使话剧、戏曲、歌剧以及改编的传统剧都获得了一定的发展。这一时期成就较高的是老舍的现实题材戏剧创作和郭沫若等人的历史题材戏剧创作。

一、现实题材的戏剧

在新中国十七年的现实题材戏剧创作中，最有代表性的剧作家是老舍。老舍早在20世纪40年代便开始了戏剧创作，在新中国十七年这段时间更是创作了《方珍珠》《龙须沟》《春华秋实》《西望长安》《茶馆》《女店员》《神拳》等多部话剧，以及歌剧《大家评理》、京剧《十五贯》《王宝钏》等。其中，以话剧的成就最为突出。

老舍的话剧多以北京的胡同、茶馆、大杂院等地点为背景，描写北京人的遭遇、命运和变化，以此反映整个中国的时代历史变迁，代表作是《茶馆》。发表于1957年的三幕话剧《茶馆》，是老舍戏剧创作的高峰，也是中国当代戏剧文学的扛鼎之作。

《茶馆》通过对旧中国三个历史横断面上各色小人物命运浮沉的生动描写，揭示和控诉了旧社会黑暗昏聩的生活。全剧共三幕，每一幕有一个时代背景。第一幕是戊戌变法失败时期，这时的裕泰茶馆人声鼎沸，但是表面的兴旺实是“大清帝国”灭亡前的回光返照；第二幕是发生在第一幕近20年后，这一时期，民国成立不久，各派军阀势力此起彼伏，表面上清朝灭亡了，建立了民国，但实质上中国社会仍然处在黑暗之中；第三幕又是发生在第二幕大约20年后，这一时期抗日战争结束，人民处在国民党统治之下，国民党政府与美帝国主义狼狈为奸，给人民带来的是无尽的黑暗和灾难。这时的裕泰茶馆破旧不堪，生意萧条，在恶势力的压迫下倒闭并被改为特务情报站。全剧的最后，已经迟暮的王利发、秦二爷和常四爷唱着葬歌与旧社会告别。这三个罪恶的时代使人们逐渐认识到那种腐败堕落的旧制度是人民痛苦的根源，绝不能容忍它继续存在，从而含蓄地表达出只有社会主义才能使人民当家做主，彻底改变其悲苦命运的历史主题。

《茶馆》作为老舍戏剧创作的一个高峰，具有很高的艺术价值，主要表现在以下几个方面的内容。

第一，老舍在《茶馆》中塑造了一批个性鲜明、栩栩如生的人物形象。在《茶馆》中共有70多个人物，其中有名有姓的就有50多个，这些人各有不同的身份，这些形形色色的人物，构成了一个具有特殊意义的人物画廊。其中，裕泰茶馆的掌柜王利发是《茶馆》众多人物中最富光彩的艺术形象。他为人谨小慎微，善于经营，奉行着四处讨好、圆滑变通的经营原则。他所做的一切就是为了让茶馆经营下去，自己能有口饭吃。他作为一名商人，在各类人物面前都能八面玲珑、左右逢源。他认为自己不能改变社会，只好要求自己当“顺民”适应社会，也奉劝茶客们“莫谈国事”。为了使茶馆长期经营下去，他不但极力讨好各类人物，而且积极顺应时代变化而不断改变经营方式，《茶馆》第一幕时，裕泰茶馆是有着古朴而气派的陈设，“屋子高大，摆着长桌与方桌，长凳与小凳”，到了第二幕的时候，王利发为了不让茶馆被淘汰，将茶馆改为了新式装潢，这时其他的茶馆全部倒闭了，只有裕泰茶馆在苦苦支撑着。到了第三幕，王利发还准备找女招待来吸引顾客。但是，他的不断改良仍然挽救不了茶馆的命运，国民党党棍创办的“三皇道”公开扬言要砸他的茶馆，特务们上门勒索敲诈，流氓开办的人贩子公司也在计划着霸占他的地盘，旧社会的黑暗势力最终吞噬了他的全部家业，最后，他控诉道：

> 改良，我老没忘了改良，总不肯落在人家后头。卖茶不行啊，开公寓。公寓没啦，添评书！评书也不叫座儿呀，好，不怕丢人，想添女招待！人总得活着吧？我变尽了方法，不过是为活下去！是呀，该贿赂的，我就递包袱。我可没作过缺德的事，伤天害理的事，为什么就不叫我活着呢？我得罪了谁？谁？皇上，娘娘那些狗男女都活得有滋有味的，单不许我吃窝窝头，谁出的主意？

在发出了控诉之后，王利发终于在无比绝望中悬梁自尽了。王利发的悲惨命运充分说明，在黑暗的旧社会就连一个精明能干而又委曲求全的老好人也无法生存。

秦仲义，人称秦二爷，是王利发的房东。第一幕的时候，他才二十多岁，血气方刚，戊戌变法失败后凭着一颗炽热的爱国心他毅然变卖家业，创办工厂，希望通过搞实业来救国。然而抗日战争一结束，他的产业就被政府野蛮地没收了，并把厂里的机器当成了废铜烂铁给卖掉了。看着工厂变为废墟，秦二爷怒斥道：

> 拆了！我四十年的心血啊，拆了！别人不知道，王掌柜你知道。我从二十多岁起，就主张实业救国。到而今抢去我的工厂，好，我的势力小，干不过他们！可到好好地办哪，那是富国裕民的事业呀！结果，拆了，机器都当碎铜烂铁卖了！全世界，全世界找得到这样的政府找不到？我问你！

这段话是对国民党当局声泪俱下的控诉，道出了实业救国的无奈，这个形象说明了中国资产阶级在三座大山下的悲剧命运。

常四爷是一个旗人，一生保持着满族人耿直、倔强的性情，从不屈服于邪恶势力和不幸命运，同时他还具有正义感和可贵的爱国思想，体现了在晚清的八旗将士中仍有不少人具有爱国情操。他看不起崇洋媚外的人，为此还被当作谭嗣同的同党关进监狱坐了一年多的牢。以后他又参加了义和团的反帝斗争，并且成为自食其力的劳动者。对于大清国的灭亡，他不是悲叹和惋惜，而是认识到这是历史发展的必然。但是一生不断锐意进取的常四爷在那个时代依然摆脱不了王利发、秦仲义那样的悲惨结局。

此外,作者还描绘了其他形形色色的人物,如庞太监、刘麻子、两个逃兵、唐铁嘴、二德子等,这些人物形象真实再现了旧中国社会对人的摧残。

第二,《茶馆》具有独特的语言魅力。老舍的戏剧语言来源于他所熟悉的北京话,是真实生活中的语言,具有精练简洁而又含蓄朴素、幽默诙谐的特点。他可以通过简短的话语将人物的个性展现出来,如封建顽固派庞太监和主张维新的秦仲义的一段对话:

庞太监 哟!秦二爷!

秦仲义 庞老爷!这两天您心里安顿了吧?

庞太监 那还用说吗?天下太平了,圣旨下来,谭嗣同问斩!告诉您,谁敢改祖宗的章程,谁就掉脑袋!

秦仲义 我早就知道!

(茶客们忽然全静寂起来,几乎是闭住呼吸地听着。)

庞太监 您聪明,二爷,要不然您怎么发财呢!

秦仲义 我那点财产,不值一提!

庞太监 太客气了吧?您看,全北京城谁不知道秦二爷!您比作官的还厉害呢!听说呀,好些财主都讲维新!

秦仲义 不能这么说,我那点威风在您的面前可就施展不出来了!哈哈哈!

庞太监 说得好,咱们就八仙过海,各显其能吧!哈哈哈!

主张维新变法的秦仲义对庞太监是非常藐视的,从这段话可以看出两人虽然表面上在互相恭维,实质上话里藏着锋芒。秦仲义话里嘲讽味十足,而庞太监作为慈禧的宠奴,看不上秦仲义,话里话外透着一丝威胁和得意。他们的语言都极富个性魅力,短短几句话就表现了两人之间的尖锐冲突。

二、历史题材的戏剧

在新中国十七年的历史题材戏剧创作中,最有代表性的剧作家有郭沫若、田汉等。

(一)郭沫若的戏剧

新中国十七年时期,郭沫若先后创作了《蔡文姬》《武则天》和《郑成功》三部历史剧，但后者的影响远不如前两者大，这可能与前两者写作的目的是为历史人物“翻案”有关，争议性也较大。

郭沫若的历史剧《武则天》为颇有争议性的历史人物武则天给予“定型”，从而使得她从饱受非议和嘲讽的反面人物转向值得称赞和歌颂的正面人物。武则天与太子贤、裴炎、徐敬业等反对派之间的斗争在剧中以平息“叛乱”的面目出现，这为她的形象定了基调，在此之中她处处以兵法谋略和斗争艺术取胜，更重要的地方在于她热爱百姓。宽厚仁慈，知人善用，以崇高的道德感召力量取得了广泛拥戴。武则天把上官婉儿的祖父和父亲都杀掉了，却毫不犹豫将她留在自己身边，用了六年时间去“感化”对方，最终连上官婉儿都觉得自己的父亲和祖父是要谋害好人，罪有应得。这样的高度，真正是亘古未有，可以看出其中有着作家对武则天的主观厚爱和拔高。

《蔡文姬》以文姬归汉为主题，刻画了一位才华横溢的女性和一个为了著书大业而抛夫别子的母亲形象，将她的才、苦、悲融入剧作之中，为读者呈现了在当时的历史条件下一位女性的不幸命运。剧本在刻画一个在国与家之间做出痛苦抉择的女性的同时，将历史中一代奸雄曹操的形象彻底颠覆，为我们展现了这个善用谋略、多才多艺、生性多疑、好用诈术的枭雄的另一面，如着力刻画他的知错就改，从善如流，如他在偏信了周近的谗言而几乎误杀董祀的情况下，听了文姬和侍琴、侍书的道白之后迅速作出了改正。同时还刻画了温情体贴的另一面，如在文姬归汉八年后，曹操将文姬的一对儿女领到文姬面前，说给她带来了最宝贵的礼物，旋即又非常知趣地叫走了自己的夫人，给文姬母子及董中郎留下了一个倾诉情感的私人空间。

在这部作品中，郭沫若一改旧辙，重书新义，更多地从人文主义出发，将蔡文姬置于反封建礼教、争取女性解放的背景框架内，她不再是受辱者，而是主动离家，肩负重任，成为民族团结与和睦相处，彰显爱国主义精神的化身与象征，而这个美好的人物形象的刻画又与另一个重要人物形象曹操息息相关。《蔡文姬》中的曹操也因此成为促进民族文化发展的功臣。郭沫若彻底颠覆了一千多年以来历史和文学史上曹操的奸臣形象，赋予他崭新的面貌，作家把他刻画成一位天下为公的领袖。郭沫若通过借古寓今，婉转地展现了新中国成立之后体现出来的热火朝天的社会主义伟大事业建设日趋繁荣的景象。郭沫若一直自比为蔡文姬，两人都是历经困苦和磨难而最终被委以重任，知识分子的身处逆境与不甘沉沦都是相通的，在共同的人生体验之上表达出希望国家安定和民族团结的思想主题和崇高境界。

（二）田汉的戏剧

田汉在当代继续从事他的戏剧探索之旅，主要创作出了《关汉卿》《文成公主》《白蛇传》《西厢记》《谢瑶环》等历史题材作品，后面三部为戏曲，主要以改编为主。

《文成公主》是田汉听取周恩来意见而改编的历史剧，重在表达民族团结主题，因缺少创新性而阻碍了作家艺术才能的发挥。《谢瑶环》和《海瑞罢官》一起刻画了“清官”形象，相比海瑞的性别，谢瑶环作为一名女性清官压力更大，阻力也更大。田汉目睹三年困难时期带给国家和人民巨大的灾难，实际上是希望通过谢瑶环来表现“为民请命”的精神在当代的亟须和迫切，只是连作家自己都没有想到，这正是成为他日后遭到批判的靶子，把自己也牵连进去了，《谢瑶环》也因此成为作家文学生涯的绝唱。

《关汉卿》是这一时期田汉最重要的作品，也是当代戏剧史上的一大收获，流传较广。1958年，关汉卿被世界和平理事会确认为“世界文化名人”，田汉作为代表承担了为关汉卿写戏的任务，用了不到一个月时间就完成任务。可见作家对关汉卿怀着相当崇敬之情。更难能可贵的是，当时处于反“右”斗争背景，“大跃进”的浪漫主义激情席卷而来，《关汉卿》却是田汉以严谨的态度创作出来的现实主义杰作。历史记载的关于关汉卿的资料少之又少，田汉另辟蹊径从关汉卿传世的十八种剧作和七十多首散曲中寻找有关他的性格和精神，推测他的生平和为人，毕竟作家的行为会有意无意渗透到自己的作品中，刻画人物形象自然成为《关汉卿》的最主要目标。尽管关汉卿并不是官员，却仍然以“为民请命”的英雄气概向那个吃人的社会发出呐喊，作为知识分子，他以笔为武器，创作杂剧来揭露社会的贪污腐化、上层社会的虚伪凶残，对底层劳动人民抱着深深的同情和热爱。关汉卿和朱帘秀的爱情在写剧、改剧和演剧的过程中一步一步变得坚不可摧，这就是戏中戏的艺术形式。在全剧的结尾，田汉一再修改，最终将“蝶双飞”改为“蝶分飞”，凸显了悲剧色彩，避免了俗套的“大团圆”结局，但从中也透射出作家的矛盾与无奈心理。

具体来说，《关汉卿》具有以下几个艺术特色。

第一，《关汉卿》出色地塑造了关汉卿这位人民艺术家的光辉形象。

首先，田汉是通过把关汉卿放在最尖锐的冲突中来塑造他的形象的。戏剧一开幕，关汉卿就被作者推向了善良与罪恶、正义与邪恶殊死斗争的最前沿。面对黑暗统治，关汉卿却敢于伸张正义，大胆地向旧社会提出抗议。

其次，作者通过多种表现手法突现关汉卿的人格魅力。叶和甫是关汉卿形象的反衬，他与关汉卿生活在同一时代社会，但面对斗争时两人表现出不同的态度。在剧本中叶和甫的低俗卑劣，与关汉卿的磊落光明形成强烈对比，从而使关汉卿的性格特征更鲜明地凸显出来。同时，作者还运用了浪漫主义的创作手法描绘了关汉卿与朱帘秀的爱情，并把他们的爱情作为彼此鼓舞斗志的强大动力，贯穿于《窦娥冤》编演的始终。

第二，《关汉卿》构思精妙。这部戏剧采用自由灵活的场景，突破了一般话剧集中分幕的限制，紧紧围绕《窦娥冤》这出激动人心的戏剧从创作、演出到招致灾祸这条主要情节线索展开叙述，把人民群众的冤情和反抗集中地表现在这出戏中，从而使剧中主要人物的性格在富有传奇性的浪漫氛围中得到展现。

第三，这部戏剧具有浓郁的抒情色彩。“以诗入剧”是《关汉卿》一个突出的艺术特点。如在第八场中，关汉卿在生命垂危关头高歌一曲《蝶双飞》：

将碧血，写忠烈，
作厉鬼，除逆贼。
这血儿啊，
化作黄河扬子浪千叠，
长与英雄共魂魄！
强似写佳人绣户描花叶，
学士锦袍趋殿阙，
浪子朱窗弄风月；
虽留得绮词丽句满江湖，
怎及得傲干奇枝斗霜雪。
念我汉卿啊，
读诗书，破万册，
写杂剧，过半百，
这些年风云改变山河色，

珠帘卷处人愁绝。
都只为一曲《窦娥冤》，
俺与她双沥苌虹血。
嗟胜那孤月自圆缺，
孤灯自明灭。
坐时节共对半窗云，
行时节相应一身铁。
各有这气比长虹壮，
哪有那泪似寒波咽。
说什么黄泉无店宿忠魂，
争道这青山有幸埋芳洁。
俺与你发不同青心同热，
生不同床死同穴；
待来年遍地杜鹃红，
看风前汉卿四姐双飞蝶，
相永好，不言别。

这是一首激越的诗章，它将剧情推向了高潮，表现了关汉卿高远的理想和耿直的品格，使全剧的悲壮气氛更加饱满，成为剧作中的“画龙点睛”之笔。

第四，这部剧将历史的真实与艺术的虚构完美地结合。剧中的主要人物、主要情节多是有史可查的真人真事，部分人物、情节设置可能是虚构出来的。田汉在把握历史背景的基础上，运用丰富的艺术想象力，巧妙地安排人物，组织冲突，从而使剧作结合为一个有机的艺术整体。

第五章　20世纪80年代的文学

1979年10月，中国文学艺术工作者第四次代表大会在北京召开，这次大会目标明确，倡导自由、文艺民主和思想解放。1980年7月26日，《人民日报》发表了题为《文艺为人民服务、为社会主义服务》的社论，至此，“文艺为人民服务、为社会主义服务”和“百花齐放、百家争鸣”共同成为新时期社会主义文艺的基本方针。在“二为”和“双百”方针的指引下，广大文艺工作者以火热的激情和奋发的创造力，展开双臂迎接文艺春天的到来。

第一节　诗歌的多元化发展

中国共产党十一届三中全会召开之后，人民沐浴着第二次思想解放的春风，诗坛也迎来了20世纪80年代中国新诗的又一个发展期，诗歌呈现多元化的发展趋势。

一、“归来者”的诗歌

1966—1976年间，有许多诗人在诗坛上没有发表作品，直到20世纪80年代，他们才能从颠沛流离的生活及艰苦的劳动中抽出身来，再度回归诗坛，并且以新的创作实绩在新时期文学中充当着重要角色，由此形成当代诗歌景观里一个独特的诗人群体——“归来者”诗群。

被称为“归来者”的诗人，主要有艾青、公木、曾卓、吕剑、唐祈、唐湜、苏金伞、公刘、白桦、邵燕祥、流沙河、昌耀、周良沛、孙静轩、高平、胡昭、梁南、林希等。限于篇幅，下面仅对艾青、公刘的诗歌创作进行简要分析。

（一）艾青的诗歌

从1942年后，艾青几乎没有诗歌新作发表。1978年4月30日，艾青在《文汇报》上发表了《红旗》一诗，宣告他重返诗坛：

火是红的，
血是红的，
山丹丹是红的，
初升的太阳是红的；

最美的是
在前进中迎风飘扬的红旗！
…………
火是红的，
石榴花是红的，
初升的太阳是红的；

最美的是
在前进中迎风飘扬的红旗！
…………

这是艾青复出后发表的第一首诗，立即在全国引起了关注和反响。

艾青归来后以火山爆发般的激情在短短几年里创作了《在浪尖上》《光的赞歌》《古罗马的大斗技场》《鱼化石》《面向海洋》等200多首诗歌，进入了诗歌创作的第二个高峰期。这些诗作继续着他“从写诗起就确立的表现时代变革、关注民族和人类命运的艺术目标，自觉地从时代特征、人民命运的角度来观察生活、处理题材，把个人的感觉、情绪放到时代斗争的高度加以检验”[①]，如《光的赞歌》中的一节：

我曾经为被凌辱的人们歌唱
我曾经为受欺压的人们歌唱
我歌唱抗争
我歌唱革命
在黑夜把希望寄托给黎明
在胜利的欢欣中歌唱太阳

这首诗对人民的苦难进行了深刻揭示，但也传达出了确信人类再生的乐观情绪，因而是人类思想和希望的赞歌，以其巨大的思想力量和强大的艺术感染力呼唤着人民奋然前行。

在20世纪80年代的作品中，艾青显示了饱经忧患而洞察人情世态的意识，情感的表达为“哲思”所充实，语言、句式也趋于简洁凝练。不少短诗都有着平易、质朴的诗歌方式，从中透露了坎坷的人生经历的感悟，有一种豁达，但也有沉痛。如延安时期，艾青曾在林伯渠那里看到一块鱼化石，六七条活泼游动的鱼凝结为化石，许多年以后，历尽劫波，艾青想起了那块鱼化石，他发现自己的生命与之相似，于是有了《鱼化石》一诗：

动作多么活泼，
精力多么旺盛，
在浪花里跳跃，
在大海里浮沉；

不幸遇到火山爆发，
也可能是地震，
你失去了自由，
被埋进了灰尘；

过了多少亿年，
地质勘察队员

① 张钟，佘树森，洪子诚等. 中国当代文学概观：第2版[M]. 北京：北京大学出版社，2002：62~63.

在岩层里发现你，
依然栩栩如生。

但你是沉默的，
连叹息也没有，
鳞和鳍都完整，
却不能动弹；

你绝对的静止，
对外界毫无反应，
看不见天和水，
听不见浪花的声音。

凝视着一片化石，
傻瓜也得到教训：
离开了运动，
就没有生命。

活着就要斗争，
在斗争中前进，
即使死亡，
能量也要发挥干净。

全诗展开了广阔的时空，在生与死之间，在动与静之间，在生命的活泼跃动与命运的强大宰制之间，鱼化为了石头，石头化为了抒情主人公生命遭遇的喻体，这个喻体具有辽远的历史感。

（二）公刘的诗歌创作

公刘（1927—2003），原名刘仁勇、刘耿直，出生于江西南昌。他在解放前夕加入了中国共产党领导的进步文化工作，后加入作协并出版了第一部诗集《边地短歌》。1955年，他发表了《佧佤山组诗》《西双版纳组诗》《西盟的早晨》三组诗，这奠定了他作为西南边疆诗人的地位，同时他还参加了著名的民间长诗《阿诗玛》的收集整理工作。1957年开始停止创作，直到1979年才开始再次进行创作，发表了《沉思》《星》《刑场》《哎，大森林！》《十二月二十六日》《读罗中立的油画〈父亲〉》

《尹灵芝》等诗歌作品。

公刘归来后的诗作与他早期的诗作相比，有着很大的不同。他早期的诗作大多描写边地人民的生活，并对守护在祖国西南边疆的战士对祖国和人民的忠心进行了热情歌颂，因而诗中有着浓郁清新的生活气息和牧歌情调，以及乐观的革命主义的精神。但他归来后的诗作，诗风变得沉郁、冷峻，侧重于对历史、现实以及发生在中华大地上的悲欢沉浮进行反思，而且往往将反思和灼热的情感结合在一起。因此，他在诗中采用了一种"大哭大笑"式的抒情方式，频繁使用反诘、设问、呼唤等句式。另外，公刘归来后的诗作中，也经常运用奇特的联想和繁杂的意象，这使得诗中传达出的感情更加复杂，如《哎，大森林！》一诗：

哎，大森林！我爱你，绿色的海！
为何你喧嚣的波浪总是将沉默的止水覆盖？
总是不停地不停地洗刷！
总是匆忙地匆忙地掩埋！
难道这就是海？！这就是我之所爱？！
哺育希望的摇篮哟，封闭记忆的棺材！

分明是富有弹性的枝条呀，
分明是饱含养分的叶脉！
一旦竟也会竟也会枯朽？
一旦竟也会竟也会腐败？
我痛苦，因为我渴望了解，
我痛苦，因为我终于明白——

海底有声音说：这儿明天肯定要化作尘埃，
假如，今天啄木鸟还拒绝飞来。

诗中"新鲜的活力，生命的旺盛和希望，与静止的死水，腐败枯朽，统一在象征性的大森林的意象中"[①]，而诗人通过对"大森林"意象复杂内涵的揭示，在矛盾复杂的情感意向中表达了对那种抹杀记忆、淡忘历史教训的喧嚣的愤恨，以痛切的口吻对现实提出了严重的警告：如果

① 张钟，佘树森，洪子诚等．中国当代文学概观：第 2 版 [M]. 北京：北京大学出版社，2002：92.

大森林不能吸引啄木鸟来清除病害，它就必然要遭到自然法则的严惩。另外，诗中也密集地采用了排比、感叹、设问和反诘等句式，对社会、政治问题作了近距离的透视、批判和反思，在当时的读者中产生了较大的反响。

公刘归来后的诗作中，还出现了不少与死亡有关的意象，如夕阳、尸骸、墓碑、天葬台等。死亡本来是现代派诗人所热衷进行表现的一个主题，但其沉湎于20世纪末颓废的情绪中不能自拔，而公刘的诗中虽然也涉及了死亡，但却是以积极入世的态度去直面人生，探究生命的意义和价值。

二、朦胧诗派的诗歌

“朦胧诗”是20世纪70年代末至80年代初在中国大陆诗坛伴随思想解放潮流而兴起的一股带有“反叛”性质的新诗创作潮流。它因章明的《令人气闷的朦胧》对这类“写得十分晦涩、怪僻，叫人读了几遍也得不到一个明确的印象，似懂非懂，半懂不懂，甚至完全不懂，百思不得其解，实在令人气闷”的“朦胧体”诗歌批评而得名。“朦胧诗”的代表人物有北岛、芒克、舒婷、顾城、江河和杨炼等。限于篇幅，下面仅对北岛、舒婷、顾城的诗歌进行简要分析。

（一）北岛的诗歌

北岛（1949—　），原名赵振开，祖籍浙江湖州，朦胧诗派代表人物之一。1969年当建筑工人，后在某公司工作。20世纪80年代末移居国外。北岛的诗歌创作反映了从迷惘到觉醒的一代青年的心声。现实造就了诗人独特的冷抒情的方式，即出奇的冷静和深刻的思辨性。出版的诗集有《陌生的海滩》《北岛诗选》《在天涯》《午夜歌手》《零度以上的风景》《开锁》等。

北岛的诗歌是一个时代的声音，如果这个时代是一个新启蒙的时代，那么他的诗歌就是启蒙的声音。《回答》是新旧历史节点上的见证与反思，怀疑与承担，它描述了黑暗时代的黑暗真相，也抒写了新的时代新的一代的激情、理性和责任感：

卑鄙是卑鄙者的通行证，
高尚是高尚者的墓志铭，
看吧，在那镀金的天空中，

飘满了死者弯曲的倒影。

冰川纪过去了，
为什么到处都是冰凌？
好望角发现了，
为什么死海里千帆相竞？

我来到这个世界上，
只带着纸、绳索和身影，
为了在审判前，
宣读那些被判决的声音：

告诉你吧，世界
我——不——相——信！
纵使你脚下有一千名挑战者，
那就把我算作第一千零一名。

我不相信天是蓝的；
我不相信雷的回声；
我不相信梦是假的；
我不相信死无报应。

如果海洋注定要决堤，
就让所有的苦水都注入我心中；
如果陆地注定要上升，
就让人类重新选择生存的峰顶。

新的转机和闪闪的星斗，
正在缀满没有遮拦的天空。
那是五千年的象形文字，
那是未来人们凝视的眼睛。

《回答》的底蕴是坚实的，因为这不是虚假空洞的政治意识形态表述，而是基于真切的经验；《回答》的声音是雄浑的，它不是一个人的小我经验，而是一代人的共同感受。

《进程》也是北岛的代表性作品：

日复一日，苦难
正如伟大的事业般衰败
像一个小官僚
我坐在我的命运中
点亮孤独的国家

死者没有朋友
盲目的煤，嘹亮的灯光
我走在我的疼痛上
围栏以外的羊群
似田野开绽

形式的大雨使石头
变得残破不堪
我建造我的年代
孩子们凭借一道口令
穿过书的防线

这首诗是对一代人启蒙事业的诗体回顾，表明北岛虽然一直声称自己不过是一个诗人，但他一直就是一个启蒙者的形象，用诗歌点亮黑暗的国家，用诗歌风化石头的围栏，这是一代人和一个人自愿承担的使命。抒情主人公在想象中建造了自己的年代，并且解放了“孩子们”。在历史进程中，诗歌和诗人到底能否承担那么重大的责任，这是一个耐人寻味的问题。

北岛也对中国当代诗歌的陈旧规范进行了个性化的反叛式解构，他将隐喻、象征、通感、打破时空顺序以及电影蒙太奇手法等引入到诗歌创作中，造成了意象的撞击和迅速转换，并激发了人们的想象力，如《一束》一诗：

你是海湾，是帆
是缆绳忠实的两端

你是喷泉，是风

是童年清脆的呼喊

你是画框，是窗口
是开满野花的田园

你是呼吸，是床头
是星星陪伴的夜晚

这首诗是由十几个不同时空、不同属性的具有高度主观色彩的意象组成的，在对传统诗歌的逻辑结构进行的消解同时，造成了一种诡谲奇妙的艺术效果。

（二）舒婷的诗歌

舒婷（1952—　），原名龚佩瑜，祖籍福建泉州，朦胧诗派的代表诗人之一。1969 年去闽西山区插队，1972 年返回厦门，当过工人、统计员、染纱工、焊锡工等。1979 年开始发表诗歌作品。1980 年到福建省文联工作，从事专业写作。著有诗集《双桅船》《会唱歌的鸢尾花》《始祖鸟》，散文集《心烟》《秋天的情绪》《硬骨凌霄》《真水无香》等。

舒婷的诗歌创作有着典型的浪漫主义风格，细腻而沉静，另外，她的诗歌是以女性独特的情感体验对女性的尊严和自我价值进行肯定，对女性的人性理想和人格独立进行张扬，具有浓重的女性意识，如《致橡树》：

我如果爱你——
绝不像攀援的凌霄花，
借你的高枝炫耀自己；
我如果爱你——
绝不学痴情的鸟儿，
为绿荫重复单调的歌曲；
也不止像泉源，
常年送来清凉的慰藉；
也不止像险峰，
增加你的高度，衬托你的威仪。
甚至日光，
甚至春雨。

不,这些都还不够!
我必须是你近旁的一株木棉,
作为树的形象和你站在一起。
根,紧握在地下;
叶,相触在云里。
每一阵风过,
我们都互相致意,
但没有人,
听懂我们的言语。

你有你的铜枝铁干,
像刀,像剑,
也像戟;
我有我红硕的花朵,
像沉重的叹息,
又像英勇的火炬。
我们分担寒潮、风雷、霹雳;
我们共享雾霭、流岚、虹霓。
仿佛永远分离,
却又终身相依。
这才是伟大的爱情,
坚贞就在这里:
爱——
不仅爱你伟岸的身躯,
也爱你坚持的位置,
足下的土地。

在诗中,诗人以强烈的女性意识对自己的爱情观进行了阐述,她的这种爱情观得到了许多人的赞同,这首诗至今也被很多人拿来诵读。不仅如此,这首诗更重要的意义在于肯定了女性的人格和尊严,弘扬了女性的独立精神。

强烈的忧患意识以及历史使命感也促使舒婷将个人的命运与对现实的感知融合在一起,并对他人和民族的命运进行关切,表达了对祖国和人民深沉的挚爱,如《祖国啊,我亲爱的祖国》:

我是你河边上破旧的老水车，
数百年来纺着疲惫的歌；
我是你额上熏黑的矿灯，
照你在历史的隧洞里蜗行摸索；
我是干瘪的稻穗，是失修的路基；
是淤滩上的驳船，
把纤绳深深
勒进你的肩膊；
——祖国啊！

我是贫困，
我是悲哀。
我是你祖祖辈辈
痛苦的希望啊，
是“飞天”袖间
千百年来未落到地面的花朵；
——祖国啊！

我是你簇新的理想，
刚刚从神话的蛛网里挣脱；
我是你雪被下古莲的胚芽；
我是你挂着眼泪的笑窝；
我是你刚刚刷成的雪白的起跑线；
是绯红的黎明
正在喷薄；
——祖国啊！

我是你的十亿分之一，
我是你九百六十万平方公里的总和；
你以伤痕累累的乳房
喂养了
迷惘的我、深思的我、沸腾的我；
那就从我的血肉之躯上

去取得

你的富饶、你的荣光、你的自由；

——祖国啊，

我亲爱的祖国！

这首诗描绘了一系列独特的意象，对祖国的现状进行了描绘，塑造了具有普遍概念意义的一代人的形象，深刻地表达了对祖国的赞美和热爱之情。

总体来说，舒婷的诗中有很多主观性的象征，各意象之间的组合变化多样，不仅使诗的语言空间得到了拓展，也突现出了诗人心灵中强烈的自我色彩。

（三）顾城的诗歌

顾城（1956—1993），在朦胧诗人中被称为“童话诗人”，这与他的经历有关。剧烈动荡的社会生活，使顾城成为一个早熟的孩子。农村的生活，使他得以亲近大自然，贪图大自然的恬静、美丽，暂时忘却现实的喧嚣和丑恶。小小年纪的顾城就已经逃避现实，一心躲进大自然的童话世界中去了。顾城的这个世界无疑是一个纯净美好的天国世界，一个与社会和世俗人生相对立的彼岸天国。在他看来，童心洁净无瑕，它是最初的，也是最美的，它是一片净土，没有枯枝，没有落叶，有的只是希望的种子在睁开眼睛、张开小手。顾城著有《白昼的月亮》《北方的孤独者之歌》《铁铃》《黑眼睛》《顾城的诗》《顾城童话寓言诗选》《走了一万一千里路——顾城旧体诗、寓言诗手稿集》《顾城新诗自选集》等诗集，以及组诗《城》《鬼进城》《从自我到自然》《没有目的的我》等。

顾城的作品较少关心社会历史，而偏重关注人的内心，总是力图描绘一个和谐、纯净、没有矛盾的与现实世界相对比而存在的童话世界，如《一代人》：

黑夜给了我黑色的眼睛，

我却用它寻找光明。

这首诗只有短短的两句，但却道出了一代青年探索真理的心声，是这一代人的自我阐释，也是不屈精神的写照。全诗简洁、明快，短短两句诗充满必胜的自信。《一代人》里有个“我”，但是由于诗题的提示，从而这个“我”就并非小我，而是一代人这个大我。这一代人是被黑夜塑造的，但是却心向光明并且寻找光明。这首诗写的是一代人，放眼看去，也写了每一代人。

《弧线》一诗也是顾城的代表性作品：

鸟儿在疾风中
迅速转向

少年去捡拾
一枚分币

葡萄藤因幻想
而延伸的触丝

海浪因退缩
而耸起的背脊

这首诗描画了四个互不相关的事物，它们相聚在一起的唯一理由是“弧线”，鸟儿在风中转向的飞行轨迹，少年俯身捡拾硬币的动作路径，葡萄藤的触丝，海浪的背脊，都是以弧线为形式。语词轻快滑行，或白描或比拟，读者所见即诗人所见。然而，我们不但见到了诗人所见，也看到了凝目于这些单纯形式的诗人，诗人的目光与世界相逢，不需要做貌似深刻的过度阐释。那是有意味的形式，那是唯美的纯诗。

三、“第三代”诗人的诗歌

“第三代”诗人的诗歌是继“朦胧诗”后出现的又一股新的诗歌潮流。他们的诗歌理论新异而驳杂，流派、团体不断涌现。为了超越“朦胧诗”的诗歌范式，他们主张诗以平民化的视角、客观冷静的抒情姿态、口语化的语言以及愤世嫉俗的反讽修辞，呈现庸常生活中人内心的孤独感、焦灼感、荒诞感与失落感。其主要代表诗人有韩东、海子、于坚、翟永明、徐敬亚、默默、多多、万夏、杨黎、李亚伟、马松、杨克等。限于篇幅，下面仅对韩东和海子的诗歌创作进行简要分析。

（一）韩东的诗歌

韩东（1961—　），生于南京，8岁时随下放的父母到了苏北农村。1982年毕业于山东大学哲学系。曾在陕西财经学院、南京审计学院当过教师。1992年辞职成为自由写作者，受聘于广东省作家协会，为合同制作家，后转聘于深圳尼克艺术公司，为职业作家。1980年开始发表作品。1990年加入中国作家协会。著有小说集《西天上》《我的柏拉图》《我们的身体》,诗文集《交叉跑动》,散文《爱情力学》等。其作品已被译成多种文字。

韩东的诗歌题材多来源于平常生活,从中寻找体现出的温柔与感情,如《我们的朋友》:

我的好妻子
我们的朋友都会回来
朋友们还会带来更多没见过面的朋友
我们的小屋子连坐不下
……
他们和我没碰三杯就醉了
在鸡汤面前痛哭流涕
然后摇摇晃晃去找多年不见的女友
说是连夜就要成亲
得到的却是一个痛快的大嘴巴

我的好妻子
我们的朋友都会回来
我们看到他们风尘仆仆的面容
看到他们混浊的眼泪
我们听到屋后一记响亮的耳光
就原谅了他们

这首描写朋友的诗虽然辞藻平实,但却凸显出那种真诚、纤微的感受,也显示出诗人"诗到语言为止""也许还另有深意"的创作理念。

韩东写诗之初曾受过"朦胧诗"的影响,但后期创作的诗歌风格发生了很大的转变,如《有关大雁塔》:

有关大雁塔
我们又能知道些什么?
有很多人从远方赶来
为了爬上去
做一次英雄
也有的还来第二次
或者更多

那些不得意的人们
那些发福的人们
统统爬上去
做一次英雄
然后下来
走进下面的大街
转眼不见了
也有有种的往下跳
在台阶上开一朵红花
那就真的成了英雄——
当代英雄

有关大雁塔
我们又能知道些什么？
我们爬上去
看看四周的风景
然后再下来

在这首诗中，诗人将大雁塔还原成了一座砖混结构的建筑物。写诗之时的韩东，作为大雁塔附近陕西财经学院的教师，经常登临，他对大雁塔显然知道些“什么”，但他有意识地将他知道的“什么”排除于诗外，剩下的就是没有任何文化裹脚布缠绕的直接经验。这首诗是反抗“朦胧诗”的标志性作品，明明是知道些什么而显得像一无所知，这是在诗歌领域的革命姿态，也有革命的效果。实际上，韩东所强调的是个人化的写作，而非历史、文化、民族的宏大语词裹挟之下的大而化之的写作。

如果说《有关大雁塔》代表的是韩东等人的革命姿态的话，那么《你的手》便是他们所真正追求的表达，这是他们所认定的真正的诗歌：

你的手搁在我身上
安心睡去
我因此而无法入眠
轻微的重量
逐渐变成了铅
夜晚又很长
你的姿势毫不改变

这只手象征着爱情
也许还另有深意
我不敢推开它
或惊醒你
等到我习惯并且喜欢
你在梦中又突然把手抽回
并对一切无从知晓

这首诗有着“第三代”显而易见的个人化色彩，不宏大，但真诚，纤微的感受，幽微的领会，直入人心。诗里有戏剧性。“诗到语言为止”“也许还另有深意”。

总体来说，韩东的诗歌语调平淡，朴素清晰，强调生活琐屑、平庸的“日常性”，在当时产生了震撼的影响力。

（二）海子的诗歌

海子（1964—1989），原名查海生，生于安徽安庆市，中国新诗史上极具影响力的诗人之一。海子在农村长大。1979 年考入北京大学法律系。1983 年自北大毕业后被分配至中国政法大学哲学教研室工作。1989 年 3 月 26 日在山海关卧轨自杀，年仅 25 岁。

海子从 1982 年开始进行诗歌创作，当时即成为“北大三诗人”（骆一禾、西川、海子）之一。1984 年创作成名作《亚洲铜》，第一次使用“海子”作为笔名。从 1982—1989 年不到 7 年的时间里，海子用超乎寻常的热情和勤奋，创作了近 200 万字的作品，结集出版了《土地》《海子、骆一禾作品集》《海子的诗》《海子诗全编》等。

海子是中国当代最重要的抒情诗人之一，他歌颂自然、劳动和收获，赞美麦地、村庄、月亮和太阳。例如《麦地》：

吃麦子长大的
在月亮下端着大碗
碗内的月亮
和麦子
一直没有声响

和你俩不一样
在歌颂麦地时
我要歌颂月亮

月亮下
连夜种麦的父亲
身上像流动金子

月亮下
有十二只鸟
飞过麦田
有的衔起一颗麦粒
有的则迎风起舞，矢口否认。

看麦子时我睡在地里
月亮照我如照一口井
家乡的风
家乡的云
收聚翅膀
睡在我的双肩

麦浪——
天堂的桌子
摆在田野上
一块麦地。

收割季节
麦浪和月光
洗着快镰刀。

海子的《麦地》是对生命、对本原的抒情，在文字间有收获的欢欣（欢欣以至于幽默，“有的则迎风起舞，矢口否认”），但是在欢欣背后则始终流淌着一种苦难、悲悯的意绪，这正是海子诗歌的复杂之处。

海子的诗内容广泛，但不论描写的内容是什么，其诗是有着浪漫的精神和瑰丽的想象，如《面朝大海，春暖花开》：

从明天起，做一个幸福的人
喂马，劈柴，周游世界
从明天起，关心粮食和蔬菜

我有一所房子,面朝大海,春暖花开

从明天起,和每一个亲人通信
告诉他们我的幸福
那幸福的闪电告诉我的
我将告诉每一个人

给每一条河每一座山取一个温暖的名字
陌生人,我也为你祝福
愿你有一个灿烂的前程
愿你有情人终成眷属
愿你在尘世获得幸福
我只愿面朝大海,春暖花开

这首诗单纯而明净,语言隽永清新,诗人以超越自我的生命关怀创造了富有生命力的情境,并真诚地向世人祝福。

总体来说,海子的诗歌,即使是体量上的"小诗",也是实质的"大诗",海子总是从个人经验沿着原型之路奔向根本,所以能给人深沉的感受、感染和感动。

第二节 伤痕、反思、改革和先锋小说的创作

一、伤痕小说

1977年后,一批表现各种人物悲剧命运的作品大量涌现,引起了人们的强烈共鸣。人们将这种文学现象称之为"伤痕小说"。刘心武、张贤亮等是伤痕小说的代表作家。

(一)刘心武的小说

刘心武(1942—),中国当代著名作家、红学研究家。笔名刘浏、

赵壮汉等。四川成都人,曾任过中学教师、《人民文学》杂志主编、中国作协理事、全国青联委员,并于1979年加入国际笔会中国中心。出版有短篇小说集《班主任》《母校留念》《刘心武短篇小说选》,中篇小说《秦可卿之死》,中短篇小说集《绿叶与黄金》《大眼猫》《都会咏叹调》《立体交叉桥》《5·19长镜头》,中篇小说集《如意》《王府井万花筒》《木变石戒指》《一窗灯火》《蓝夜叉》,纪实小说《公共汽车咏叹调》,长篇小说《钟鼓楼》《风过耳》《四牌楼》等,还出版了散文集、理论集,儿童文学等作品以及8卷本《刘心武文集》。20世纪90年代后,成为《红楼梦》的积极研究者,曾在中央电视台"百家讲坛"栏目进行系列讲座,对红学在民间的普及与发展起到促进作用。

《班主任》是伤痕文学的开山之作,从题材的选择到主题思想的挖掘,从人物关系的新表现到自己特有的艺术风格的形成,都作了新的开拓。小说开篇就写道:

> 你愿意结识一个小流氓,并且每天同他相处吗?我想,你肯定不愿意,甚至会嗔怪我何以提出这么一个荒唐的问题。

这个"小流氓"就是主人公之一的宋宝琦,他之所以被称为"小流氓"是因为:

> 他是因为卷进了一次集体犯罪活动被拘留的。在审讯过程中,面对着无产阶级专政的强大威力与政策感召,他浑身冒汗,嘴唇哆嗦,作了较为彻底的坦白交代,并且揭发检举了首犯的关键罪行。因此,公安局根据他的具体情况——情节较轻而坦白揭发较好,加上还不足十六岁——将他教育释放了。他的父母感到再也难在老邻居们面前抛头露面,便通过换房的办法搬了家,恰好搬到光明中学附近。根据这几年实行的"就近入学"办法,他父母来申请将宋宝琦转入光明中学上学。

于是,作为光明中学初三年级班主任中唯一一个党员,张老师"等到听完公安局同志的情况介绍、翻完卷宗以后","脸上才显露出强烈的表情来——很难形容,既不全是愤慨,也不排除厌恶与蔑视,似乎渐渐又由决心占了上风,但忧虑与沉重也明显可见。"然后,他"只是极其严肃地考虑了一分钟左右,便断然回答说:'好吧!我愿意认识认识他……'"但是,张老师愿意接受宋宝琦并不代表别人也愿意接受,一向和张老师推心置腹的老战友——数学老师尹达磊就头一个反对:

> 关于宋宝琦即将"驾到"的消息一入他的耳中,他就忍不住热

血沸腾。张老师刚一迈进办公室，他便把满腔的“不理解”朝老战友发泄出来。他劈面责问张老师：“你为什么答应下来？眼下，全年级面临的形势是要狠抓教学质量，你弄个小流氓来，陷到做他个别工作的泥坑里去，哪还有精力抓教学质量？闹不好，还弄个‘一粒耗子屎坏掉一锅粥’！你呀你，也不冷静地想想，就答应下来，真让人没法理解……”

办公室的其他老师，有的赞同尹老师的观点，却不赞同他那生硬的态度；有的不赞成他的观点，却又觉得他的确是出于一片好心；有的一时还拿不准道理上该怎么看，只是为张老师凭空添了这么副重担子，滋生了同情与担忧……因此，虽然都或坐或站地望着张老师，却一时都没有说话。就连搁放在存物架上的生理卫生课教具——耳朵模型，仿佛也特意把自己拉成了一尺半长，在专注地等待着张老师作答。

当张老师安抚好了诸位老师之后，班长谢惠敏又找来了：

向他汇报说：“班上同学都知道宋宝琦要来了，有的男生说他原来是什么‘菜市口老四’，特别厉害；有些女生害怕了，说是明天宋宝琦真来，她们就不上学了！”

张老师一愣。他还没有来得及预料到这些情况。现在既然出现了这些情况，他感到格外需要团支部配合工作，便问谢惠敏：

“你怕吗？你说该怎么办？”

谢惠敏晃晃小短辫说：“我怕什么？这是阶级斗争！他敢犯狂，我们就跟他斗！”

谢惠敏是班里的“好干部”“好学生”“好孩子”，生活作风严肃、组织观念强，也一直被传统观念认作革命事业接班人的“好苗子”：

张老师到任不久便轮到这个班下乡学农，返校的那天，队伍离村二里多了，谢惠敏突然发现有个男生手里转动着个麦穗，她不禁又惊又气地跑过去批评说：“你怎么能带走贫下中农的麦子？给我！得送回去！”那个男生不服气地辩解说：“我要拿回家给家长看，让他们知道这儿的麦子长得有多么棒！”结果引起一场争论，多数同学并不站在谢惠敏一边，有的说她“死心眼”，有的说她“太过分”。最后自然轮到张老师表态，谢惠敏手里紧紧握着那根丰满的麦穗，微张着嘴唇，期待地望着张老师。

但这个维护“绝不能让贫下中农损失一粒麦子”信念的“好孩子”

却深受当时社会的影响。在对待《牛虻》这本书时，她不看内容，只是看到插图就认定其为“黄书”，“得狠批”，而且对张老师的否认表示非常的不理解。在对待《牛虻》这本书的态度上，“小流氓”宋宝琦与“好孩子”谢惠敏的意见竟然惊人地相似：

> 张老师翻动着那本饱经沧桑的《牛虻》，他本想耐心地对谢惠敏解释为什么不能把它算作“黄书”，但是这本书是从宋宝琦那儿抄出来的，并且，瞧，插图上，凡有女主角琼玛出现，一律野蛮地给她添上了八字胡须。又焉知宋宝琦他们不是把它当成“黄书”来看的呢？

这些都表现出一种思想上的教条、僵化、愚昧无知。在《班主任》发表之后，社会反响很大，很多读者表示欢迎，但也出现了很多批评的声音，指责《班主任》是“暴露文学”“批判现实主义”文学，“没有写英雄人物”，与“革命现实主义”或“两结合”的创作方法相悖。这也就暗含着《班主任》不是“革命现实主义”之意。

（二）张贤亮的小说

张贤亮（1936—2014），江苏盱眙县人，1957年因在《延河》文学月刊上发表长诗《大风歌》而被列为右派，1979年9月获平反。1980年调至宁夏《朔方》文学杂志社任编辑，1981年开始专业从事文学创作。曾任宁夏回族自治区文联副主席、主席，中国作家协会宁夏分会主席等职。其代表作有：短篇小说《邢老汉和狗的故事》《肖尔布拉克》《灵与肉》，中篇小说《绿化树》《男人的一半是女人》；长篇小说《男人的风格》等。2014年9月27日，因病医治无效去世。

《邢老汉与狗的故事》是张贤亮的代表作品。小说以极“左”路线所造成的农村凋敝为社会背景，通过描写邢老汉与他的黄狗的悲剧命运以及讨饭妇女的坎坷遭遇，真实而形象地展现了在极“左”路线的肆虐下，中国农民物质与精神的极度惨境。朴实、本分、善良、勤劳的农民邢老汉精神的痛苦与孤寂令人颤栗。小说叙述平缓，议论简洁，笔墨沉郁、凝重，具有浓厚的悲剧色彩。20世纪50年代初，邢老汉对生活充满了希望，因为在这一时期，新中国成立，社会新秩序建立，他分到了几亩地，而且还娶了媳妇，在以后的生活中，解决温饱是没有问题的，他认为自己可以幸福地度过余生。然后，事与愿违，后面的遭遇使他对生活的希望破灭，他的妻子在嫁给他之后便得了重病，为了给她治病，邢老汉花光了家里所有的积蓄，但最终也没有留住妻子的性命。邢老汉一度非常悲伤,但当他从这种悲痛中慢慢走出来之后,"大跃进"又击碎了他的梦想。到了20世纪70年代闹饥荒时,邢老汉又因祸得福,娶了一个来自临省逃荒的女子,获得了酸楚而温暖的家庭生活。但由于这个妻子的身份是富农,没多久便因为政治原因而离开了他。邢老汉又陷入了痛苦之中,为了缓解自己的痛苦,邢老汉养了一条狗和自己作伴但不想又遭遇了"打狗运动",将他唯一的安慰和寄托也夺走了。在这接踵而至的打击下,邢老汉凄然地老去、死去。

> 有天晚上开大会,工作组的干部在讲话的最后又宣布了一个叫农民们莫名其妙的通知,通知要农村把所有的狗都在三天之内"消灭掉"。这位干部说:"就算一条狗一天吃半斤粮,一个月就是十五斤,一年就是一百八十斤。这个帐真是不算不知道,一算吓一跳。这就快等于我们一个人定量的一半。咱们现在要养活全国的人,还要养活全国的狗,这怎么得了!所以,三天之内,狗要全部打死。谁要不打就等于窝藏了阶级敌人;三天以后,公社的民兵小分队就下来替他打。

这部小说将邢老汉的悲惨写到了令人无法想象的程度,形象地展示了在极"左"路线肆虐下小人物的悲惨命运,是一篇极其严厉的控诉辞,也是一曲凄婉的挽歌。

二、反思小说

"反思文学"是继"伤痕文学"之后新时期又一个重要文学现象,它发生在20世纪70年代末至80年代初期,先是与"伤痕文学"先后交错并存,后来很快就取代了"伤痕文学",成为这一时期最主要的文学潮流。王蒙、古华是反思小说的代表作家。

(一)王蒙的小说

王蒙(1934—　),河北南皮人,上中学时曾参加过中国共产党领导的城市地下工作。1948加入中国共产党。1950年从事青年团区委工作。1953年创作了长篇小说《青春万岁》。1956年发表短篇小说《组织部新来的年轻人》。1962年被调至北京师范学院任教。1963年起赴新疆生活、工作十多年。1978年被调至北京市作协。后任《人民文学》主编、中国作协副主席、中共中央委员、文化部长、国际笔会中心中国分会副会长等职。小说集有《冬雨》《坚硬的稀粥》《加拿大的月亮》等。作品被译成英、俄、日等多种文字在国外出版。

短篇小说《蝴蝶》是王蒙反思小说的代表作。

《蝴蝶》通过讲述主人公张思远在革命运动中的经历，揭示了曲折历史与革命干部的荒诞关系。张思远的身份在革命和政治运动中经历了数次变迁，从投身革命的农村少年小石头到解放后的军管会主任、市委书记，再被打成三反分子、黑帮、大叛徒、大特务，后成了山村里的老张头，革命结束后官复原职直至升任张部长。这一系列身份的变化让张思远产生了一种迷失感，但也促使他寻求真我、反思历史，最后在乡村纯朴的人性、人情中找到了自我，他的人情味和理性精神也逐渐回归，并开始忏悔，真诚地对历史进行了重新认识，同时开始面对现实，看清事实，觉悟到自己异化的原因在于“丢了魂”，即没有把人民群众放在心上。小说最后将明天的希望寄托在了“找到了魂”的张部长身上。

总的来说，王蒙这一时期的小说创作淡化了创伤记忆，着重对曲折历史所反映出的深刻哲理和教训进行揭示；没有采取善与恶、是与非、美与丑这种截然二元对立的观念，而是努力对社会历史的丰富性和复杂性进行把握，从而从整体机制上重新认识历史；他也注意在历史变迁中对人物在变动的时代和纷繁的运动中的内心情感波动进行展示，且人物往往是青年时代就投身革命，有着坚定的革命信念和理想激情，后虽经历了迷惘痛苦，但始终葆有革命的信念和对理想的忠诚。

（二）古华的小说创作

古华（1942—　），原名罗鸿玉，湖南嘉禾人，电影编剧、作家，原湖南省作协副主席。

长篇小说《芙蓉镇》发表后，引起文艺界很大关注，荣获首届茅盾文学奖。作品通过湖南山村普通劳动妇女胡玉音劳动发家，屡遭不幸的生活经历，反映了中国农村社会变革的历史进程。

《芙蓉镇》是古华的代表作，也是新时期文学的重要收获。在《芙蓉镇》中，政治运动对地方的生活方式与生活习惯的改造、压抑、排斥是明显的。小说一开篇就写到了芙蓉镇人四时八节互赠吃食的风俗和赶圩的习惯——严格说来，赶圩和四时八节互赠吃食，只能算是一种准风俗，或者说还算不上是一种特殊的地方风俗。小说写解放初时，芙蓉镇的圩期循旧例，逢三、六、九，一旬三圩，一月九集。而1958年的“大跃进”，再加上区、县政府的批判城乡资本主义势力运动，则使得“芙蓉镇由三天一圩变成了星期圩，变成了十天圩，最后变成了半月圩”。直到

1961 年下半年，县政府下公文改半月圩为五天圩，但毕竟是元气大伤，“芙蓉镇再没有恢复成为三省十八县客商云集的万人集市”。这是经济层面的影响。至于社会风气层面，原本人际关系融洽和谐的芙蓉镇人一年四时八节有互赠吃食的习惯，而在“四清”运动结束后，芙蓉镇从一个“资本主义的黑窝子”变成了一座“社会主义的战斗堡垒”，人和人的关系政治化，四时八节互赠吃食已不再可能，民风民情为之大变，小说第三章第一节的标题“新风恶俗”，显示了政治运动给农村人际关系造成的伤害，用小说的话，原先是“我为人人，人人为我”，“运动”之后则成了“人人防我，我防人人”。古华自己所说的“寓政治风云于风俗民情图画，借人物命运演乡镇生活变迁”以及绝大多数的研究成果也正是在这一意义上展开的，但有着严格目的性指向的政治运动，在实施过程中也会呈现出某种意想不到的悖论：国家努力治理、管理农村社会，力图使之整合、有序并成为现代民族国家的社会基础和组成部分，但这种意识明确的努力却是通过消解乡土社会原有的社会结构与意义系统而推进的，这一过程虽然使国家影响似乎不可思议地进入到农民最日常、最基本的生活世界中，却未能建立起新的、具有整合性的可以替代原有结构和意义的体系，并使社会达到秩序与和谐的预期结果；再者，国家一直在用所谓进步的、文明的、现代的、社会主义乃至更为先进的观念意识占领农村，试图彻底摒弃和代替其传统的、落后的、保守的、封建的农民意识，然而在此过程中，国家自身却常常陷入传统的象征或意义的丛林，即国家亦使用象征的、仪式的内容与形式来试图建构其自身的权力结构与意义系统。有意思的是，在小说中，我们看到，知识分子秦书田对胡玉音原本不切实际的欲望性想象，经过多次“运动”之后，竟成为现实，并且还孕育了一个全新的生命。

三、改革小说

中共十一届三中全会之后，党内确定了改革开放的政治路线，在全国范围内开始了经济的和政治的改革。顺应历史的发展要求，“改革小说”便应运而生，并一时成为文坛主角。概括地说，“改革小说”指的是反映改革开放过程中各个领域的改革进程以及因此而引起的民族心理、人物命运的变化的小说，通常具有一种雄浑奔放的风格和冷峻深沉的反思光芒。蒋子龙、高晓声是改革小说的代表作家。

（一）蒋子龙的小说

蒋子龙（1941— ），河北沧县人，1958年8月参加工作，1972年3月入党，中专学历，之后因文学成就逐步成为中国作家协会原副主席、天津作家协会主席、天津文联副主席。作为著名作家和中国文化的使者，他先后出访过欧美亚等十几个国家。2012年8月16日获全美中国作家联谊会颁发的首届东方文豪奖。蒋子龙的小说作品主要有《乔厂长上任记》，其他作品也在文坛产生了很大的影响，如《维持会长》《一个工厂秘书的日记》《开拓者》《赤橙黄绿青蓝紫》《锅碗瓢盆交响曲》《燕赵悲歌》等。以下重点介绍《乔厂长上任记》。

《乔厂长上任记》揭示了新时期经济改革中的种种矛盾，剖析了不同人物的复杂的灵魂，塑造了一位敢于向不正之风挑战，勇于承担革命重任、具有开拓精神的改革者形象。作品通过对乔厂长上任前前后后的描写，较早地把注意力由揭露"四人帮"造成的创伤转向社会现实，向人们展示了我国工业战线从拨乱反正到体制改革这一现实生活的画卷，深刻揭示了人们面临的种种历史遗留问题，表达了广大人民群众的心愿和理想，被公认为新时期中国文学的一个里程碑。小说以两年零六个月没有完成任务的电机厂为故事，展开具体的环境，选择"上任"这一矛盾集中的焦点，充分展示人物的复杂关系，刻画出乔光朴"合金般"的性格特征。乔光朴所处的是新旧交替的历史时期，生活呈现出异常复杂的状态。他到电机厂，既是"新官"，也是"官复原职"，在人事上既有老关系，又有新关系；在生产管理上，既有过往的经验与旧的规章制度，又要有新的科学管理方法；在爱情生活上，有旧的矛盾纠葛，又有新的变化……。面对这一切，乔光朴向组织立了军令状，表明自己一定要在重重困难与矛盾中杀出一条生路的态度。小说通过大考核、大评议，成立编余的服务大队，整顿无政府主义思想，抓产品质量等情节，表现乔光朴的才干与魄力。其中最主要的是写他如何正确处理复杂的人事关系：与原厂长冀申所耍弄的一系列诡谲多诈的政治手腕周旋，激发与点燃党委书记石敢心中的革命火焰，正确处理郗望北的问题以及与童贞的爱情关系，等等。乔厂长正是为广大读者所呼吁的"我们就是需要这样的厂长"的光辉形象。与此同时，作品还刻画了与乔光朴截然相反的形象，如狡猾诡诈、在瞬间变化的政治斗争中捞取个人利益的冀申，衬托了工业建设中的种种矛盾。

《乔厂长上任记》以激烈多样的性格冲突，环环相扣，迅速推进典型情节，塑造了典型人物形象，同时注重表现人物性格的丰富性和复杂的内心活动。用笔简洁、干净，风格粗犷豪放，堪称蒋子龙创作风格的代表。

由于蒋子龙长期生活在工厂，熟悉了解工厂的生活与斗争，因而他的作品写得真实诚然，这篇小说所描写的企业整顿还只是我国工业体制改革的前奏，文学反映现实生活的传统在当时也才恢复不久。然而，作家却有力地摆脱了长期以来文学创作表现阶级斗争的模式，毅然地将艺术的聚焦点调整到经济建设、企业整顿改革上来。

（二）高晓声的小说

高晓声（1928—1999），江苏武进人，从小酷爱文学，受古典名著熏陶。1951 年开始发表小说，1966—1976 年停止了创作，一直在农村劳动。1979 年重归文坛，1999 年因患肺性脑病在无锡逝世。

高晓声著有小说集《七九小说集》《高晓声 1980 年短篇小说集》《高晓声 1981 年短篇小说集》《高晓声 1982 年短篇小说集》《高晓声 1983 年小说集》《高晓声 1984 年小说集》等，长篇小说《青天在上》等。其中《陈奂生上城》曾获全国优秀短篇小说奖。

《陈奂生上城》通过主人公上城卖油绳、买帽子、住招待所的经历及其微妙的心理变化，写出了背负历史重荷的农民，在跨入新时期变革门槛时的精神状态。小说尤其精彩的是在招待所的一幕，作者对陈奂生付出五元钱之前之后的心态作了精彩而又细致的描写。他在病中被路过的县委书记送来招待所，当陈奂生发现自己住在那么好的房间时，感到了父母官的关怀，打心底就有种暖洋洋的感觉，还有点受宠若惊：矜持得生怕弄脏了被子、地板，连沙发也不敢坐：

陈奂生想罢，心头暖烘烘，眼泪热辣辣，在被口上揩了揩，便睁开来细细打量这住的地方，却又吃了一惊。原来这房里的一切，都新堂堂、亮澄澄，平顶（天花板）白得耀眼，四周的墙，用青漆漆了一人高，再往上就刷刷白，地板暗红闪光，照出人影子来；紫檀色五斗橱，嫩黄色写字台，更有两张出奇的矮凳，比太师椅还大，里外包着皮，也叫不出它的名字来。再看床上，垫的是花床单，盖的是新被子，雪白的被底，崭新的绸面，呱呱叫三层新。陈奂生不由自主地立刻在被窝里缩成一团，他知道自己身上（特别是脚）不大干净，生怕弄脏了被子……随即悄悄起身，悄悄穿好了衣服，不敢弄出一点声音来，好像做了偷儿，被人发现就会抓住似的。他下了床，把鞋子拎在手里，光着脚跑出去；又眷顾着那两张大皮椅，走近去摸一摸，轻轻捺了捺，知道里边有弹簧，却不敢坐，怕压瘪了弹不饱。然后才真的悄悄开门，走出去了。

但在得知自己需要付五元的住宿费之后，他的心理发生了变化，一种无端的破坏欲、一种损人不利己的心理油然而生：

推开房间，看看照出人影的地板，又站住犹豫："脱不脱鞋？"一转念，忿忿想道："出了五块钱呢！"再也不怕弄脏，大摇大摆走了进去，往弹簧太师椅上一坐："管它，坐瘪了不关我事，出了五元钱呢。"

他饿了，摸摸袋里还剩一块僵饼，拿出来啃了一口，看见了热水瓶，便去倒一杯开水和着饼吃。回头看刚才坐的皮凳，竟没有瘪，便故意立直身子，扑通坐下去……试了三次，也没有坏，才相信果然是好家伙。便安心坐着啃饼，觉得很舒服，头脑清爽，热度退尽了，分明是刚才出了一身大汗的功劳。他是个看得穿的人，这时就有了兴头，想道："这等于出晦气钱——譬如买药吃掉！"

啃完饼，想想又肉痛起来，究竟是五元钱哪！他昨晚上在百货店看中的帽子，实实在在是二元五一顶，为什么睡一夜要出两顶帽钱呢？连沈万山都要住穷的；他一个农业社员，去年工分单价七角，困一夜做七天还要倒贴一角，这不是开了大玩笑！从昨半夜到现在，总共不过七八个钟头，几乎一个钟头要做一天工，贵死人！真是阴错阳差，他这副骨头能在那种床上躺尸吗！现在别的便宜拾不着，大姑娘说可以住到十二点，那就再困吧，困到足十二点走，这也是捞着多少算多少。对，就是这个主意。

这陈奂生确是个向前看的人，认准了自然就干，但刚才出了汗，吃了东西，脸上嘴上，都不惬意，想找块毛巾洗脸，却没有。心一横，便把提花枕巾捞起来干擦了一阵，然后衣服也不脱，就盖上被头困了，这一次再也不怕弄脏了什么，他出了五元钱呢。——即使房间弄成了猪圈，也不值！

人物的心理发展到这里，一个具有双重矛盾性格的陈奂生已跃然纸上，在五元钱的刺激下，他长期养成的俭朴的生活信念被轻易放弃了：

他出得门来，再无别的念头，直奔百货公司，把剩下来的油绳本钱，买了一顶帽子，立即戴在头上，飘然而去。

陈奂生的心理又从破坏欲的发泄转变成自我安慰：

陈奂生自问自答，左思右想，总是不妥。忽然心里一亮，拍着大腿，高兴地叫道："有了。"他想到此趟上城，有此一番动人的经历，这五块钱化得值透。他总算有点自豪的东西可以讲讲了。试问，全大队的干部、社员，有谁坐过吴书记的汽车？有谁住过五元钱一夜的高级房间？他可要讲给大家听听，看谁还能说他没有什么讲的！看谁还能说他没见过世面？看谁还能瞧不起他，唔！……他精神陡增，顿时好像高大了许多。老婆已不在他眼里了；他有办法对付，只要一提到吴书记，说这五块钱还是吴书记看得起他，才让他用掉的，老婆保证服帖。哈，人总有得意的时候，他仅仅化了五块钱就买到了精神的满足，真是拾到了非常的便宜货，他愉快地划着快步，像一阵清风荡到了家门。

至此，陈奂生的心态和性格终于圆满地显露出来。陈奂生的精神，典型地表现了中国广大的农民阶层身上存在的复杂的精神现象。他的形象是一幅处于软弱地位的没有自主权的小生产者的画像，包容着丰富的内容，具有现实感和历史感，是历史传统和现实变革相交融的社会现象的文学典型。作者对陈奂生既抱有同情，又对他的精神重荷予以善意的嘲讽，发出沉重的慨叹。

四、先锋小说

先锋小说是对 20 世纪 80 年代中后期出现的一种新的小说类型的称谓，它初现文坛时被人们冠以探索小说、实验小说、新潮小说、后新潮小说等不同的名目。先锋小说和十七年时期的小说相比有着极大的差异性，带有鲜明强烈的探索实验性质。它的涌现，既与 20 世纪 80 年代中后期开放时代里文学急于突破自身传统的内在审美需求有关，又有着西方现代性和后现代性各种文化文学思潮观念的持续性冲击的深刻影响。先锋小说的代表作家有马原、莫言、余华、格非、苏童等。限于篇幅，下面仅对马原和莫言的小说创作进行简要分析。

（一）马原的小说

马原 (1953—　) 是先锋派的开拓者之一，当过农民、钳工，1970 年中学毕业，之后去辽宁锦县农村插队，1982 年毕业于辽宁大学中文系，进入西藏，任记者、编辑，同年开始发表作品，现任同济大学中文系教授，代表作有《冈底斯的诱惑》等。

《冈底斯的诱惑》里叙述几个不相干的故事：剽悍的藏族神猎手穷布和陆高、姚亮探寻野人的踪迹的故事，陆高和姚亮设法观看“天葬”未果的故事，顿珠、顿月兄弟俩和尼姆的“婚姻”故事。这几个故事没有什么关联，它们单独成立又串连在一起。故事的线索也不很明确，往往突如其来，倏然而去。而且事件常常并没有确定的时间、地点，或者在过程上或者在结果上进行省略。在《冈底斯的诱惑》中，叙述者和小说的人物是各自独立的，叙述者常常跳出故事来提醒人们，他是在讲一个虚构的、过去的事。作者有意拉大读者和故事世界的距离，淡化故事的真实性，从而使读者的经验世界同故事的观念世界保持平行。而且小说从头到尾没有一个统一的人称，一直在不停地转换人称，如在叙述老作家时使用第一人称直叙，在叙述穷布时使用第二人称转述，在叙述姚亮、陆高看天葬的经历和顿月、顿珠兄弟的故事时，又采用正面叙述方法。这种把作者、叙述者以及人物交揉循回的扑朔迷离的叙述方式，打破了读者阅读时的惯性与期待，造成间离效果，从而对作品内容作出清醒、理性的判断。

这部小说同样运用了“元叙事”的手法和“自反性”的叙述手法，再次消解了“真实”与“虚构”之间的界限。小说安排了多级叙述者，即组织、叙述全部故事是第一级叙述者，其之下还有两个“二级叙述者”：一个是老作家，他先以第一人称讲述自己的一次神秘经历，后又以第二人称“你”讲述猎人穷布打猎时的神秘经验；还有一个是第三人称叙述者，讲述陆高、姚亮等去看“天葬”的故事，并转述了听来的顿珠、顿月的神秘故事。作者对故事中存在的疑点并没有向读者进行解释说明，甚至也没有向读者说明小说第一节中的第一人称叙述者“我”是谁，这个叙述者“我”也没有露过面，所以不可能是故事中的任何人物。所以，整个小说显得模糊、恍惚，造成了一种似是而非的艺术效果。

（二）莫言的小说

莫言（1955— ），原名管谟业，出生于山东高密县。1981年开始创作，1985年发表中篇小说《透明的红萝卜》引起文坛轰动，1986年发表中篇小说《红高粱》引起读者的强烈反响，之后陆续发表了《天堂蒜薹之歌》《十三步》《丰乳肥臀》《红树林》《檀香刑》《蛙》等长篇小说以及《透明的红萝卜》《爆炸》《红高粱家族》《怀抱鲜花的女人》等中短篇小说集。2012年，莫言因其“用虚幻现实主义将民间故事、历史和现代融为一体”获得了诺贝尔文学奖。

《透明的红萝卜》和《红高粱》是莫言先锋小说的代表作。

《透明的红萝卜》的主人公是黑孩,他有着奇特的性格,自小母亲早逝,没有得到家庭的温暖。而非人的劳动和苦难的生活使他失去了正常人的智力状态和感觉方式,他的身体总是感觉麻木迟钝,感情也似乎麻木了,但他却能够听到地里的萝卜缨子生长时发出的声响。在他的眼里,烤熟的红萝卜线条优美,玲珑剔透,透明的金色的外壳里包孕着活泼的银色液体,美丽的弧线上泛出金色的光芒。应该说,黑孩形象是对苦难现实的真实写照,但又有着童话般的超现实的象征色彩。作家正是借助黑孩形象和他奇异的感觉,“写出了艰难时世中现实生活的压抑在其心灵中的折射,同时又幻化出一个明丽优美的童话世界,在现实与想象世界的强烈反差里,表达了对那个时代的否定与批判,表达了对在苦难中生存的黑孩及其他人的同情”①。

《红高粱》以虚拟家族回忆的形式描写了“我”爷爷余占鳌组织的民间武装,以及发生在高密东北乡这个乡野世界中的各种野性故事。小说的情节由两条故事线索交织而成:一条是“我”爷爷余占鳌和“我”奶奶戴凤莲在抗日战争前的爱情故事;另一条是“我”爷爷余占鳌率领民间抗日武装伏击日本人汽车队的起因和过程。

小说在展开这两条线索时,借鉴了美国作家福克纳和拉美作家马尔克斯的意识流小说的时空表现手法和魔幻现实主义小说的情节结构方式。而以“我”这样一个晚辈的身份来叙述前辈的经历,几乎完全打破了传统的时空顺序和情节逻辑,形成了一个开放的艺术视角,将整个故事讲述得非常散漫自由,也相应形成了莫言天马行空式的、随意的、感觉化的叙述方式和叙述态度。不过,这种看似任意的讲述始终在作家主体情绪的统领之下,暗暗相合着小说中生机勃勃的自由精神。

---

① 李明军.中国现当代文学[M].西安:陕西师范大学出版总社有限公司,2010:292.

第三节　散文的新发展和徐迟等人的报告文学

一、散文的新发展

20世纪80年代是散文的探索阶段。改革开放，西风东渐，各种现代主义思潮的译介，五六十年代形成的“形散神不散”的思维定式，“诗性散文”的狭窄藩篱，“以小见大”“托物言志”的单调抒情方式，已被富有创新精神的散文作家打破。这一时期，散文的代表作品有《随想录》《干校六记》《拣麦穗》《一棵小桃树》《桔黄色的梦》《爱的踪迹》《漫漫旅途上的独行客》《一个女大学生的手记》《记者，是什么》等。下面仅对巴金和杨绛在这一时期的作品进行简要分析。

（一）巴金的散文

巴金（1904—2005）被称为“世纪老人”，他一生勤奋写作，著作颇丰。饱经风霜的巴金在1978—1986年的8年间写作了一百五十多篇随笔，一改解放后欢乐与歌颂的创作基调，将自己凝重的沉思汇集于随笔之中，总题为《随想录》。巴金把“随想录”系列以时间顺序编为《随想录》《探索集》《真话集》《病中集》《无题集》五集。《随想录》是作者叩问、探索、总结历史之旅与人生心路的实录。写完这部全长42万字的散文巨著，对于年届八旬的巴金来说，不仅意味着工作的艰辛，更是老人对自己心灵的无情拷问，是一次伴随着内心巨大冲突而逐渐深入的痛定思痛的自我忏悔。

《怀念萧珊》《小狗包弟》等，是《随想录》中的名篇。《怀念萧珊》倾注了作者对妻子的全部的爱。然而这又不是一般的抒情悼亡之作，他把对妻子的爱融汇于自责与忏悔的叙述之中，作者为自己不能保护好妻子感到深深的内疚。这种感情自始至终渗透在作品的字里行间，而且越是自责和忏悔，越显出作者的一片爱心。全篇没有藻饰夸张，没有豪言壮语。作者不是慷慨陈词而是静静地诉说，用白描手法将一件件琐事寥寥数笔勾勒成生活气氛很浓的画面，那爱、那恨、那悲就从画面中汩汩流进读者的心里，引起了读者强烈的感情共鸣。炽热的感情经过冷处理之后淡而出之，那么自然，那么从容不迫，那么优美潇洒。巴金那诚挚的感情、由衷的忏悔、率真的叙谈，通过似行云流水的朴实文字表现出来，给读者以强烈的感染。在《小狗包弟》一文中，他对于自己在动乱岁月未能保护家中的一条小狗而自剖与自责。在《十年一梦》中，他痛苦地喊出了这样的自谴："奴隶，过去我总以为自己同这个字眼毫不相干，可是我明明做了十年的奴隶！……我就是'奴在心者'而且是死心塌地的精神奴隶。这个发现使我十分难过！我的心在挣扎，我感觉到奴隶哲学像铁链似的紧紧捆住我全身，我不是我自己。"在《怀念老舍同志》一文中，作者对老舍的死而痛心疾首："没有能挽救他，我的确感到惭愧，也替我们那一代人感到惭愧。"巴金在许多文章里，把个人自省与民族自省结合起来。

《随想录》是巴金真情的流露，他写道："我要把我的真实的思想，还有我心里的话，遗留给我的读者。"无论是抒情、叙事或议论，皆信笔直书，娓娓而谈，平淡中寓深沉。笔墨达到了"熟练自如，炉火纯青"的境地。《随想录》在八九十年代仍然持续被关注，文艺界人士认为这是一部"力透纸背，情透纸背，热透纸背"的"讲真话的大书"，是一部"代表了当代文学最高成就"的散文作品，其"价值和影响，远远超出了作品本身和文学范畴"。

（二）杨绛的散文

杨绛（1911—2016），本名杨季康，江苏无锡人，中国女作家、文学翻译家和外国文学研究家，钱钟书夫人。

1981 年出版的《干校六记》是记录她 1969—1972 年春在河南息县"五七干校"中的生活经历，包括《下放记别》《凿井记劳》《学圃记闲》《"小趋"记情》《冒险记幸》《误传记妄》等六则。其总题、各章名称，笔法和叙事"立场"，都可见对清代沈复（三白）《浮生六记》的某种承传。

《下放记别》是《干校六记》的第一篇，作者和丈夫钱钟书同是中国社会科学院高级知识分子，但后来被下放到农村"五七干校"接受劳动改造。本文以幽默冷静的语调，讲述了在他们夫妇下放去"干校"的前后，作者个人及身边发生的故事：下放前的不安等待、为丈夫准备行装、送别丈夫、女儿为自己送行、在"干校"与丈夫的会面等生活场景。文章始终围绕着一个"别"字从容展开。其间虽遭受巨大而深重的打击，身心备受摧残，如本文中的夫妻离情、母女别意、女婿之死等，却没有通常所见的呼天抢地对不公平命运的控诉，而是以平淡含蓄的语言，以平常心和普通人的情感，揭示社会悲剧和个人悲剧的关系；在席卷而来的历史风暴中,知识分子失去了往日的优雅与自尊,生活残酷地让他们从事最不擅长的体力劳动,以加剧他们的自卑,从而在生活和灵魂上打垮他们。

钱钟书在为该书所写的《小引》中所说:

> 干校两年多的生活是在这个批判斗争的气氛中度过的;按照农活、造房、搬家等等需要,搞运动的节奏一会子加紧,一会子放松,但仿佛间歇疟,疾病始终缠住身体。"记劳","记闲",记这,记那,都不过是这个大背景的小点缀,大故事的小穿插。

杨绛写出了严峻生活中一己的感受,但何尝是小点缀和小插曲?她观察和表现细致,哀而不伤,怨而不怒,淡远平和中不乏幽默和调侃,传达出淡泊、宁静、乐观的生活态度,并显示了一种身处历史旋涡之外的冷静和清醒。作品语言朴素,言近旨远、意味深长。读者处处感受到的仍是那"大背景"的满纸温婉言,不作愤恨语,而作者的悲欢,却结晶在这温婉之中。

杨绛的另一个随笔集《将饮茶》,包括《孟婆茶》《回忆我的父亲》《回忆我的姑母》《记钱钟书与〈围城〉》《丙午丁未年纪事》《隐身衣》等,其中《丙午丁未年纪事》可以看作《干校六记》的姐妹篇。文笔依然透出冷峻的平和,苦涩的幽默;她以一个"观众"的身份来观照人生,既看到了现实的丑恶,又感受着人性的美好,从乌云重重的天空中,发现那美丽的金边。这个集子中更出色的,是回忆亲人往事(丈夫钱钟书,姑母杨荫榆等)的部分。

杨绛的散文能以常理反写出悲喜人生,浸透着浓郁的悲喜剧因素,风格恬淡、平和、睿智,语言简洁、凝练、幽默,结构安排比较机智,不着痕迹又匠心独具,在当代文坛独树一帜,颇受读者喜爱。

二、徐迟等人的报告文学

20世纪70年代末80年代初是报告文学最为"轰动"的时期。就其发展历程而言,大致以20世纪80年代中期为界,可分为两个时段。80年代中期以前,以写人物尤其是当代新人形象为主,最先关心知识分子的命运。老作家徐迟的《哥德巴赫猜想》是新时期报告文学崛起的标志性作品,报告了陈景润为科学献身的忘我精神,获全国优秀报告文学奖。以此为先导,形成了知识分子题材的报告文学热。20世纪80年代中期以后,报告文学由“小说化”“散文化”转向“学术化”“思辨型”,由对人物命运的关注转向对重大社会问题的关心,出现了“全景式”报告文学,作品强调信息量和思辨性,融入了历史学、政治学、经济学、社会学、心理学、伦理学等多种学问,渗透着历史意识、忧患意识、批判意识等诸多观念,出现了“非文学化”的作品,如《唐山大地震》(钱钢)、《中国农民大趋势》(李延国)、《中国的“小皇帝”》(涵逸)、《世界大串联》(胡平)等。下面主要对徐迟和钱钢的报告文学进行简要分析。

(一)徐迟的报告文学

徐迟(1914—1996),浙江南浔人。我国当代著名的诗人、作家和翻译家。1931年开始写诗,1934年开始发表作品,有诗集《二十岁人》《最强音》,散文集《美文集》以及小说集《狂欢之夜》,其诗作受现代派影响很大,翻译有《依利阿德选译》《巴黎的陷落》《明天》《帕尔玛宫闱秘史》《托尔斯泰传》等。徐迟是一位能够深入生活的作家,他先后两次到朝鲜战场,四次到鞍钢,六次到长江大桥工地,写下了特写《我们这时代的人》,报告文学集《庆功宴》,论文集《诗与生活》等。1957—1960年担任《诗刊》副主编,1960年定居武汉,以主要精力从事报告文学创作,写下了《火中的凤凰》《祁连山下》《牡丹》等。1976年后,徐迟迎来报告文学创作的第二春,创作了一批问津科技战线、描写自然科学家、反映自然科学领域的优秀报告文学,《地质之光》《生命之树常绿》《在湍流的涡漩中》《刑天舞干戚》《哥德巴赫猜想》就是这一时期的代表之作。其中《哥德巴赫猜想》与《地质之光》获全国优秀报告文学奖。1996年底,徐迟因患抑郁症在武汉一家医院跳楼自杀。

徐迟以报告文学的形式,将一个执拗的、羸弱的、病痛的、缄默的,同时又是顽强的、勇敢的、沉着的科学家陈景润活灵活现地呈现在读者眼前。在一个知识分子饱受双重戕害的时代,写作陈景润无疑需要一定的勇气,徐迟以匹夫之勇不但写了而且写得如此深入人心。他通过描写陈景润的不幸童年将他内向性格的形成作了交代,接着写他对数学的兴趣,私下里的决心及之后将整个生命都交给了数学,交给了哥德巴赫猜想的生命历程。一个淡泊名利、一心为学、一心想为祖国四化建设做出贡献的科学家跃然纸上:

> 但当他已具备了充分的依据,他就以惊人的顽强毅力,来向哥德巴赫猜想挺进了。他废寝忘食,昼夜不舍,潜心思考,探测精蕴,进行了大量的运算。一心一意地搞数学,搞得他发呆了。有一次,

自己撞在树上，还问是谁撞了他？他把全部心智和理性统通奉献给这道难题的解题上了，他为此而付出了很高的代价。他的两眼深深凹陷了。他的面颊带上了肺结核的红晕。喉头炎严重，他咳嗽不停。腹胀、腹痛，难以忍受。有时已人事不知了，却还记挂着数字和符号。他跋涉在数学的崎岖山路，吃力地迈动步伐。在抽象思维的高原，他向陡峭的巉岩升登，降下又升登！善意的误会飞入了他的眼帘。无知的嘲讽钻进了他的耳道。他不屑一顾；他未予理睬。他没有时间来分辩，他宁可含垢忍辱。餐霜饮雪，走上去一步就是一步！他气喘不已；汗如雨下。时常感到他支持不下去了。但他还是攀登。用四肢，用指爪。真是艰苦卓绝！多少次上去了摔下来。就是铁鞋，也早该踏破了。人们嘲笑他穿的鞋是破了的；硬是通风透气不会得脚气病的一双鞋子。不知多少次发生了可怕的滑坠！几乎粉身碎骨。他无法统计他失败了多少次。他毫不气馁。他总结失败的教训，把失败接起来，焊上去，作登山用的尼龙绳子和金属梯子。吃一堑，长一智。失败一次，前进一步。失败是成功之母；功由失败堆垒而成。他越过了雪线，到达雪峰和现代冰川，更感缺氧的严重了。多少次坚冰封山，多少次雪崩掩埋！他就象那些征服珠穆朗玛峰的英雄登山运动员，爬呵，爬呵，爬呵！而恶毒的诽谤，恶意的污蔑象变天的乌云和九级狂风。然而热情的支持为他拨开云雾；爱护的阳光又温暖了他。他向着目标，不屈不挠，继续前进，继续攀登。战胜了第一台阶的难以登上的峻峭；出现在难上加难的第二台阶绝壁之前。他只知攀登，在千仞深渊之上；他只管攀登，在无限风光之间。一张又一张的运算稿纸，象漫天大雪似的飞舞，铺满了大地。数字、符号、引理、公式、逻辑、推理，积在楼板上，有三尺深。忽然化为膝下群山，雪莲万千。他终于登上了攀登顶峰的必由之路，登上了（1+2）的台阶。

其实，徐迟对陈景润的认同更是一种对自我的认同，一种对知识分子群体的整体认同。《哥德巴赫猜想》是文学与数学的一次亲密接触，同时也是人文社科与自然科学领域的一次越界联谊，徐迟的诗人气质与文学才华使数学这门高雅学科为世人所共识，使陈景润这一数学家的形象深入人心，在一代读者的内心激起了强烈的共鸣。徐迟的功劳在于，他将一个知识分子从那个知识分子群中带离了出来，让人们从这个缩影的身上看到理性的光芒。

(二)钱钢的报告文学

钱钢(1953—),浙江省杭州人,著名报告文学作家及记者,上海大学和平与发展研究中心研究员。1972年开始发表作品,初创时期,钱钢的作品大多与江永红一起合作采写的,主要反映的是和平时期军队改革所面临的种种积弊和矛盾,如《蓝军司令》《奔涌的潮头》等,1986年长篇报告文学《唐山大地震》的诞生,在读者中引发了一阵"大地震"热,标志着钱钢创作的成熟和发展,并获全国优秀报告文学奖。1989年发表的描写北洋水师覆没悲剧的《海葬》,则是他沿着《唐山大地震》方向所做的更深入更大胆的艺术开拓,属于"史志性报告文学"。

作为一个来自部队的作家,钱钢在拿起手中的笔进行创作的时候,很自然就会把部队的生活状态和军人的心灵世界作为报告的对象。他初期与江永红合作的作品大多是反映和平年代中国军队改革中所面临的种种问题,抨击时弊,讴歌那些有胆有识、有勇有谋的改革者。

《唐山大地震》是为纪念唐山大地震这一惨绝人寰的自然灾难发生十周年而创作的。钱钢之所以要重新叙述这一人类大劫难是"要给今天和明天的人类学家、社会学家、地震学家、医学家、心理学家……还有人——整个地球上的人们,留下一场大毁灭的真实记录,留下关于天灾中人的真实记录,留下尚未定评的历史事实,也留下我的思考和疑问"[①]。这是一部"宏观全景"式的长篇报告文学作品,它真实地再现了1976年7月28日使拥有百万人口的唐山市毁于一旦的大地震,描绘了一幅属于唐山也属于人类的"7·28"劫难日全景,为历史留下了一部关于大毁灭的真实记录。全书分7章。

第一章《蒙难日"7·28"》详细记录了震前大自然显示的神秘信息以及地震发生的那一刹那的大震荡、大倒塌的情景。

第二章《唐山——广岛》,唐山比广岛所受的毁坏厉害得多,仅唐山7.8级地震释放的地震波能量,就相当于投放在广岛的原子弹的400倍。赤手空拳的救灾大军在废墟上展开空前残酷的战斗。

第三章是《渴生者》,在大毁灭中,有的人不是死于天灾,而是死于极度恐惧,而有些人却在求生的本能支配下创造了奇迹。

第四章《在另一世界里》与第五章《非常的八月》写出了人性的复杂。如看守所的犯人主动参加抢险队伍,精神病患者出人意料地听话。

---

① 钱钢.唐山大地震[M].北京:解放军文艺出版社,1986:9.

但有些正常人却疯狂地抢劫。

第六章是《孤儿们》，地震留下了 3 000 名孤儿，他们在众人的抚养下长大，显示了人类生生不息的希望。

第七章是《大震前后的国家地震局》，因为没有能预报唐山大地震，而遭到四面八方的责难，但地震局的人们仍要与地震战斗到底。

由此可见，唐山大地震是世间罕见的悲剧，它将属于历史，属于永恒。

文献性与文学性的完美结合，是《唐山大地震》创作上的一个显著特色。这部作品充分显示了钱钢驾驭宏大题材的魄力和审视现实、反思历史的胆识，这主要表现在以下几方面。

第一，作品突破了大多数展现灾难的纪实文学所采取的“缩小了灾难、放大了人”的叙述模式。作为人类大劫难的亲历者，钱钢以生动的笔触描写了一幅幅悲凉、冷峻、壮烈的灾区图景，如实地记录了地震给人类和生命所带来的毁灭性的打击，展现了灾难的暴戾与残酷，同时又写出了面对自然灾难人类所呈现出的顽强的求生欲望和坚韧的抗争精神。

第二，钱钢从人类学、社会学、地震学、心理学等角度来探讨由地震而暴露出的社会问题，作品打破了以歌颂为主的“抗震救灾”的流行范式，严格遵照史实，既显示人类征服自然、战胜自然灾害的伟力与魄力，歌颂人性之美，也暴露人性的卑劣与贪婪。

第三，在表现手法上，作品采用了纵横交织的多维化结构，打破了时空界限，把唐山大地震放在中外大地震的广阔背景下进行考察，并且对唐山地震的震前、震中、震后的情况进行了立体的报道，气势恢弘。另外，作品大量引用幸存者的口实记录，并结合作者本身的亲历体验和感受加以评析，因而整部作品既有生动的记叙，也有激情澎湃的抒情和客观理性的议论，将历史的真实感和艺术的感染力融为一体。

可以说，《唐山大地震》气势恢宏，感情真挚热烈，史料翔实充分，具有冷静的客观性、较高的审美价值及社会与自然科学的认识价值。

第四节　现实主义戏剧的复兴

伴随着思想解放运动，现实主义话剧成为戏剧复苏的先声。现实主义话剧的开端是一批政治讽刺剧和社会问题剧，如《枫叶红了的时候》《于无声处》《曙光》《丹心谱》《陈毅出山》等，它们着眼于现实政治斗争，在社会上引起了很大的轰动。而随着生活的急速发展和思想解放运动的深入，剧作家的目光开始由历史转向现实，《假如我是真的》《报春花》《权与法》《未来在召唤》《救救她》等一批具有强烈的现实批判精神的社会问题剧出现于剧坛，戏剧现代意识的觉醒和作家主体精神的高扬，使中国戏剧的现代化进程终于得以重续。沙叶新是这一时期现实主义戏剧的代表作家。

一、沙叶新的生平

沙叶新（1939—2018），江苏南京人，1956 年发表处女作短篇小说《妙计》和独幕喜剧《一分钱》，颇受好评。1957 年进入华东师范大学中文戏，1961 年毕业之后被保送入上海戏剧学院戏曲创作研究班读研究生，并于 1963 年毕业，毕业之后在上海人民艺术剧院担任编剧，1978 年发表剧本《好好学习》《森林中的怪物》《约会》，《约会》获得上海优秀剧作奖，1979 年发表的剧本《兔兄弟》获得首届全国少数民族文学创作荣誉奖，1980 年发表的《陈毅市长》获得首届全国少数民族文学创作奖、第一届全国优秀剧本评奖首奖，1982 年发表的剧本《以误传误》获得上海优秀作品奖。1985 年加入中国作家协会，同年任上海人民艺术剧院院长，电视剧《绿卡族》曾于 1988 年 12 月获得第一届“振兴话剧奖”优秀编剧奖，1993 年他自动弃职，打破该职终身制。代表作有《假如我是真的》《大幕已经拉开》《马克思秘史》《寻找男子汉》等剧作和《儿童时代》《似曾相识车归来》等小说以及《沙叶新谐趣美文》等其他文集。2018 年，沙叶新逝世。

二、沙叶新的戏剧

沙叶新的剧作以现实主义创作方法为主，同时又借鉴和吸收象征、荒诞、夸张等现代主义手法；既具有鲜明的世俗色彩，又具有较强的创新意识。剧作在内容上力求在历史、现实、未来的联结中，表现时代生活中的重要课题；在形式上，注重观众因素，往往能巧妙地把观众这一因素编织到戏剧之中，让观众也成为戏剧创作的最后完成者之一，并且具有寓庄于谐、庄谐结合的色彩。《陈毅市长》就是这样一部剧。这是一部历史剧，全剧采用"一人多事"和"冰糖葫芦"式结构方法，整部剧作没有统一的中心事件，以陈毅这一主要人物来贯穿全剧，穿引各场，对陈毅解放初期任上海市市长的那段生活进行了生动的描写，将陈毅丰富多彩、生动感人的性格和崇高的革命气质表现得淋漓尽致、有声有色。剧作精心地塑造了处于时代浪尖上的伟人，突出了陈毅改造旧世界的雄伟胆略以及对经济建设的极大热情，表现了他作为社会公仆的伟大精神和无产阶级革命家的高风亮节。

参考文献

[1] 王琼，汤驿．中国现当代文学作品赏析 [M]. 上海：同济大学出版社，2019.

[2] 王秀琳．中国现当代经典文学作品解读 [M]. 太原：山西教育出版社，2019.

[3] 高玉．中国现当代文学史：第二版 [M]. 杭州：浙江大学出版社，2017.

[4] 毕飞宇，张莉．小说生活 [M]. 北京：人民文学出版社，2018.

[5] 於可训．中国当代文学概论 [M]. 武汉：武汉大学出版社，2016.

[6] 姚玳玫．中国现代小说细读 [M]. 广州：广东高等教育出版社，2016.

[7] 杜春海．中国现当代文学 [M]. 成都：西南交通大学出版社，2016.

[8] 曹万生．中国现当代文学史（1898—2015）[M]. 北京：中国人民大学出版社，2016.

[9] 赵玲丽．中国现当代小说的创作主题研究 [M]. 北京：中国书籍出版社，2016.

[10] 艾春明．毕飞宇小说创作研究 [M]. 北京：中央编译出版社，2016.

[11] 房向东．太阳下的鲁迅 鲁迅与左翼文人 [M]. 上海：上海交通大学出版社，2016.

[12] 王小曼．中国现当代文学 [M]. 北京：北京大学出版社，2015.

[13] 刘勇．中国现当代文学：第三版 [M]. 北京：中国人民大学出版社，2015.

[14] 刘树元 . 小说的审美本质与历史重构 新时期以来小说的整体主义观照 [M]. 杭州：浙江大学出版社，2014.

[15] 林朝霞 . 现代性与中国启蒙主义文学思潮 [M]. 厦门：厦门大学出版社，2015.

[16] 朱慰琳 . 中国当代文学 [M]. 重庆：重庆大学出版社，2014.

[17] 林建法 . 阎连科文学研究 [M]. 昆明：云南人民出版社，2013.

[18] 高玉 . 中国现当代文学史 [M]. 杭州：浙江大学出版社，2013.

[19] 杨彬 . 新时期小说发展论 [M]. 北京：人民出版社，2011.

[20] 洪子诚 . 中国当代文学史 [M]. 北京：北京大学出版社，2010.

[21] 石兴泽，隋清娥 . 中国现代文学 [M]. 北京：中国社会科学出版社，2012.

[22] 樊星 . 中国现当代文学史：下册 [M]. 武汉：武汉大学出版社，2012.

[23] 周国耀，甘佩钦，陈彦文 .20 世纪中国文学主题演变研究 [M]. 长春：吉林大学出版社，2011.

[24] 程光炜，刘勇，吴晓东等 . 中国现代文学史：第三版 [M]. 北京：北京大学出版社，2011.

[25] 陈思和 . 中国当代文学史教程：第二版 [M]. 上海：复旦大学出版社，2011.

[26] 李怡，干天全 . 中国现当代文学 [M]. 重庆：重庆大学出版社，2010.

[27] 李明军 . 中国现当代文学 [M]. 西安：陕西师范大学出版总社有限公司，2010.

[28] 陈国恩 . 中国现代文学 [M]. 北京：北京大学出版社，2010.

[29] 陈英群 . 阎连科小说创作论 [M]. 郑州：郑州大学出版社，2010.

[30] 钱理群，温儒敏，吴福辉 . 中国现代文学三十年 [M]. 北京：北京大学出版社，2010.

[31] 崔志远等 . 中国当代小说流变史 [M]. 北京：中国社会科学出版社，2009.

[32] 刘中树，许祖华 . 中国现代文学思潮史 [M]. 武汉：华中师范大学出版社，2009.

[33] 黄修己 . 中国现代文学发展史：第三版 [M]. 北京：中国青年

出版社，2008.

[34] 董之林．热风时节——当代中国“十七年”小说史论（1949—1966）[M]. 上海：上海书店出版社，2008.

[35] 李彦萍．中国现当代女作家研究 [M]. 北京：中国文联出版社，2007.

[36] 涂昊.20 世纪末中国小说创作理论和创作实践关系研究 [M]. 北京：中国社会科学出版社，2008.

[37] 王铁仙．中国现代文学精神 [M]. 北京：人民出版社，2008.

[38] 刘忠.20 世纪中国文学主题研究 [M]. 北京：社会科学文献出版社，2006.

[39] 李平．中国现代文学 [M]. 北京：中央广播电视大学出版社，2006.

[40] 刘勇．中国现当代文学 [M]. 北京：中国人民大学出版社，2006.

[41] 杨联芬．中国现代小说导论 [M]. 成都：四川大学出版社，2004.

[42] 乔以钢．多彩的旋律——中国女性文学主题研究 [M]. 天津：南开大学出版社，2003.

[43] 蒋淑娴，殷鉴．中国现代文学史 [M]. 北京：科学出版社，2002.

[44] 张钟，佘树森，洪子诚等．中国当代文学概观 [M]. 北京：北京大学出版社，2002.

[45] 唐弢．中国现代文学史简编 [M]. 北京：人民文学出版社，2001.

[46] 严家炎．中国现代小说流派史 [M]. 北京：人民文学出版社，1995.

[47] 司马长风．中国新文学史：中卷 [M]. 香港：昭明出版社，1978.

[48] 金汉．中国当代文学发展史：第二版 [M]. 上海：上海文艺出版社，2004.

[49] 陈晓明．中国当代文学的探索道路 [N]. 文艺报，2019-09-27（002）.

[50] 鲁迅．呐喊：自序 [M]// 鲁迅全集：第 1 卷．北京：人民文学出版社，1981.

[51] 鲁迅 . 白莽作《孩儿塔》序 [M]// 鲁迅全集：第 6 卷 . 北京：人民文学出版社，1981.

[52] 杜衡 . 望舒诗稿 [M]. 北京：中国文联出版社，2002.

[53] 戴望舒 . 诗论零札 [J]. 现代，1932（2）.

[54] 茅盾 . 从牯岭到东京 [J]. 小说月报，1928，19（10）.

[55] 赵学勇，李明 . 左翼文学精神与 20 世纪中国文学的现代化论纲 [J]. 兰州大学学报(社会科学版)，2003（1）.

[56] 鲁迅 . 且介亭杂文二集：徐懋庸作《打杂集》序 [M]// 鲁迅全集：第 6 卷 . 北京：人民文学出版社，2005.

[57] 鲁迅 . 我还不能"带住" [M]// 鲁迅全集：第 3 卷 . 北京：人民文学出版社，2005.

[58] 李墨泉 . 欧阳江河诗歌写作初探 [J]. 艺术广角，2009（4）.